彼女の体と
その他の断片

カルメン・マリア・マチャド

小澤英実　小澤身和子

岸本佐知子　松田青子 訳

etc.
books

目次

わたしの体は幽霊屋敷

そこで私は迷子になる

ドアはない　あるのはナイフの山と

百の窓

――ジャッキー・ジャーマン

男という怪物を造りしとき、

神はなぜ、少女たちに死をもたらす力を与えなかったのか

――エリザベス・ヒューワー

彼女の体とその他の断片

わたしにとってはじめての、

そしていまもお気に入りの物語たちを語ってくれた

祖父　レイナルド・ピラー・マチャド・ゴリンへ

そして

ヴァルへ

振りむくと

あなたがそこにいた

夫の縫い目

THE HUSBAND STITCH

小澤身和子 訳

（この物語を朗読する場合は、次のような声で読んでください。

私：子どもの頃は甲高くて、記憶に残らないような声。大人の女性になってからも、同じ。

成長して男性になり、私の配偶者となる少年：ふとした偶然をきっかけに、幸運を摑み取るような強い声。

私の父：思いやりのある、低音がきいた声。あなたの父親のような声、あるいは父親だったらいいのにと思うような男性の声。

私の息子：幼い頃は優しい、わずかに舌っ足らずな声。大人の男性になると、夫のような声。

他のすべての女性：私の声と入れ替え可能な声）

初めに、彼よりも先に彼を欲しくなるとわかっている。普通はそういかないものだけど、私はそうするつもりだ。近所のパーティーに両親と参加している十七歳の私は、キッチンでその家の十代の娘と白ワインをグラスに半分飲む。父は気づいていない。あらゆるものが、描き上げたばかりの油絵のように柔らかだった。

その男の子は私の方を向いていない。彼の首や背中の上あたりの筋肉を見る。まるでダンスに行くためにおしゃれをした日雇い労働者みたいに、ボタンダウンのシャツをいい感じに崩して着ているのを見て、濡れる。別に選択肢がないというわけではない。私はきれいだ。可愛い口をしているし、ワンピースを盛り上げる胸は、純粋にもイケナイ感じにも見える。良い子で、良い家庭で育った。でも彼は少し荒々しい。時々男の人にいるような、私が好きな感じだ。私と同じことを求めてくれるかもしれない。

恋人にあまりにも下品なことを求めたばかりに、彼がそれを家族に話してしまって、無理やり精神病院に連れて行かれた女の子の話を聞いたことがある。彼女がどれだけ異常な快楽を求めたのかはわからないけれど、私もそうできたらいいのにと心底思う。慣れ親しんだ世界から引き離されてしまうほど、欲しくてたまらない魅惑的なものって何だろう?

その男の子は私に気づく。感じが良さそうだけど、酔っ払っている。彼は「やあ」と言って私の名前を尋ねる。

いつでも然るべき瞬間を選びたいと思っている。まさにこれがその瞬間だ。

テラスで、彼にキスをする。彼はキスを返す、最初は優しく、でもそのうち激しくなって、さらには舌で私の口を少し開こうとするので、びっくりする。きっと彼もそうだ。真っ暗な部屋のベッドの中で、あの古いキルトの重みを感じながら、いろいろなことを想像してきたけれど、これは一度も考えなかった。私は思わず声を漏らす。体を離した彼が、ぎょっとした顔をしている。一瞬目を走らせてから、私の喉に視線を止める。

「それは何？」と彼は尋ねる。

「ああ、これ？」私は首の後ろのリボンを触る。「私のリボン」そう言って私は光沢のあるその緑色のリボンを半分くらいなぞり、首の前の蝶結びで指を止める。彼がのばした手を、摑んで押し返す。

「触らないほうがいいよ」と私は言う。「触っちゃだめ」

家の中へと戻る前、彼はまた会えるかと尋ねる。私はいいよと言う。その夜、寝る前にもう一度彼のことを考える。彼の舌が私の口をこじ開ける。私の指は私自身の上を滑り、そこで彼のことを想像する。あらゆる筋肉や快楽への欲望。私たちが結婚するのはわかっている。


私たちは結婚する。つまり、結婚することになる。でもまず最初に、彼は暗闇のなか、私を車に乗せて、岸辺が沼みたいで近づけない湖へと連れて行く。彼はキスをして、片手で私の胸をわし摑みにする。私の乳首はその指の下で硬くなる。

私はこれから彼が何をしようとしているのか、本当の意味ではわかっていない。彼は硬くて、熱くて、乾燥していて、パンみたいな匂いがする。彼が中に押し入ってくると、私は叫び声をあげ、海で遭難したみたいに彼にしがみつく。彼の体が私の体を固定すると、彼は突いて、突いて、突き続けて、終わる前に彼自身を引き抜いて、私の血をしたたらせながらオーガズムに達する。私はそのリズムや、彼の要求をはっきりと理解したことや、彼の放出の明快さにうっとりして、興奮する。彼は座席に身を沈ませる。池の音が聞こえてくる。水滑り鳥やコオロギ、それにかき鳴らしたバンジョーみたいな音。水辺から流れてくる風が体を冷ます。

どうすればいいのかわからない。脚の間で心臓が波打つのを感じる。痛みはあるが、きっと気持ちよくなるんだろう。私自身の上に片手を滑らせると、どこか遠くの方で快楽の旋律を感じる。彼の息遣いが静まると、見られていることに気づく。窓から差し込む月明かりの下で、私の肌は紅潮している。こちらを見つめる彼を見ると、手の届かないところまで飛んでいってしまいそうな風船の紐の先を指先でかするように、その快楽を摑めるんじゃないかと思う。私は体を引いて、声を漏らし、最高潮を迎えた感覚をゆっくりと静かに乗り切る。その間ずっと舌を噛み続けている。

「もっとしたい」と彼は言うけれど、体を起こそうとはしない。窓の外を見ているので、私もそうする。闇のなかでは何かが動いてもおかしくない。鉤爪男。同じ旅を永遠に繰り返す幽霊みたいなヒッチハイカー。子どもたちの歌う聖歌で、永遠の安息という鏡から呼び起こされる老女。その類の話は皆が知っている。知らなくても、皆そんな話をする。でも誰も信じていない。

彼は水面を見やってから、再び私に視線を戻して「君のリボンの話をしてよ」と言う。

「何も話すことなんてないよ。私のリボンっていうだけ」

「触ってもいい？」

「嫌」

「触ってみたいんだよ」彼の指が少しぴくっとする。私は脚を閉じて、まっすぐに座り直す。

「だめ」

湖の中の何かが身を捩りながら水から強引に飛び出し、しぶきを上げて着地する。彼は音の方を向く。

「魚かな」と彼は言う。

「いつか、この湖とここに住んでいる生き物の話をしてあげるね」

彼は笑って、顎をさする。彼の肌に私の血が少しついていたけれど、気づいていないみたいだし、私は特に何も言わない。

「いいね、そうしてよ」と彼は言う。

「家まで送って」と言うと、彼は紳士らしくそうする。

その夜、私自身を洗う。脚の間のなめらかな泡はさびの色や匂いがするけれど、これまでにないほど新しい気持ちになる。

両親は彼をとても気に入る。なかなか良い子だと言う。立派な男になると。そして彼に仕事や趣味、家族について聞く。彼は父としっかり握手を交わし、母にお世辞を言う。すると母は少女みたいに歓声をあげて、赤くなる。彼は週に二回、時々三回やってくる。母が夕食に誘うと、皆が食事をしている間、私は彼の太ももに爪を食い込ませる。アイスクリームが器の中でどろどろになると、両親に彼と散歩をしてくると告げる。それから私たちはかわいらしく手をつないで、家が見えなくなるところまで、まっしぐらに歩く。木の間に彼を引っぱり込んで、地面がきれいなところをみつけると、腰を揺すりながらパンストを脱ぎ、四つん這いになって、彼に私自身を捧げるために腰を上げる。

私のような女の子の話はいろいろ聞いたし、自分がそうした話のネタになるのは怖くない。金属製のバックルの音と、それが地面に落ちるカシャッという音が聞こえる。半分固くなった彼を感じる。「じらさないでね」とお願いすると、彼はそれに応じる。私は声を漏らして体を反らせる、そして私たちは動物のようにその空き地で発情する。私の出す快楽のうめき声と彼の出す幸運のうめき声が混ざり合って、夜に溶けていく。私たちは学んでいる。彼も、私も。

決まりが二つある。中で出さないことと、私の緑のリボンに触らないこと。彼は泥の中に射精する。雨の降りはじめみたいに、ピュッピュッと。私は私自身を触りはじめるけど、体の下で丸めていた指が泥で汚れている。下着とパンストを引っ張り上げる。彼が咳ばらいをして、指を差すので見てみると、パンストの下の膝にも泥がこびりついている。パンストを下げて、手ではらってからまた上げる。スカートのしわを手でのばして、ヘアピンを留め直す。なでつけた彼の巻き毛に、動いている間に乱れた一筋を戻してあげる。ふたりで下流に向かって歩いていき、私は汚れが取れるまで水の中で手を泳がせる。

お互いの腕を控えめにくっつけ合いながら、家までぶらぶらと歩いて帰る。中では母がコーヒーを淹れていて、父が彼の仕事について尋ねる間、皆でくつろぐ。

（この物語を朗読する場合は、深呼吸をして息をしばらく止めるとすごく上手に森の空き地の音を再現できます。それから一気に空気を吐き出して、高層ビルが地面に崩れ落ちるかのように胸をへこませます。これを何度も何度も繰り返して、息を止めてから吐き出す間隔を短くしていきましょう）

私はずっと物語の語り手だった。少女だった頃、母は野菜のコーナーに足の指が置かれていると言って叫ぶ私を抱えて、食料品店から連れ出した。心配そうな顔をした女性が振り向いて、私が足を蹴り上げ、母の細い背中を何度も拳で叩くのを見ていた。

「あれは、じゃがいも！」家に戻ると母は言った。「足の指じゃないの！」そして父が帰ってくるまで、私のためにこしらえた子ども用の椅子に座っているように命じた。でも、確かに足の指を見たのだ。血にまみれた青白い足が、メークインに混じって置いてあるのを見た。私が人差し指の先でつっついたのは、氷のように冷たくて、水疱みたいにぶよぶよだった。そんなことを何度も言うと、母の目の澄んだ部分が、驚いた猫のようにさっと動いた。

「そこにいなさい」と母は言った。

その夜父は仕事から戻ると、私の話をじっくりと聞いた。

「バーンズさんには会ったことがあったよね？」母と私が行った店を経営する老人のことだ。

一度だけ会ったことがあったので、あると答えた。雪が降る前の空みたいな白髪で、奥さんはショーウィンドウに貼るチラシを手書きしていた。

「どうしてバーンズさんが足の指を売るんだろうね?」と父は尋ねた。「どこで仕入れるんだろう?」

まだ幼くて、墓地や遺体安置所について理解していなかった私には、答えられなかった。

「万が一、どこかから仕入れたとしたって」と父は続けた。「じゃがいもと一緒にそれを売って、何になる?」

でも確かにそこにあったのだ。この目でしっかり見たのだから。でも父の論理という太陽光線の下で、私は自分を疑う気持ちが膨れていくのを感じた。

「なによりも」と父は言い、証拠を裏付ける最後の一ピースにたどり着いたかのように得意げに、「なんでおまえ以外の人は足の指に気づかなかったんだろうね?」

私が大人の女性であれば、この世には特定の人にしか見ることのできない真実があると父に言ったはずだ。でも少女だったので、父の解釈に同意し、父が私を椅子から持ち上げてキスをして、自由にさせてくれると笑顔を見せた。

通常、女の子がボーイフレンドに何かを教えるということはない。私はただ彼に、私が欲しいもの、眠る時にまぶたの中を刺激する感情を見せているだけだ。彼は欲情したときの私の表情がわかるようになる。彼には何も隠さない。彼が私の口、私の喉を丸ごと欲しいと言うと、私はしょっぱさにうなりながら、詰まらないように、彼をまるごと私の中に入れる。彼に最悪の秘密について訊かれると、私を小部屋に隠して、他の生徒がいなくなった後、その中で抱きつかせた教師のことを話す。その後、家に帰ってから、手をスチールたわしで血が出るまでごしごしと洗った。そのことを思い出すと、怒りと恥の感情があまりにも強烈に湧き上がってくるので、この話をすると一か月は悪夢を見続ける。彼が結婚しようと言ったのは、私が十八歳になる数日前で、私は「うん、ぜひそうしよう」と言い、それからその公園のベンチで彼の膝の上に座って、通りすがりの人にその下で何が起きているか気づかれないように、スカートをふわりと広げる。

「君のすごく多くの部分を知っているような気がするよ」彼はそう言うと、指で強く口を押さえて、喘ぎ声を出さないようにする。「これから、君のすべてを知るんだ」

彼らが語る物語がある。日没後に地元の墓地に行くようにと友達にけしかけられる女の子の話だ。彼女は愚かだった。夜に誰かの墓の上に立つと、墓場の住民たちの手が伸びてきて、下に引きずり込まれてしまうと彼らが言うと、彼女は鼻で笑った。鼻で笑うのは、女性が犯しうる最初の過ちだ。

「何かを恐れてたら、一生なんてあっという間に過ぎちゃうよ」と彼女は言った。「見てなさい」

プライドが二つ目の過ちだ。

私にはできると彼女は言い張った。彼女にはそんな悲運など降りかかるわけないのだから。そこで彼らは、実際にそこに行ったという証拠、彼女の言い分が正しかったという証拠として、霜の降りた地面にナイフを突き刺すよう彼女に命じた。

少女は墓地に向かった。彼女は適当に墓石を選んだと言う人もいる。でも私は彼女はすごく古い墓を選んだと思う。その選択には、彼女の自信のなさと、もし彼女が間違っていたら、死んだばかりの体の筋肉や肉の方が、何世紀も前のものよりもよっぽど危険だと彼女が潜在的に考えていたことが表れている。

少女は墓の上で跪《ひざまず》き、刃を深く突き刺した。怖がっている姿を見られることもなく、立ち上がって駆け出そうとすると、逃げられない。何かが服を摑んでいる。彼女は叫び声を上げて、地面に崩れ落ちた。

朝になると、友達が墓地へとやってきた。彼女は墓の上で死んでいて、ナイフの刃がスカートの厚いウール地を貫通して地面に突き刺さっていた。突然の恐怖で死んだのか、寒さで死んだのかなんて、これからやって来る両親にとっては違いがあるのだろうか？　彼女は間違ってはいなかったけれど、そんなことはもうどうでもよかった。その後みんなは、彼女は死にたがっていたと思うことにした。生きたいという思いを証明するために彼女は死んだのに。

結局、正しいということが三番目の、最悪な過ちだった。

両親は私たちの結婚を喜ぶ。母は最近の女の子は結婚するのが遅くなっているけど、十九歳の時に父と結婚してよかったと言う。

　ウェディングドレスを選んでいるとき、私は、恋人と一緒にダンスに行きたかったのに、ドレスが買えなかった若い女性の物語を思い出す。彼女は古着屋で、白い素敵なドレスを購入し、その後病気を患いこの世を去った。最期を診た医者は、死体防腐処理に使う液体に触れたことが死因だとわかった。蓋を開けてみると、そのドレスは、たちの悪い葬儀屋の助手がどこかの花嫁の死体から盗んできたものだった。

　この話から得られる教訓は、お金がないことは命取りになるということだ。私は予定していたよりも高いドレスを買う。でもとても美しいドレスだし、死ぬよりはいい。そのドレスを折りたたんで、結婚のために揃えたものを入れる箱《ホープチェスト》に入れるとき、結婚式の日にかくれんぼをして屋根裏部屋の古いトランクの中に隠れたら、蓋が閉じて開かなくなってしまった花嫁のことを考える。彼女は死ぬまで閉じ込められたままだった。何年も後になって、メイドがその真っ暗な空間のなかに、白いドレスを着た彼女の骸骨が折りたたまれているのを発見するまで、みんなは彼女が逃げたとばかり思っていた。物語のなかの花嫁は、誰一人としてうまくいった試しがない。物語は幸せを感じ取ると、ロウソクのように吹き消してしまう。

　私たちは四月の季節外れに寒い午後に結婚する。結婚式の前にドレス姿の私を見ると、彼は熱いキスをして、コルセットの中を触りたいと言ってきかない。彼は固くなり、私は私の体を好きなようにしていいよと伝える。状況を考えて、ひとつ目の決まりを撤回する。彼は私を壁に押し付けて、私の喉の近くのタイルに手を置いて体を支える。彼の親指が私のリボンをなでる。手は動かさず、私の中に入るときに「愛してる、愛してる、愛してる」と言う。セント・ジョージ教会のバージンロードを脚に精液をしたたらせながら歩いた女は私が最初かどうかはわからないけれど、そうだと思いたい。

ハネムーンでは、ヨーロッパを巡る。私たちは裕福ではないが、なんとかする。ヨーロッパには物語が溢れていて、旅の間にたくさんの物語を知る。賑やかな古都から、のんびりした村や、アルプスの人里離れた宿を訪れて、強い酒を飲んだり、ローストされた肉を骨ごと丸かじりしたり、シュペツレやオリーブやラビオリ、そして何だかは知らないけれど毎朝無性に食べたくなる穀物のおかゆを食べる。寝台車のチケットは高くて買えないので、夫は係員に賄賂を渡して、空いている部屋に一時間だけ入れてもらえるようにする。私たちはライン川の上で交わり、夫はがたがたする壁に私を押し付けて、列車が越えている山々よりも原始的なうめき声を上げる。私は自分が見ているものは世界のすべてではないけれど、その最初の部分だと悟る。この先のことを考えると、体中に電気が走る。

(この物語を朗読している場合は、列車の旅やセックスという緊張感のなかのベッド音を出すために、金属製の折りたたみ椅子をたたみましょう。それに疲れたら、一番近くにいる人に、子守唄のことを考えながら、歌詞をうろ覚えしている古い歌を歌いましょう)

旅から戻ってしばらくすると、予定日を過ぎても生理が来なくなる。ある夜、ふたりで疲れ切ってベッドで大の字で寝ている時に夫に告げる。彼は本当に大喜びして目を輝かせる。「子どもかあ」と彼は言って頭の後ろに手を置いたまま横になる。「子どもかあ」それからしばらく静かだったので、寝てしまったのかと思ったけど、見ると目は開いていて、天井をじっと見つめている。彼は体を横向きにして、私をじっと見る。

「その子にもリボンがあるのかな?」

私は顎がぎゅっとなるのを感じ、無意識に手でリボンの結び目をなでる。いろいろな返事が頭に浮かんだので、一番怒りを感じないものにしておく。

「なんとも言えないよ、今はまだ」やっとの思いでそう言う。

すると彼が私の喉に手を置いたので、びっくりする。両手を上げて阻止しようとするけれど、彼は力ずくで私の手首を摑んで、もう片方の手でリボンに触れる。そしてなめらかなリボンを親指で押し、まるで私の性器をなでるかのように結び目に優しく触れる。

「お願い」と私は言う。「お願い、やめて」

彼は聞いていないようだ。「お願い」ともう一度言う、今度はより大きな声で。でもその声は途中でかすれてしまう。

やろうと思えば、彼は結び目をほどけたはずだ。でも私を離し、何事もなかったかのように寝転がる。私は痛む手首をさする。

「水が飲みたい」と私は言い、起き上がってバスルームに行く。水道をひねって、慌ててリボンを確認する。涙がまつげにたまる。結び目はきつく結ばれたままだ。

大好きな物語のひとつに、狼に殺された開拓者の夫と妻の話がある。近所の人たちが、小さな山小屋周辺にばらまかれたふたりの引き裂かれた死体を見つけたが、彼らのまだ幼い娘は生きているにしろ、死んでいるにしろ見つけられなかった。人々は、その子が狼の群れと一緒にこの辺りをどの狼よりも野蛮に野性的に駆けていくのを見たと言った。

彼女が目撃されるたびに、地元の人たちの間にさざ波が立った。あの子が冬の森で、猟師を威嚇したんだって。ひょっとすると、その猟師は歯をむき出しにして、彼の肌を震わすほど野蛮なうなり声を上げる裸の幼い女の子に、脅されたというよりも驚いたのかもしれない。結婚適齢期くらいの若い女が馬を殺そうとしてるってさ。羽を撒き散らしながら鶏を引き裂いている彼女を見た人すらいる。

何年も後になって、川沿いのイグサの茂みの中で、二匹の狼の赤ちゃんに乳をやりながら休んでいる彼女を見たという話もあった。その赤ちゃん狼は、彼女の体から出て来たのだと思いたい。たった一度だけ、狼の血が人間を汚したのだ。赤ちゃん狼はきっと彼女の胸を血だらけにするけれど、彼女は気にしない。なぜならその二匹は彼女のもので、彼女だけのものだから。二匹の鼻口部と歯が体に押し付けられると、彼女はどこにも見つけることができなかった安らぎのようなものを感じた。彼らと一緒のほうが、他のどこにいるよりも良かったに違いない。それに関しては、絶対にそうだと思う。

数か月が過ぎて、お腹が大きくなる。私の中で、私たちの子どもが激しく泳いだり、蹴ったり、押したり、引っ掻いたりしている。私は公共の場で息切れし、よろめきながら道の端に行き、お腹をおさえて、おちびさん（私はこう呼んでいる）にやめるようにしーっと言う。ある時などは、一年前に夫がプロポーズした公園で散歩中につまずき、ゼーゼーと息をしながら膝をついて泣きそうになる。通りすがりの女性が起き上がらせてくれて、水を飲ませてくれる。彼女は、最初の妊娠はとにかく最悪だけど、時間と共によくなっていくわよと言う。

変化した体型だけでなくて、いろいろな意味で本当に最悪だ。私はお腹の子どもに歌ってやる。そして赤ちゃんが上の方か下の方のどちらにいるかについてのばかげた迷信について考える。私の中には男の子がいるの？　父親そっくりの？　もしくは女の子？　後から生まれてくるかもしれない弟たちを柔弱にする娘？　私にはきょうだいがいないけど、長女というのは弟たちに優しくて、弟たちに世界にはびこる危険から守ってもらえるものだ。そんなことを考えると気分が良くなる。

私の体は、想像していたのとは違うように変化する。胸は大きく広がって熱を帯び、お腹には虎のシマを横向きにしたみたいな薄い線が何本もできる。自分のことを醜いと思うけど、夫はまるで私の新しい体型が、私たちの性的倒錯行為リストを一新したみたいに、欲望を再び温め直したようだ。私の体は反応する。スーパーで並んでいるときや、教会で聖体拝領をするときに、新しい猛烈な欲望がやってきて、ちょっとしたことにも不安定になったり、興奮したりするようになる。夫は毎日帰宅するときに、私への欲望を頭の中でリストにしている。私はそれ以上を与えるのもいとわない。今朝パンと人参を購入して以来、ずっとイキたくてイキたくてたまらない。

「僕は地球で一番幸運な男だ」と両手で私のお腹をさすりながら彼は言う。

夫は毎朝、私にキスをして抱きしめ、時々コーヒーとトーストの前に私を味わう。そして足取り軽く仕事へと向かう。トントン拍子で昇進していく。「家族のために、もっとお金がいるだろ」と彼は言う。「幸せになるために、もっとお金がいるだろ」


分娩室に入ったのは真夜中で、それから解放されるまで、私の体の中の一ミリ一ミリがあり得ないほどねじれて絡まる。私は湖のそばで過ごしたあの夜以来叫んでいないというくらい叫ぶ。でも今度は正反対の理由で。まさに今、自分の子どもが生まれてくるという喜びが揺るぎなく激しい苦痛によって分解されている。

分娩は二十時間続く。わけのわからない言葉をわめきちらしながら、夫の手をもぎ取りそうになるけれど、看護師はまったく動じない。医者はいらいらするくらい辛抱強く私の脚の間を覗き込んでいて、額で白い眉毛が解読不明なモールス信号を出している。

「どうですか?」と私は尋ねる。

「息をして」と医者は命じる。

私はこれ以上時間がかかったら、きっと自分の歯を粉々に砕いてしまうに違いないと思う。私の額にキスをして、医者に様子を尋ねる夫の方を向く。

「自然分娩は難しいかもしれませんね」と医者は言う。「手術をして赤ちゃんをとりあげないといけなくなるかもしれません」

「嫌です、お願いします」と私は言う。「そんなの嫌。お願いします」

「もしもうしばらくしても動きがないようなら、そうすることになります」と医者は言う。

「みんなにとって最善の方法かもしれませんよ」そして彼は顔を上げ、ほぼ間違いなく夫にウィンクをした。でも痛みを感じていると、実際とは違うように見えたりするものだ。

私は心のなかでおちびさんと約束する。おちびさん、あなたと私がふたりきりなのはきっとこれが最後だよ。お願いだからあなたを私から切り取らせないで。

おちびさんはその二十分後に生まれる。切らないといけないことにはなったが、私が恐れていたお腹ではない。医者はその代わりにメスを下の方に入れ、そんなことをされているのに、私はほとんど何も感じず、ただちょっと引っ張られるような感覚があるだけだ。腕の中に赤ん坊が置かれると、私はそのしわだらけの体全体を、夕焼け色を、赤い筋をじっくりと見る。

リボンはついていない。男の子だ。私は泣き出し、傷ひとつ付いていない赤ん坊を胸に抱き寄せる。看護師が授乳のやり方を教えてくれると、私は彼が飲んだり、まるまった指を触ったり、何度も小休止したりする、そのひとつひとつに幸せを感じる。

（この物語を朗読している場合は、聞いている人たちに果物ナイフを渡して、あなたの人差し指と親指の間の皮膚の柔らかい部分を切って欲しいとお願いしましょう。そしてその後、お礼を言いましょう）

担当医が疲れているときに出産することになった女性の話。かなりの早産で生まれた女性の話。体が子どもに固くくっついてしまい、彼を取り上げるためにお腹を切られた女性の話。密かに狼の赤ちゃんを出産した女性について聞いたことがある女性の話。考えてみると、物語は池に落ちる雨粒のように、混ざっていく。それぞれの話は別々の雲から生まれるが、一旦他の話と混じってしまうと、別々に語ることはもうできない。

（この物語を朗読している場合は、カーテンを開けて、聞いている人たちにこの部分を話しましょう。断言しますが、雨が降るでしょう）

彼らは赤ん坊を連れて行き、これから切った所を元どおりにするようだ。口と鼻に優しく押し付けられたマスクを通して眠くなる何かが投与される。夫は私の手を握りながら、医者と軽口をたたいている。

「追加で縫うといくらかかるの？」と彼は訊く。「閉じるんだよね？」

「やめてよ」と私は言う。でもろれつが回っていないので、小さくうなっただけかもしれない。男たちはふたりともこっちを向かない。

医者は含み笑いをして言う。「そうですね、以前にも……」

私は長いトンネルを滑り落ちていき、再び表面に戻ってはきたものの、重くて黒い油のようなもので覆われている。吐きそうだ。

「……その噂は何ていうか……」

「処……みたいな……」

私は目を覚ます、ぱっちりと。夫はいなくて、医者もいない。そして赤ちゃんは、赤ちゃんはどこ……

看護師がドアから顔をだす。

「旦那さんはコーヒーを買いに行かれましたよ」と彼女は言う。「それから、赤ちゃんは新生児用のベッドで寝てますからね」

彼女の後ろから、布で手を拭きながら医者が部屋に入ってくる。

「全部縫いましたから、心配ありませんよ」と彼は言った。「いい感じにきっちりとね。みんなにとってよかった。看護師が今後の回復状況についてお話ししますから、少し休んでいてください」

赤ちゃんが起きる。看護師がおくるみからすくい上げるように彼を抱き上げ、再び私の腕の中に置く。彼はあまりにも可愛くて、私は息をするのを忘れないようにする。

私は毎日少しずつ回復する。ゆっくり動いても痛い。動いて私に触れる夫を押しやる。元のような生活に戻りたいけれど、今はどうにもできない。すでに痛みを感じながら授乳をしているし、四六時中いつでも起きて私たちの息子の世話をしている。

ある日、手で彼にしてあげる。すると彼はとても満足するので、私は自分が十分に満足していなくても、彼を満足させられるとわかる。息子の最初の誕生日が近づくと、夫を自分のベッドにまた呼べるほど回復する。彼が私に触れて満たしてくれると、喜びのあまり涙がこぼれる。ずっと長い間満たされたかったからだ。

息子は手間のかからない子だ。どんどんどん大きくなる。私たちはもう一人子どもを作ろうとするけれど、おちびちゃんが私の中に、あまりにも甚大なダメージを与えたので、この体はもう一人を宿らせることは出来ないとうっすらと感じている。

「あなたはひどい住人だったのよ、おちびちゃん」彼の美しい茶色の髪にシャンプーをすり込みながら言う。「敷金は返せないわ」

彼は洗面台の中で、嬉しそうにきゃっきゃっと笑いながら水しぶきを飛ばす。

息子にリボンを触られても、まったく恐怖を感じない。彼はリボンを私の一部だと思っていて、耳や指と同じように扱う。リボンに触れる喜びに一切欲望が宿らないのが嬉しい。

もう子どもができないことを夫が悲しいと思っているかどうかはわからない。彼は欲望を包み隠さないのと同じくらい、悲しみを自分のなかだけに留める。良い父親だ。息子を愛している。仕事から戻ると、ふたりは家の庭で追いかけっこをして遊ぶ。息子はまだ幼くてキャッチボールはできないけど、それでも夫は根気強く芝生にボールを転がしてやる。すると息子はそれを拾ってまた落とす。それを見た夫は私にジェスチャーをしながらこう叫ぶ。「見てよ、見てよ！　今の見た？　もうちょっとしたらボールを投げるようになるよ」

私が知っている母親の物語のなかで、一番現実味を帯びているのはこの話だ。若いアメリカ人の女の子が母親とパリを訪れている間、母親が体調を崩す。母親が休めるようにと、ホテルに数日滞在することにして、娘は医者を呼ぶ。

手短に診察を終えると、医者は娘に母親にはある薬が必要だと告げる。彼は娘をタクシーに乗せ、運転手にフランス語で指示をして、彼の自宅まで行けば、妻がしかるべき薬を渡すからと彼女に伝える。延々とタクシーに乗ってついに到着すると、耐えられないくらい時間をかけて、細心の注意を払いながら粉薬を調合する医者の妻にイライラさせられる。タクシーに戻ると、運転手は蛇行したり、時々同じ通りに引き返したりする。しびれを切らした少女はタクシーから降りて、歩いてホテルに戻る。やっと到着すると、ホテルのフロント係は、彼女に見覚えが無いと言う。母親が休んでいる部屋まで急ぐと、壁の色や家具が記憶と違うことに気づく。母親はどこにも見当たらない。

この物語にはいろいろな結末がある。そのひとつは、少女は見事なくらい不屈の精神を持っていて、近くに部屋を借りてそのホテルを張り込み、最終的には洗濯室で働いている若い男を誘惑して真実を知るというものだ。母親は感染力の強い致命的な病気にかかって死に、医者が娘をホテルから送り出した直後にこの世を去った。街じゅうがパニックになるのを避けるために、スタッフが彼女の遺体を移動させて埋葬し、ホテルの部屋の壁の色を塗り直し、家具を入れ替え、関わった人たち全員に賄賂を渡して、そのふたりに会ったことは一度もないと言うように仕向けたのだ。

別バージョンでは、少女は自分は気が狂ってしまったと信じ込み、何年もパリの路上をさまよう。そして母と過ごした自分の人生は病んだ頭の中で作り出したものだと思い込む。途方に暮れた娘は、嘆きながらよろよろとホテルからホテルへと歩いて行く。誰に対して嘆いているのかは、彼女自身にもわからない。高級ホテルのロビーから追い出されるたびに、失われたものを思って泣く。母親が死んでいるのに、彼女はそれを知らない。あなたが天国を信じていると思って言いますが、彼女は死ぬまで、それを知ることはありません。

あなたにこの話の教訓を伝える必要はないでしょう。すでにわかっているはずです。

息子は五歳で学校に通いはじめる。息子の先生が、あの日公園で屈みこんで私を助け、ゆくゆくは妊娠が楽に感じられるようになると教えてくれた人だと思い出す。彼女も私を覚えていて、私たちは少し廊下で話をする。私は息子を生んでからは、子どもは作っていないことや、今や息子が学校に通いはじめたので、毎日がだらだらとつまらなくなると思うことを話す。彼女は優しい人で、時間を潰す方法を探しているのなら、地元の大学で女性のためのすごく良いアートクラスがあると教えてくれる。

その夜、息子が寝てしまうと、夫はソファーから手をのばして、私の脚の下から上へとその手を滑らせる。

「こっちにおいで」と快楽に心を疼かせながら彼は言う。私はソファーから滑り降りて、スカートのしわを整えながら、膝で歩いて彼の方へ行く。彼の脚にキスをして、手をベルトにのばし、締め付けているものから彼を引っ張り出して、丸ごと口に入れる。彼は両手を私の髪に通して、頭をなで、うめき声を上げながら体を押し付ける。彼が指をリボンの間に通そうとするまで、その手が首の後ろに下がったことに気づかない。私は息を呑み、すばやく体を引き離して、後退りしながら必死に結び目を確認する。彼はまだ私の唾液で濡れたまま、そこに座っている。

「戻ってきてよ」と彼は言う。

「嫌」と私は言う。「リボンに触るでしょ」

彼は立ち上がって彼自身をズボンの中にしまい、ジッパーを上げる。「妻は」と彼は言う。「夫に隠し事をするべきじゃないよ」

「隠し事なんてない」と私は言う。

「そのリボンがそうだろ」

「このリボンは隠し事じゃない。ただ私のリボンっていうだけだよ」

「それは生まれつきなの？　なんで君の喉に？　なんで緑なの？」

私は答えない。

彼はしばらく黙っている。それからこう言う。

「妻は隠し事をするべきじゃないよ」

私の鼻は熱を帯びはじめる。泣きたいわけではない。

「あなたが望むものは何でも与えてきたじゃない」と私は言う。「私にはこのたった一つのことも許されないの？」

「知りたいんだ」

「知りたいと思っているんだろうけど」と私は言う。

「本当はそうじゃないのよ」

「どうして僕から隠そうとするんだ」

「隠してなんかない。ただ、これはあなたのではないってだけ」

彼はソファから降りて私のすぐそばに来る。私はバーボンの匂いに顔を引く。ドアがきしむ音がして、ふたりが見上げると、階段を上がっていく息子の足が見える。

その夜夫は、燃えるような激しい怒りと共に眠りにつく。でもその怒りは夢を見はじめたとたんに消えてしまう。私は長い間起きたまま、彼の息遣いを聞いている。もしかすると男性にはリボンに見えないリボンがあるのかもしれない。きっと、私たちにはみんな見えなかったとしてもなにかしらの特徴があるのだ。

翌日、息子は私の喉に触りながら、リボンについて尋ねる。彼は引っ張ろうとする。辛いけれど、それを禁じないといけない。彼が手をのばすと、私は小銭がいっぱい入った缶を振る。ガシャガシャという不協和音が鳴り、彼は身を引いて泣く。私たちの間にある何かが失われ、私は二度とそれを探そうとはしない。

(この話を朗読している場合は、小銭がいっぱい入ったジュースの缶を用意しましょう。そのときがきたら、一番近くにいる人の顔の前で大きな音をたてて振りましょう。その人たちの驚きと恐怖、そして裏切られたという表情を観察してください。今後は一生、二度と同じようには見てくれないでしょう)

女性のためのアートクラスに申し込む。夫が仕事で、息子が学校の間に、アートクラスが開かれている広大な緑のキャンパスと、灰色のずんぐりとした建物まで車を走らせる。

きっと節操に敬意を表して、男性のヌードが私たちの目に届かないようになっているのだろう。でもそのクラスには独特のエネルギーがある。知らない女性の裸体のフォルムにはいろいろと見るところがあるし、木炭を巻いて、絵の具を混ぜる間、たくさん考えることがある。何人もの女性が、血流の循環を良くしようと椅子の上で体を前後にゆらしている。

ある女性は、何度も何度もやってくる。彼女のリボンは赤で、すらりとした足首に結んである。肌はオリーブ色で、濃い色の毛がおへそから恥丘までつながっている。彼女を欲しいと思ってはいけないとわかっている。それは彼女が女だからとか、彼女が知らない人だからというわけではなく、衣服を脱ぐのが彼女の仕事だからだ。そうした状態にうまく便乗していることを恥ずかしいと思う。きょろきょろする私の目にはまったく罪悪感がないが、鉛筆が彼女の輪郭をなぞると同時に、心の奥の秘密の場所で私の手もなぞっている。どうしたらそんなことが起きるのかはっきりとはわかってもいないけど、可能性を考えるだけで狂ってしまいそうになる。

クラスが終わったある午後、廊下の角を曲がると、彼女がいる。あの女性だ。服を着ていて、レインコートをまとっている。彼女の視線は私を釘付けにし、近くで見ると、まるで対の日食のように、瞳孔のまわりに金の帯があるのが見える。彼女が挨拶するので、私もそうする。

私たちは近くのダイナーのボックス席に座る。フォーマイカのテーブルの下で時々お互いの膝が擦れ合う。彼女はブラックコーヒーを飲み、私はなぜだかわからないけれどそれに驚く。彼女に子どもはいないのかと訊く。「いるわよ、娘が。とってもかわいい十一歳の女の子なの」「十一歳は恐ろしい年齢だよね」と彼女は言う。「私は十一歳より前のことは何ひとつ覚えてない。でも十一歳になるとあらゆるものに色が付いて、恐怖よ。すごい数字」と彼女は言う。「すごいこと」そしてまるで湖の水面の下に沈むかのように、一瞬表情がどこか違う所に行く。それがもとに戻ると、彼女は手短に娘が歌や音楽が得意なことについて話す。

私たちは女の子を育てる上で感じる特有の恐怖については話さない。正直に言えば、私には尋ねることすらできない。彼女が結婚しているのかも訊かないし、彼女もそうした情報を自分から提供しようとはしない。でも指輪はしていない。私たちは私の息子やアートクラスについて話す。どんな理由で脱ぐことになったのか知りたくてたまらないけれど、たぶん訊かない。なぜなら答えはきっと、思春期の子どもみたいに、忘れてしまうにはあまりにも衝撃的なはずだから。

彼女に魅了されているとしか、他に言いようがない。彼女にはどこかおおらかなところがあって、でもそれは私がこれまでおおらかだった感じや、今のおおらかな感じとは違う。彼女はまるでパン生地みたいだ。練り込む手の下でその頑強さ、潜在力を隠そうとする感じが。彼女から目を離してまた見ると、前より二倍の大きさになったように思える。

「またいつか話そうよ」と私は言う。「とても楽しかった」

彼女は頷き、私は彼女の分のコーヒー代も払う。

夫には彼女のことを話したくないと思う。でも彼は眠ったままの欲望に気づく。ある夜、彼が何が私の心をかき乱しているのかと尋ねるので、正直に話す。彼女のリボンのことすら詳しく話してしまって、余計に恥ずかしい思いをする。

彼はこの展開をすごく喜んで、ズボンを脱いで私の中に入るときに、長くてうんざりするような、とりとめのない幻想をつぶやくようになる。その幻想のなかでは、彼女と私が一緒だったり、彼女と私が彼と一緒にいたりするのだろうが、何を言っているのか全部は聞きとれない。

私はなぜか彼女を裏切ってしまったように感じて、クラスに行かなくなる。そして毎日を忙しくするための他の楽しみを見つける。

（この物語を朗読している場合は、聞いている人に衝撃的な秘密を打ち明けさせましょう。そして一番近くにある、通りに面した窓を開けて、その秘密をできる限り大声で叫びましょう）


好きな話のひとつに、老女と夫の話がある。夫は乱暴な気性と気まぐれな性格の、月曜日のように憂鬱な男だった。彼女は料理でしか夫を満足させられず、彼は彼女の料理の完全なとりこだった。ある日、彼は料理してもらうために分厚いレバーを買ってきて、彼女はそれをハーブとブイヨンで調理した。でも、彼女は腕をふるったそのいわば芸術品からただよう匂いに誘惑されてしまう。初めはちびちびかじっていたのが、そのうち何口もほおばるようになり、すぐにレバーはなくなった。彼女には二つ目のレバーを買うお金がなかったし、夕飯がなくなったことを知ったときの夫の反応がひどく怖かった。そこで、女性の遺体が安置されたばかりの隣の教会に忍び込んだ。そして布で覆われた死体に近づいて、キッチン用のハサミで切開して、肝臓を盗んだ。

その夜、夫はナプキンで口元を拭きながら、今まで食べたなかで一番おいしかったと言った。ふたりが眠りにつくと、老女は玄関のドアが開いて、家じゅうをか細いうめき声が漂うのを聞いた。私の肝臓を持ってるのは誰？　私の肝臓を持ってるのはだーーーれーーー？　徐々に声は寝室まで近づいてくる。でもドアがバーンと開くと静かになった。その死んだ女はまた同じ質問を繰り返した。

老女は夫から毛布を剝ぎ取った。

「ここよ、この人が持ってる！」と彼女は勝ち誇ったように言い放った。

死んだ女の顔を見ると、そこには自分の口と目がついていた。自分の腹部を見下ろすと、やっとどんなふうに腹を刻んだのかを思い出した。ベッドの中で大量の血を流し、死ぬときには何度も何度も何かを囁いた。あなたや私は決して知ることのない何かを。彼女の隣では、マットレスの奥深くまで血が染み込み、夫がすやすやと眠り続けている。

この話は、あなたが聞いたことのある話と同じバージョンではないかもしれません。でもあなたは絶対にこの話を聞く必要があるんです。

夫は異様なくらいハロウィーンを楽しみにしている。私は息子に、夫の古いツイードのコートでコートを作ってあげた。小さな教授か、どこかの古臭い学者みたいに見えるだろう。くわえる用のパイプまで用意する。それを歯と歯の間で噛んでカチカチと音をさせる息子を見て、不安なくらい大人びていると思う。

「ママ」と息子は言う。「ママは何なの？」

コスチュームを着ていない私は、あなたのお母さんだよと答える。

小さな口からパイプが床に落ちると、彼は私が動けなくなるほど大きな声で叫ぶ。夫がすぐにやってきて、彼を抱き上げ、泣きじゃくる彼に低い声で話しかけたり、何度も繰り返し名前を呼んだりする。

彼の呼吸が静まってくると、やっと私は自分の間違いに気づく。彼はまだ小さいから、おもちゃのドラムを欲しがる意地悪な女の子たちの話を知らないのだ。その子たちがひどい態度をとったせいで、母親はどこかへ行ってしまい、代わりにガラスの目と、巨大な木のしっぽがある新しい母親がやって来るという話だ。彼は物語や、物語がいかに真実を伝えているのかを理解するには幼すぎる。でも結局私はうっかり話してしまった。みんなが仮面を被っているハロウィーンの日に、母親が本当の母親でないことを知ってしまった小さな男の子の話を。後悔の念が押し寄せてきて、喉を熱くする。私は息子を抱きしめてキスをしようとするけれど、彼はただただ外に行きたがる。そこでは太陽が地平線に沈み、かすんだ冷たさが影を傷つける。

私にはこの祭日はほとんど必要ない。知らない人の家に息子を連れて行ったり、ポップコーンでお菓子を作って、「トリック・オア・トリート」と言ってやって来る人たちが玄関先で身代金を要求するのを待つなんて望んでいない。それでも、家の中で、ねばねばするお菓子でいっぱいのトレイを持って待ち、やって来る小さな女王様やゴーストたちに応対する。息子のことを考える。彼らが帰ってしまうとトレイを置いて、頭を抱える。

息子は口をプラム色にする棒つきキャンディーをかじりながら、ご機嫌で帰宅する。私は夫に腹を立てる。お菓子を食べさせるなら、帰ってきてからにして欲しかった。あの話を聞いたことがないのだろうか？　チョコレートに刺さったピンや、りんごに埋められたカミソリの刃の話を。彼はこの世には心配しなければならないものがあることを理解していないようで、私の怒りは収まらない。息子の口の中をじっくり見ても、舌に鋭利な金属は刺さっていない。笑いながら、家じゅうをくるくると回って目を回し、もらったお菓子とその日に受けた刺激で興奮している。彼が両腕を私の両脚に巻き付けると、ちょっと前に起きたことはすっかり忘れてしまう。許すことは、どんな家でもらったお菓子よりも甘く感じる。彼が私の太ももによじ登ってきたので、眠るまで歌ってやる。

息子はどんどん成長する。八歳、十歳。最初はおとぎ話を聞かせる。痛みと死と強制結婚が枯れ葉のように取り除かれたすごく古い話だ。生えてきた脚が笑ってしまうくらいにしっくりくる人魚たち。大きな森から駆け足で逃げだして姿を変えたために、食べられてしまうことはないいたずら者のブタたち。城を離れて小屋に移り住み、森の動物たちの絵を描いて余生を過ごす悪い魔女たち。

でも彼は成長するにつれて、これでもかと言うくらいたくさん質問をするようになる。彼らはどうしてこのブタを食べちゃわないの？　あんなにお腹をすかせているんだし、このブタはすごく意地悪なのに？　どうして魔女はあんなに悪いことをたくさんしたのに、自由になれるの？　そして、ハサミで自分の手を切って以来、ヒレが脚になる感覚は苦痛以外のなにものでもないと、そうした話を真っ向から否定するようになる。

「もとに戻りゅよね」と彼は言う。「る」の発音が難しいのだ。

手の傷に絆創膏を貼りながら、私は頷く。もとに戻るよ。そして真実により近い話をするようになる。とある線路沿いで、知らない場所へと向かう幽霊列車の音に魅せられていなくなった子どもたちの話。ある女性が亡くなる三日前に、家の玄関先に現れる黒い犬の話。湿地帯で人を追いつめ、金を取って運命を占う三匹のカエルの話。夫は、たぶんこうした話を禁じるだろう。でも息子は真剣に聞いて、自分の胸に秘めておく。

学校で「リトル・バックル・ボーイ（バックルをつけた男の子）」を上演することになる。彼は主役のバックル・ボーイだ。私は子どもの衣装を作る母親たちの会に参加する。女性だけの部屋で、みんなで一緒にお花役の子どもたちのために、小さなシルクの花びらを縫い、海賊役の子どもたちのために小さな白のパンタロンを作る。私はそのリーダーだ。ある母親は指に淡い黄色のリボンがあって、ひっきりなしに糸に絡んでいる。彼女は大声で悪態をつく。ある日など、そのやっかいな糸をついばむために洋裁ばさみを使う羽目になった。私はできるだけきめ細かい作業を心がける。もうシャクヤクの花は作らなくていいよと言うと、彼女は首を振る。

「本当に邪魔だよね」と彼女は言う。私は頷く。窓の外では子どもたちが遊んでいる。運動場の遊び道具からお互いを突き落としたり、たんぽぽの頭をむしったりしている。劇はうまくいく。初日、独白の場面で息子はひときわ輝く。声の高さも抑揚も完璧だ。これまでこれほどうまくやった子はいない。

息子は十二歳になる。彼はリボンについて単刀直入に私に訊く。人はみんな違うのよと私は答え、時には質問するべきでないこともあることを伝える。そして、きっと大人になったらわかるよと言う。私はリボンが出てこない話をして彼の気をそらせる。人間になりたい天使や、死んだことに気づいていない幽霊、灰になってしまう子どもたちの話。息子からは子どもの匂いがしなくなる。ミルクみたいな甘い香りが、コンロで髪の毛が焼けて焦げるような強い匂いに変わる。

息子は十三歳になり、十四歳になる。髪の毛がちょっと長すぎるけど、短く切ってしまうのは嫌だ。夫は出勤するとき、急いで巻き毛を手でかき集めながら、私の口の横にキスをする。学校に行くとき、息子はギプスをはめている近所の男の子を待つ。私の息子はすぐにはわからないけれど、人の気持ちがわかる子だ。他の子みたいな残酷さはない。「この世界にはもう充分いじめっ子がいる」と何度も何度も話してきた。この年、彼はお話をしてと言わなくなる。

息子は十五歳、十六歳、十七歳になる。とても聡明な子だ。父親の人づき合いのうまさと、私の謎めいた雰囲気を兼ね備えている。彼は一緒の高校に通うきれいな女の子と付き合いはじめる。きらきらとした笑顔をした温かい雰囲気の子だ。彼女に会うのは嬉しいけれど、自分の若い時を思い出して、戻ってくるまで起きているねとふたりに言ったりは絶対にしない。

息子から、工学を勉強するための大学に合格したと告げられると、私は大喜びする。私たちは、歌を歌って笑いながら家じゅうを行進して回る。夫が帰宅すると、彼も一緒になって喜び、それから車で地元のシーフード・レストランに行く。オヒョウを食べながら息子の父親は、「私たちはおまえを誇りに思うよ」と言う。息子は笑って、彼女と結婚もしたいなと言う。私たちは手を握りあって、もっと幸せな気持ちになる。なんて良い子なんだろう。楽しみなことがたくさんある、なんて素晴らしい人生なんだろう。

地球で最も幸運な女でさえ、こんな喜びはまだ感じていないはずだ。

あなたにまだ話していない傑作、大傑作があるんです。

女の子と男の子が車を駐めにいく。ふたりは車の中でキスしていると言う人もいるけれど、実際どうだったか私は知っている。そこにいたからだ。ふたりは湖のほとりに車を駐めた。まるで世界は終わりからの瞬間のつらなりで成り立っているかのように、彼らは後部座席で後ろを向いた。もしかしたら本当にそうだったのかもしれない。彼女は彼女自身を差し出して、彼は彼女に乗り、ことが終わるとラジオを付けた。

ラジオの声は、地元の精神病院から気の狂った鉤爪の殺人犯が逃亡したことを知らせる。男の子は静かにクックックッと笑って音楽専門チャンネルに変えた。曲が終わると、女の子は、クリップでコップをひっかくような不快な音を聞いた。彼女は男の子の方を見て、片腕で胸を押さえながらあらわになった自分の肩にカーディガンをかけた。

「帰ったほうがいいんじゃない？」と彼女は言った。

「大丈夫だって」と彼は言った。「もう一回しようよ。今日は一晩じゅう時間があるんだ」

「もし殺人犯がここに来たらどうするの？」と女の子は訊いた。「あの精神病院はここからすごく近いよ」

「大丈夫だってば」と男の子は言った。「僕のことが信用できないの？」

彼女は渋々信用してるよと頷く。

「だったら」と彼は言った。その声は彼女がやがてよく知ることになるように次第に小さくなっていった。彼は胸に置かれた彼女の手を取って、彼自身の上に置いた。彼女はようやく、湖畔から目を離す。車の外では、月明かりがギラギラした鉄の鉤爪を照らしている。殺人犯がにやにやしながら彼女に手をふっていた。

ごめんなさい。この続きは忘れてしまいました。


息子がいないとこの家はとても静かだ。私はあらゆるものの表面を触りながら家じゅうを歩き回る。幸せだけど、私の中の何かが奇妙で新しい場所へと移っていく。

その夜、夫が新たに空になった部屋でしない？と訊いてくる。息子が生まれて以来、そんなに激しいセックスをしていない。キッチンテーブルの上に横になると、私の中の古い何かに火がついた。そして以前ふたりがどんな感じで欲望を覚えたのか、あらゆるものの表面にどんな風に愛しあった跡をつけたのか、私の中の奥地をどんな風に彼が楽しんだのかを思い出す。私は野蛮なくらい大きな声をあげる。近所の人に聞こえるかもしれないなんて気にせず、カーテンが開いた窓から誰かに夫が私の口の中にすっぽりと埋まっているのを見られてしまうかもしれないなんて気にしない。もし彼が望めば、庭に出て行って、近所を見渡しながら後ろからさせるだろう。十七歳の時、あのパーティでほかの人に出会っていたかもしれない。バカな男の子だったかもしれないし、気取った男の子や、乱暴な男の子だったかもしれない。どこか遠くの国に私を移住させて、その国の外国人移住者を改宗させたり、似たようなくだらないことをさせる信仰心の強い男の子だったかもしれない。計り知れない数の悲しみや不満を経験したかもしれない。でも床の上で彼にまたがって声を上げると、自分の選択は正しかったとわかる。

私たちは疲れ果てて、ベッドの上で裸のまま大の字になって眠ってしまう。目が覚めると、夫が私の首の後ろにキスをしながら、舌でリボンを探っている。私の体は激しく抵抗する。まだ快楽の記憶にうずきながらも、裏切りに対して強く抗《あらが》う。彼の名前を口にしても、反応はない。もう一度言うと、彼は私をぎゅっと抱きしめて、また続ける。私は両肘で彼の脇腹を押し、彼が驚いて私を抱く手をゆるめると、起き上がって彼と向きあう。彼は困惑して、傷ついたような顔をしている。まるで私が小銭の入った缶を振った日の息子のような顔をする。

私は決断できなくなる。リボンに触れる。夫の顔を見ると、彼の欲望のはじめから終わりまでがそこに刻まれている。突然、彼が悪い男ではないということが私の痛みの根底にあることに、気づく。彼はまったく悪い男じゃない。彼のことをよこしまだとか意地悪だとか不純だと言うのはひどい仕打ちになる。それでも――

「リボンをほどきたいの？」と彼に訊く。「何年も経つのに、私に望むのはそれ？」顔を派手に渇望するように赤くして、彼は私のむきだしになった胸とリボンの結び目に手を持っていく。

「うん」と彼は言う。「ほどきたい」

触らなくても、想像しただけで彼が大きくなったのがわかる。

目を閉じる。あのパーティーで会った男の子のことを思い出す。私にキスして湖畔で私の中に押し入ってきて、私がしたかったことを一緒にやってくれた男の子。私に息子を授け、立派な男に育てるのを助けてくれた男の子。

「それなら」と私は言う。「好きにしなさいよ」

指を震わせながら、彼はリボンの片端を持つ。結び目がゆっくりとほどける。リボンは結んでいたせいで丸まっている。夫はうめくような声をあげるが、自分では気づいていないようだ。最後のねじれに指を通して引っ張る。リボンが外れる。ふわりと落ちて、ベッドの上でくるりと丸まる……これは私の想像だ。リボンが落ちていくのを見ることはできない。

眉をひそめた夫の顔に、悲しみや喪失感のような何か別の感情が見えはじめる。私の手が目の前で持ち上がる。バランスをとるためか、もしくは何の目的もない何気ない動きをする。その先で彼の姿が見えなくなる。

「愛してる」と彼にはっきりと言う。「あなたが思っているよりもずっと」

「だめだ」と彼は言う。でも何に対してそう言うのかわからない。

あなたがこの物語を朗読している場合は、私のリボンが守っていた所が血で濡れて、ぱっくりと開いたままになっているのではないかとか、人形の脚の間の連結部みたいにつるつるして去勢されたようになっているのではないかと思うかもしれません。残念だけど、それは教えられない。私も知らない。そうした疑問が答えのないままになってしまうことを謝ります。ごめんなさい。

私の体の重心は移動し、同時に重力が私を捕らえる。夫の顔はどこかへ行ってしまい、天井と後ろの壁が見える。切り落とされた私の頭が後ろ向きのまま首から落ちて、ベッドから転げ落ちると、これまでにないほど寂しくなる。

リスト
INVENTORY

松田青子 訳

女の子ひとり。わたしたちは彼女の家の地下にある部屋の、かび臭い絨毯に並んで寝転がった。彼女の両親は上の階にいた。『ジュラシック・パーク』を観るからと言ってあった。「あたしがパパで、あんたがママ」と彼女は言った。わたしはシャツをたくし上げ、彼女も自分のシャツをそうして、ふたりで見つめ合った。おへその下で心臓がドキドキしていたけど、アシナガグモや親たちに見つかるんじゃないかってヒヤヒヤしてもいた。わたしはいまだに一度も『ジュラシック・パーク』を観たことがない。今となっては、一生観ることはないだろう。

男の子ひとり、女の子ひとり。友達。わたしの部屋の、でっかいベッドの上で、盗んだ瓶入りカクテルを飲んだ。わたしたちは笑って、しゃべって、瓶を回し合った。「あんたの好きなところはね」彼女は言った。「反応がいいとこ。何にだって大ウケするじゃん。まるで全部が最高みたいに」彼も同意するようにうなずいた。彼女はわたしの首元に顔をうずめ、「こんなふうに」とわたしの肌に向かって言った。わたしは笑った。緊張し、興奮していた。自分はギターで、誰かがチューニングペグをひねって、わたしの弦がどんどんきつくなっていくみたいな感じだった。ふたりはわたしの肌に睫毛をパチパチくっつけて、耳に息を吹きかけた。わたしはうめいて体をよじらせ、まる数分イキそうになったけど、その場にいる誰もわたしに触っていなかった。わたしでさえも。

男の子ふたり、女の子ひとり。ひとりはボーイフレンド。彼の両親が留守の間に、わたしたちは彼の家でパーティーを開いた。みんなでウォッカを混ぜたレモネードを飲み、彼はわたしに、彼の友達のガールフレンドとイチャつくようけしかけた。わたしたちはおずおずとキスをし、やめた。男の子同士でもイチャついているのを、わたしたちは長いこと眺めていた。退屈していたけど、飲みすぎて立ち上がれなかった。わたしたちは客室のベッドで寝た。目が覚めると、わたしの膀胱は握りこぶし並にパンパンだった。音を立てないようにして広間に行くと、誰かが床にウォッカ入りレモネードをこぼしたのを見つけた。わたしは片付けようとした。液体は大理石模様のシートをすっかり剝がしていた。数週間後、ボーイフレンドの母親がベッドの後ろでわたしの下着を発見し、彼に手渡した。無言で、洗濯済みなのを。清潔な服からする化学物質のフローラルな香りがこんなにも恋しいなんて自分でも不思議な気がする。もう今は、柔軟剤のことしか考えられない。

男ひとり。細身で、長身。痩せすぎで、骨盤の骨が突き出ているのが妙にいやらしかった。灰色の目。皮肉屋っぽい口元。一年ぐらい前から顔見知りで、去年の十月のハロウィンパーティーで出会った（わたしは仮装していなかったけど、彼はバーバレラの格好をしていた）。わたしたちは彼のアパートで飲んだ。彼は緊張していて、わたしをマッサージしはじめた。こっちも緊張していたから、好きなようにさせた。彼は長い間、わたしの肩を揉んでいた。「ちょっと手が疲れてきたな」と彼が言い、わたしは「そう？」と彼のほうを向いた。彼はわたしにキスをした。無精ひげがチクチクした。彼からはイースト菌とつけたばかりの高級なオーデコロンのような香りがした。彼がわたしの上にまたがり、わたしたちはしばらくキスをした。わたしの中の全部がうずき、ゾクゾクした。彼が胸を触ってもいいかと訊いてきたから、彼の手をつかんで胸元に押しつけた。シャツを脱ぐと、一粒の水滴が脊椎を這い上がってくるような心地がした。これって現実なんだ、本当に起こってることなんだ、とわたしは思った。ふたりとも服を脱いだ。彼はコンドームをつけて、わたしの上でゆっくりと動いた。今までに経験したことがないほど痛かった。彼はイキ、わたしはイカなかった。彼が引き抜くとコンドームは血まみれだった。彼はそれを外して、捨てた。わたしのすべてが激しく脈打っていた。わたしたちは小さすぎるベッドで一緒に寝た。翌日、彼はどうしてもわたしを寮まで車で送っていくと言った。部屋に戻って服を脱ぐと、わたしはタオルにくるまった。体から彼のにおいがして、まだ一緒にいる感じがして、もっと欲しくなった。セックスなんて慣れっこの大人みたいに気分が良くて、満たされていた。ルームメイトはどうだったと訊くと、わたしを抱きしめた。

男ひとり。ボーイフレンド。コンドームが嫌いで、ピル飲んでないのと訊いてきて、結局外で射精した。一生の不覚。

女ひとり。くされ縁タイプのガールフレンド。コンピューター・システムを学ぶ施設で同じクラス。お尻まである長い茶色の髪。彼女は思っていた以上に柔らかかった。わたしは下を舐めたかったけど、彼女はこわばっていた。わたしたちはイチャつき、彼女はわたしの口に舌を入れてきて、彼女が帰ったあと、アパートのひんやりした静けさの中でわたしは二度イッた。二年後、わたしたちはわたしの勤め先のビルの、砂利が敷かれた屋上でセックスをした。わたしたちの体の下には四階分のフロアがあり、空っぽの椅子の前でわたしが書いたコードがコンパイルされていた。終わってからわたしが顔を上げると、スーツ姿の男が隣の超高層ビルの窓ごしにこっちを見ているのに気づいた。ズボンの中で彼の手が激しく動いていた。

女ひとり。丸ぶち眼鏡。赤毛。どこで会ったのか忘れた。わたしたちはハイになってセックスをし、わたしは彼女の中に手を入れたまま、うっかり寝てしまった。夜明け前に起きると、町を横ぎって二十四時間営業のダイナーに向かった。小雨が降っていて、店に着く頃には、サンダルをはいていたわたしたちの足は寒さでかじかんでいた。わたしたちはホットケーキを食べた。マグカップが空になったので、ウェイトレスを呼ぼうとしたら、彼女は天井から吊り下がっているボロボロのテレビでやっていたニュース速報を見ていた。彼女は唇を嚙み、手に持ったコーヒーポットは傾いていて、ぽたぽたとちっちゃな茶色い滴をリノリウムの床に落としていた。わたしたちは画面が、目をしばたたかせているニュースキャスターから、北カリフォルニアの隣の州で蔓延しているウイルスの感染症状のリストに切り替わるのを見ていた。再びキャスターが映り、フライトは欠航、州境は閉鎖、ウイルスはじきに隔離される模様、と繰り返した。近づいてきたウェイトレスは、心ここにあらずに見えた。「向こうに知っている人がいるの？」とわたしが訊くと、彼女は目に涙を浮かべてうなずいた。何も訊かなければよかったと、ひどく後悔した。

男ひとり。家の近くのバーで知り合った。わたしたちはわたしのベッドでイチャついた。ウォッカを飲んでいたのに、彼からは料理用ワインのにおいがした。わたしたちはセックスしたけど、途中で彼のが萎えてしまった。わたしたちはもうしばらくキスをした。彼はわたしのアソコを舐めたがったけど、わたしはしてほしくなかった。彼は怒って家から出ていった。彼が勢いよく玄関の網戸を閉めたので、香辛料のラックが留め具から外れて、床に落ちた。飼っていた犬がナツメグをぺろぺろ舐めてしまったので、わたしは無理やり塩を食べさせ、吐かせた。アドレナリンがみなぎり、わたしはこれまでに飼ってきた動物のリストをつくった。七匹。九歳のときに飼っていた、一週間のうちに相次いで死んだベタ二匹を含む。それからフォーに入っている香辛料のリストもつくった。丁子《クローブ》、肉桂《シナモン》、八角、コリアンダー、生姜、カルダモン。

男ひとり。わたしより十五センチ背が低い。わたしは制作したウェブサイトが急激に訪問数を減らしていると話した。感染病が蔓延しているさなかに誰も写真を撮るための面白ヒント集など見たくないのだと。その日の昼前にわたしは解雇された。彼は夕食を奢ってくれた。わたしたちは彼の車の中でセックスをした。彼にはルームメイトがいて、わたしはそのとき自分の家にはいられなかったから。彼が手をブラに滑り込ませてきた。その手は完璧で、最高に完璧で、わたしたちは狭い後部座席に倒れ込んだ。イッたのは二か月ぶりだった。次の日、わたしは彼に電話をかけ、楽しかった、また会いたい、とボイスメールを残したけど、彼は一度もかけ直してこなかった。

男ひとり。生活のために汚れ仕事をしていたとかで、はっきりなんだったかは忘れた。背中には大蛇のタトゥーがあって、その下には間違った綴りのラテン語のことわざが彫られていた。彼は力持ちで、わたしを持ち上げて壁に押しつけるようにしてファックすることができ、それはかつてないくらいゾクゾクした感覚だった。わたしたちはそうやって絵の額を何枚か壊した。彼は自分の両手を使い、わたしは彼の背中に爪をはわせた。彼がイキそうかと訊いてきたからわたしは言った。「あっ、あっ、イキそう、あっ、イク」

女ひとり。ブロンドの髪。耳障りな声。友達の友達。わたしたちは結婚した。彼女と一緒になりたかったからそうしたのか、わたしたちの周りで世界が感染してしまったものに怯えていたのか、今もさだかじゃない。一年も経たないうちに、うまくいかなくなった。わたしたちはセックスをしたり、はてには会話をするよりも、怒鳴り合うことのほうが多くなった。わたしたちは喧嘩をして、わたしは泣きじゃくった。すこし経ってから、彼女がヤリたいかと訊き、わたしが答えられないうちに服を脱いだ。わたしは窓から彼女を突き落としてやりたかった。わたしたちはセックスをし、わたしは泣きはじめた。ことが済んで彼女がシャワーを浴びている間に、わたしはスーツケースに荷物をまとめて車に乗り込み、家をあとにした。

男ひとり。六か月後、わたしは離婚後の放心状態。彼の家族で最後の生存者だった人の葬式で出会った。わたしは悲しみに暮れており、彼も悲しみに暮れていた。わたしたちは空家でセックスをした。元々は彼の兄弟とその妻とその子どもたちが住んでいたが、全員死んだ。わたしたちはすべての部屋でヤッた。わたしが堅木張りの床の上で腰をうまく曲げられなかった玄関ホールでも。むき出しのリネンクローゼットの前で、わたしは彼に自慰をさせた。主寝室では、彼の上になっている自分の姿が化粧鏡に映っていた。明かりは消えていてわたしたちの肌は月の光で銀色に輝き、彼はわたしの中で射精すると「ごめん、ごめんよ」と言った。彼は一週間後に自殺した。わたしは街を出て、北に向かった。

男ひとり。再び灰色の目。彼とは何年も会ってなかった。どうしてたと彼は訊ね、わたしはかいつまんで話した。初体験の相手の前で泣きたくなかった。なぜだか間違っているような気がした。わたしが何人喪ったのかと彼は訊ね、「お母さんと大学のルームメイト」と答えた。母が死んでいるのをわたしが見つけたことは言わなかったし、それから三日後、不安そうな医者に初期症状がないか何度も目を検査されたことや、どうやってわたしが隔離区域から逃げ出したのかも話さなかった。「出会った頃」と彼は言った。「きみはめちゃくちゃ若かった」彼の体は懐かしかったが、どこか異質な感じもあった。彼はうまくなっていて、わたしもうまくなっていた。彼が引き抜いたとき、わたしは血が出てるんじゃないかと思ったくらいだったけど、当然どこにも付いてなかった。数年の間に彼はもっと素敵になり、もっと思慮深くなっていた。わたしはトイレの洗面台に身を乗り出すようにして泣いている自分に気づき、驚いた。蛇口をひねり、彼に聞かれないようにした。

女ひとり。栗色の髪。疾病対策センターの元職員。彼女とは地域集会で会った。彼女たちは食料の備蓄法や、ウイルスが防火帯を越えてきた場合、自分たちの地区でどう蔓延に対処するべきか教えてくれた。妻と別れてから、わたしは女と寝ていなかったけど、彼女がシャツを脱ぎはじめると、自分がどれほど胸や湿りけや柔らかい唇を欲していたのか気づかされた。彼女はペニスを欲しがり、わたしは応じた。後で彼女はハーネスがわたしの肌に残した跡をなぞり、まだ誰もワクチンを開発できそうもないとわたしに打ち明けた。「だけどあのクソったれは身体接触でしかうつらないから、人々が離れていることさえできればきっと……」と言って彼女は黙り込んだ。彼女はわたしの隣で丸くなり、わたしたちは眠りに落ちた。目が覚めると、彼女はディルドを使って自慰をしていて、わたしは寝たふりをした。

男ひとり。わたしの家のキッチンで夕食をつくってくれた。庭にはもうそんなに野菜が残っていなかったけど、彼は最善を尽くした。彼はスプーンでわたしに食べさせようとしたけど、わたしは柄を彼から奪いとった。料理は悪くなかった。停電はその週もう四度目で、わたしたちはロウソクの灯りの中で食べることにした。ロマンティックになってしまったことが腹立しかった。彼はヤッている最中にわたしの顔に触れて、綺麗だと言い、わたしは顔をグッと引いて、彼の指を押しのけた。それでもまた触ってきたので、わたしは彼の顎をつかんで、黙るように言った。彼はあっという間にイッた。彼からの着信は無視した。ラジオがウイルスはどうやらネブラスカ州まで到達したと報じ、わたしは東に行かなければと思い、そうした。わたしは庭を、飼っていた犬が埋まっている土地を、パイン材のテーブルを置いてきた。不安にかられたわたしはそのテーブルでたくさんのリストをつくった——マ行ではじまる木（メープル、ミモザ、マホガニー、マルベリー、マグノリア、マウンテンアッシュ、マングローブ、マートル）、住んだことのある州（アイオワ、インディアナ、ペンシルヴェニア、ヴァージニア、ニューヨーク）——柔らかい木材に刻まれた、判読不能なゴチャゴチャの文字を残して。わたしは貯金を引き出し、海辺にあるコテージを借りた。数か月後、カンザス州に住む大家が小切手を換金しなくなった。

女ふたり。西部の州からの避難者で、ひたすら運転してきたが、わたしのコテージから一マイルのところで車が故障した。彼女たちはわたしの家のドアを叩いて、車を修理する方法を思いつくまでの二週間をわたしと過ごした。わたしたちは、ある晩、ワインを飲みながら、例の隔離について話し合った。発電機はクランクを回す必要があり、ひとりがその作業をやってくれることになった。もうひとりはわたしの横に座ると、わたしの脚に手を滑らせた。結局わたしたちはそれぞれ自慰をし、互いにキスをした。発電機が動き、電気が復活した。もうひとりの女が戻ってきて、わたしたちはみな同じベッドで寝た。わたしは彼女たちに残ってほしかったけど、彼女たちはここより安全だと噂されていたカナダまで行ってみると言った。連れていってもいいと言ってくれたけど、わたしは、自分はアメリカを守っているからとうそぶいた。「ここは何州?」とひとりが訊き、わたしは「メイン州」と答えた。彼女たちは順ぐりにわたしのおでこにキスをし、わたしをメイン州の守り人と名づけた。彼女たちが去ってからは、発電機はたまにしか使わなくなり、ロウソクを灯して、暗い中で過ごすのが好きになった。コテージの前の持ち主は、クローゼットをロウソクでいっぱいにしていた。

男ひとり。国家警備隊。玄関先に彼がはじめて姿を現したときは、わたしを避難させるために来たのかと思ったけど、職務を投げ捨ててきたことがわかった。わたしは一晩泊まっていくように申し出て、彼はわたしに礼を言った。目が覚めると、喉元にはナイフが突きつけられ、胸には彼の手があった。わたしはこの体勢じゃセックスできないと言った。彼がわたしを立たせると、わたしは彼を本棚に叩きつけ、気絶するまで殴った。彼の体を砂浜まで引きずっていき、波打ち際に放り出した。彼は意識を取りもどし、ペッペッと砂を吐きだした。わたしはナイフを彼に突きつけ、とにかく歩き続けろ、もし振り向きでもしたら殺してやると言った。彼は言う通りにし、わたしは彼が灰色の海岸線の上の黒い点になって、そして消滅するまで見ていた。彼はその一年の間に会った最後の人間だった。

女ひとり。教祖。白装束を着た五十人の信者たちを引き連れていた。三日間ほど、わたしは彼らを敷地の端で待機させ、彼らの目を確認してから、滞在を許した。彼らはみな、コテージ周辺の芝地や砂浜で野営した。備品や食料には困っていない、体を横たえられる場所さえあればいい、と教祖は言った。彼女はローブを羽織っているせいで魔術師みたいに見えた。夜になった。彼女とわたしは裸足でキャンプの周りを回り、焚き火の明かりが彼女の顔に陰影を刻んでいた。わたしたちは水際まで歩いていき、わたしは暗闇を指差した。そこには小さな島があったが、彼女には見えなかった。彼女は手をわたしの手に滑り込ませた。わたしは飲み物をつくり、「なんちゃって密造酒」と言いながらグラスを彼女に渡し、わたしたちはテーブルに座った。外から、人々が笑い、楽器を演奏し、子どもたちが浜辺ではしゃいでいるのが聞こえていた。女は疲れきっているようだった。見た目よりも彼女が若いことに気がついたが、責務が彼女を老けさせていた。彼女は一口飲むと、その味に顔をしかめた。「歩きづめだった」と彼女は言った。「わたしたちはペンシルヴェニアの近くでしばらく歩みを止めた。でも他のグループと行き合っているうちに、ウイルスに追いつかれてしまった。ウイルスから離れるまでに十二人喪った」わたしたちは長いこと深いキスを交わし、わたしのアソコの中で心臓がバクバクいっていた。彼女は煙とはちみつの味がした。一団は四日間滞在したけど、夢から覚めた彼女がお告げを授かったと言い、彼女たちは進み続けなければならなくなった。彼女は一緒に行こうとわたしを誘った。彼女といる自分を想像してみた。わたしたちの後ろを子どものようについてくる信者たち。わたしは断った。彼女は枕の上に贈り物を残していった。わたしの親指ほどの大きさの、白目製《ピューター》のうさぎを。

男ひとり。二十かそこら。柔らかい茶色の髪。一か月間歩き続けてきた。彼は見るからに落ち着きがなかった。憂鬱そう。セックスの最中、彼は恭《うやうや》しく、優しすぎた。後始末を済ませ、わたしは缶詰のスープを食べさせた。彼はシカゴを歩いて横断してきたことや、しばらくして死体を処理することさえしなくなったことを話した。続きを話す前に、彼はお酒を足す必要があった。「それからというもの」彼は言った。「街から街をうろついてたんだ」本当のところ、ウイルスはどこまで迫っているのかと訊ねると、彼はわからないと答えた。「ここはすっごく静かだ」と言って彼は話題を変えようとした。「車が通らないから」とわたしは言った。「観光客もいないし」彼が泣きじゃくるので、わたしは彼が眠りにつくまで抱きしめてあげた。次の朝起きると、彼はいなくなっていた。

女ひとり。だいぶ年上。三日間が過ぎるのを待つ間、彼女は砂丘の上で瞑想をしていた。彼女の目を調べると、シーグラスのような緑色だった。こめかみの周りには白髪が混じり、彼女が笑うと、わたしの心の中の階段を喜びがうきうきと下りていった。わたしたちは出窓の薄明かりの下に座っていて、ゆっくりと進めた。彼女が上になり、わたしにキスをした瞬間、ガラス越しの景色がきゅっとすぼんで、歪んだ。わたしたちはお酒を飲むと、浜辺を端から端まで歩いた。湿った砂がわたしたちの足の周りにおぼろな後光をつくった。彼女は、一度は子どもだったこと、十代にした怪我の数々、新しい街に引っ越した次の日に猫を安楽死させたことを話した。わたしは母を発見したときのこと、ヴァーモント州とニューハンプシャー州を横断したときのすごく危険だった旅路のこと、波が決して鎮まることがないこと、別れた妻のことを話した。「何があったの?」彼女は訊ねた。「うまくいかなかっただけ」とわたしは言った。空家の男の話もした。彼の泣き方、彼のお腹の上で光っていた精子、そして空気から両手で失望を掬いあげることさえできそうだったことを。わたしたちはそれぞれ青春時代に流れていたコマーシャルソングの数々を思い出した。一つは、ジェラートのチェーン店のもので、わたしは長い夏の終わりにその店に立ち寄って、暑さで気だるくなりながらジェラートを食べた。最後に自分がこんなに笑顔になったのはいつだったか、わたしは思い出せなかった。彼女はここに残った。たくさんの避難者がコテージを、わたしたちのもとを通過していった。国境前の終着点だ。彼らに食事を提供し、子どもたちとはゲームをした。わたしたちは油断した。その日、わたしが目を覚ますと空気が変わっており、とうとうそのときが来たのだとわかった。彼女はカウチに座っていた。彼女は夜中に起き出して紅茶を入れていた。でもカップは倒れ、床に溜まった紅茶は冷たくなっていた。わたしはその症状が、テレビで、新聞で、チラシで、ラジオで、焚き火を囲んでのひそひそ声で、話されていたものだと理解した。彼女の肌はあざがひどく広がり濃い紫になっていて、目の白い部分には赤い筋が走り、ぼやけた爪のつけ根のあたりからは血が滴っていた。嘆いている暇はなかった。自分の顔を鏡で確認すると、わたしの目はまだ澄んでいた。わたしは非常時用リストに目を通し、備品を確認した。リュックとテントを担いで小さなボートに乗り込み、島まで漕いだ。コテージに住みはじめたときから食料を隠してあったこの島に。水を飲んでテントを組み立てると、わたしはリストをつくりはじめた。幼稚園からのすべての先生たち。これまでのすべての仕事。これまでに住んだすべての家。わたしが愛したすべての人。わたしを愛してくれていたであろうすべての人。来週、わたしは三十歳になる。口、髪、ノートの折れ目に砂が吹き込んできて、海は波立ち、どんよりとしている。その向こうには、対岸の小さな染みになったあのコテージが見える。ウイルスが朝日のように水平線に広がっていくのが見えそうだと思いながら、わたしは悟る。たとえ人間がいなくなっても、この世界は回り続けるのだ。きっと少し速くなったスピードで。

母たち

MOTHERS

松田青子 訳

彼女がポーチにいる。ボッサボサの髪にだるそうな手足、雨に降られたことのない泥ででもあるかのように彼女の唇の間にできたひび割れ、って感じ。彼女の腕の中には赤ん坊がいる。性別はわからず、真っ赤で、まったく音を立てていない。

「バッド」わたしは言う。

彼女は赤ん坊の耳にキスをすると、わたしに手渡してくる。こっちに伸びてきた手にわたしはたじろいだが、とはいえその乳児を受けとる。

赤ん坊は想像よりも重いものだ。

「あなたの子だよ」バッドは言う。

赤ん坊を覗き込むと、コガネムシのようにきらめく大きな目でこっちをじっと見つめている。

指を目に見えない髪の房に絡め、鋭くて小さい爪が彼女の肌に食い込んでいる。ビール一杯で深みにはまってしまったっていうか、罠に囚われもう打つ手なしっていうか、そんな気持ちに襲われる。バッドのほうに振り返る。

「わたしの子ってどういうこと?」

バッドは、底なしの大馬鹿者でも見るような目でわたしを見てくる。それともわたしがふざけてるのか、あるいはその両方なのかとでも問いたげに。

「妊娠してたんだ。だから赤ちゃんが生まれた。あなたの赤ちゃん」

脳がその言葉を反芻する。この数か月間、わたしの頭はずっとぼんやりしていた。郵便物は読まれないままキッチンテーブルに積み重なり、わたしの服は、かつては塵ひとつなかった床の上で巨大な山と化している。わたしの子宮は混乱し、抗議の声を上げるように収縮する。

「ねえ」バッドが言う。「できることには限りがある。これ以上は無理。わかるよね?」

そりゃそうだけど、彼女のこの論理に従うのはなんだかおかしい気がする。危険だ。

「できることには限りがある」結局、わたしはそう繰り返す。

「よし」バッドが言う。「赤ちゃんが泣くのは、お腹が空いてるか、喉が渇いてるか、怒ってるか、ぐずってるか、病気か、眠たいか、不安になってるか、嫉妬してるか、それとも何かやろうとしたことがまったくうまくいかなかったとき。だからそのときはなんとかしてやってね」

わたしは、今は泣いていない赤ん坊を見下ろす。その子は眠たげにまばたきをし、わたしは恐竜も焼けて塵となる前に同じようなまばたきをしたことがあるだろうかと、想像している自分に気づく。赤ん坊は体から力を抜き――こんなに重くなるなんて――わたしの胸に頭をあずけて丸くなっている。さらには、まるでおっぱいを飲ませてもらえると思っているかのように、唇を小さくすぼめる。

「赤ちゃん、わたしはお母さんじゃないよ」わたしは言う。「おっぱいはあげられない」

赤ん坊に見入りすぎて、わたしは遠ざかっていく足音、車のドアが激しく閉まる音を聞き逃す。けれどバッドがいなくなったというのに、今回に限っては、その後もわたしは独りぼっちじゃない。

家の中に戻り、わたしは赤ん坊の名前すら知らないことに気づく。床の上には、自分が受けとった覚えのない小さな布袋が置いてある。キッチンに行くと、たわんだ籐椅子に座る。わたしと腕の中の赤ん坊の下で椅子が壊れるかもと、わたしは椅子から立ち上がり、カウンターにもたれかかる。

「こんにちは、赤ちゃん」わたしは赤ん坊に言う。

彼女のまぶたが再び開き、わたしの顔をじっと見つめてくる。

「こんにちは、赤ちゃん。お名前は?」

赤ん坊は反応しないが、驚いたことに、泣きもしない。わたしは不審者なのに。会うのははじめてなのに。理由がいくつもあるし、泣くのが当たり前だろう。それでも泣かないってことは？　こわがってる？　そうは見えない。たぶん赤ん坊というものには恐怖がわからない。彼女は何かに取り組んでいるように見える。

彼女は清潔な、でも化学的なにおいがした。その奥では体臭と酸っぱさが混ざったミルクの香りもかすかにする、まるで何かを暗示するように。鼻水が少し垂れていたけど、拭うつもりはないようだ。

突然大きな音がして、甲高い泣き声があがる。わたしは飛び上がる。赤ん坊が手を伸ばして果物皿のバナナをつかみ、洋梨を六つ落としていた。固い梨は転がり、熟れているものは床でパシャッと割れる。赤ん坊は今や怯えているようだ。彼女は泣きわめく。わたしは彼女の頭蓋骨の柔らかい場所にキスをして、隣の部屋に連れていく。

「シーッ、赤ちゃん」

彼女の口は、光も思考も音も一度入ったら戻ってこない、底なしの洞窟だ。「シーッ、いい子だから」なぜバッドはこの子の名前を教えてくれなかったのだろう。

「シーッ、おチビさん、シーッ」頭がズキズキと音を立ててうずく。彼女の顔の両側で、まったく同じ涙が目から耳へと流れ落ち、泣いている赤ん坊の写真みたいで、まったく赤ん坊ではないみたいで。「シーッ、おチビさん、シーッ」

外でさわやかなそよ風が塵をさっと散らし、玄関の網戸が勢いよく開く。わたしは飛び上がる。彼女は泣き叫ぶ。

デイヴィッドとルースは結婚したとき、ラテン語ミサを完璧に行なった。ルースの顔はベールで隠され、その裾は彼女が通路を進むごとにバサバサと音を立てた。ふたりのリクエストで、女性たちのまとめ髪は帽子とベールですっかり覆われ、一面海のようだった。式は美しく古風で、彼らを千年王国《ミレニア》へとつないでいた。

披露宴でわたしの前を、カマーバンドを付けた女性が通った。わたしは咀嚼している自分を急に意識した。わたしはもう少しで彼女に気づかないところだった。大勢の親戚や友人の中で、彼女は非常に華奢な男性だと思われていたけど、違う、その高い頬骨と床の上に見えない線を描いていく女性的な足運びが、彼女の正体を明かしていた。パーティーがゆっくりと過ぎていく間、わたしは彼女を見ていた。みんなが乾杯している間も、チキンダンスを踊っている間も、ルースの十二歳になる従姉妹が盛大に転んで尻を打ち、その子の父親が怒っている間も。そしてダンスフロアから人が少し減った頃、その女性がモスリン地で覆われた白いクリスマス電飾の下から出てくると、襟を立て、糊の効いたシャツの袖をたくしあげ、踊りはじめた。

結婚式は女をエロい気分にさせると何度も聞かされてきたけど、そのときはじめて、わたしはそれを理解した。彼女の動きは冷たく、男性的な格好良さがあり、自信に満ちていて、わたしはその部屋の他のどんなものにも焦点が合わなくなっている自分に気づいた。わたしは濡れた。不適切な気分で、火照っていて、意味不明なほどお腹が空いていた。

彼女が近づいてきて、わたしの心臓は速度を落とした。彼女はスイングダンスの良きパートナーのように、わたしをくるくると回転させた。安心感があって、しっかりリードしてくれた。

わたしは身をゆだねて、思わず笑った。重力が消えた。
そのあと、わたしたちは突っ立っているのと変わらないくらいゆっくりと踊った。彼女はわたしの耳元に顔を寄せた。
「こんなきれいな手見たことない」と彼女は言った。

わたしは二日後、彼女に電話をした。こんなに強く一目惚れを、運命というものを信じたことはなかった。回線の向こう側で彼女が笑うと、わたしの中で何かがパカッと開き、そこに彼女が入ってきた。

赤ん坊の頭が腐った果実にそっくりで、どうも落ち着かない。この終わりのない音の砂漠の真ん中で、わたしはそのとき理解する。これは問答無用で、ごきげんいかがと訊ねる必要もなく、親指を突っ込むことができる桃の柔らかい部分のようなものなのだ。するつもりはないけど、したくもあり、本能が手に負えないので彼女を下に置く。彼女が大きな声で叫ぶ。わたしは彼女を持ち上げて体を支えると、ささやく。「愛してる、赤ちゃん。傷つけたりしないから」でもひとつ目は嘘で、ふたつ目も嘘かもしれず、自分でもよくわからない。わたしが発揮すべきなのはこの子を守るための本能なのに、頭に浮かぶのは、その気になればこの子を傷つけられる、そうしたければこの子を傷つけられる、その柔らかい場所のことばかり。

出会ってから一か月後、バッドはわたしにまたがったままガラスパイプを詰めていた。指でそっと大麻を突つきながら。彼女はライターの火で炙って吸い込むと、ブルブルと波線を描くように身震いした。煙が彼女の口から、まるで動物のように一度に一足ずつ這い出てきた。

「吸ったことないんだ」とわたしは彼女に言った。

彼女はわたしにパイプを手渡すと、手で囲いをつくるようにして火をつけた。吸い込むと、何かがわたしの気管に流れ込み、激しくむせたので、血を吐いたかと思った。

「これはどう?」と彼女は言った。パイプを吸い込んだ彼女は唇をわたしの唇と重ね合わせ、煙でいっぱいになったわたしの肺は、高揚感で満たされた。わたしは飲み込んだ、すべてを、わたしを貫く欲望を。わたしたちがそこでぐったりしていると、全身全霊がゆるまり、意識が左耳のあたりに後退していく感じがした。

彼女は昔なじみの土地を見せてくれた。ハイになったわたしは片手を彼女にあずけて、子どものように案内してもらい、たどり着いたブルックリン美術館には、原始の女神やヴァージニア・ウルフに捧げられた、挑発的で花々に彩られた皿が並べられている永遠に続く長テーブルがあった。わたしたちはロシア人街のどこかに、ドラッグストアに、そして海辺に行き、その間感じていたのは、彼女の手とわたしの足にまとわりつく砂の温かい抱擁だけだった。

「見せたいものがある」と彼女は言い、日の沈むブルックリン橋を一緒に歩いて渡った。

わたしたちは二、三日休みをとった。ウィスコンシン州までドライブして〈ジェリーマン〉を見に行ったが、すでに死んでいた。わたしたちは方向を変え海に、ジョージア州の沖にある島に向けてドライブした。わたしたちはスープのように温かい水にプカプカ浮かんだ。わたしは彼女を抱きしめ、水の気安さの中で、彼女もわたしを抱きしめた。

「海は」彼女は言った。「大きなレズだよね。間違いなく」

「でも歴史上のレズじゃないね」とわたしは言った。

「うん」彼女は同意した。「宇宙と時間のだ」

わたしはそれについて考えてみた。両足は水中をハサミのようにゆっくり前後に動いている。唇は塩の味がしていた。

「そうだね」とわたしは言う。

離れたところで、灰色のこぶがいくつか海面から飛び出ていた。わたしはサメだと思い、細切れ肉になったふたりの体を想像した。

「イルカだ」彼女が息をもらし、その通りになった。


わたしたちははまった。彼女はずっと年上だったけど、わたしはめったにそのことを思い出さなかった。彼女は人目のある場所でわたしの腿を撫であげ、一番暗い身の上話を話し、わたしにも話してほしがった。わたしは彼女がわたしの年表に焼きつくように感じた。ポンペイ遺跡のように不変の存在。

彼女はベッドにわたしを押し倒し、骨盤のあたりにのしかかった。そしてわたしは彼女をそうさせたままにした、そうしていてほしかった、わたしに積もっていく彼女の体の重みを感じたかった。わたしたちはお互いの服を剝ぎとった。なぜってわたしたちの間には必要なかったから。彼女のすべらかで青白い肌を、唇のピンク色の衝撃を目にしたわたしは、自分の断層線がぐらぐら揺れるように彼女の唇にキスをし、そして思ったものだ。「神様、赤ちゃんができなくてありがとう」彼女はわたしの中にある何かをつかんでいた。だからわたしは彼女のベッドから、彼女の口から、彼女の性器と横顔と低い声からたちまち、はじめての家族の空想へ投げ込まれた。わたしたちのはじめての共同の夢想。カークウッドにある〈アップタウンカフェ〉で、柔らかくて小さなニョッキを、アブアブとおしゃべりしている赤ん坊のあごから拭いてやっている。わたしたちの赤ん坊だ。わたしたちは冗談を言い合い、彼女をマーラと名付け、彼女が最初に口にする言葉はなんだとか、彼女のおかしな髪型のこととか、彼女の悪い癖なんかについて話した。マーラという名前の女の子。マーラという名前の、わたしたちの女の子。

バッドの家のベッド、あの気持ちのいいベッドで、彼女はわたしの中に手を入れ、わたしは引き寄せ、彼女は与え、わたしは開き、彼女は彼女に触りもせずにイキ、わたしは無言でそれに応え、思った。「神様、赤ちゃんができなくてありがとう」わたしたちは分別なく、終わりなくファックし、お互いの中に入っていける。コンドームもピルも恐怖も毎月セックスする日をすり合わせる必要もなく、馬鹿げた妊娠検査薬の白い棒を手に洗面台にもたれかかることもない。「神様、赤ちゃんができなくてありがとう」そして彼女が「イキそう？　わたしの中でイッて」と言ったときも。「神様、赤ちゃんができなくてありがとう」

わたしたちには赤ちゃんができた。今ここにいる。

わたしたちは恋をしていて、わたしはふたりの未来を夢見た。インディアナの森にある家。かつては修道女たちを住まわせていた古い教会。それぞれの肩を寄せ合って祈り、誓いを立て、お互いをシスターと呼んだ修道女たち。乾いた漆喰がすぼみ、したたっているように見える石の外壁。古い庭々に通じるくねくねと走る細い小道、わたしたちが地面を掘り起こしいろいろと植えた新しい庭、わたしたちが世話をすれば育つはずのいろいろ。わたしの背と同じぐらいの高さのステンドグラスの大きな円には、ぽってりとしたケマンソウがくすんだ薔薇色の細長いガラスの小片で描かれていて、羽目板の二枚は時を経てひび割れていた。

そしてキッチンには、ダークウッド材の戸棚が並び、扉を開くと、脚の長いワイングラス、くすんだ銀食器が詰まったチーク材の箱、二十ガロンの深鍋や平鍋が散らかっているコンロ、こつこつと何年もかけて集めた美しい、もしくは皮肉の効いた六ダースのマグカップ、へりの欠けた大量の皿、一度も使ったことのない来客用のとっておきのセットが入っている。すぐそばには、空っぽの枝編み細工のかごが置かれた小テーブル、頑丈で色の塗られていない寄せ集めの椅子たち、そして窓から差し込む光を集めている、指で粘り強く糊をこすり落とした、ラベルの剝がされたガラス瓶のコレクションがあり、すべて再利用の予定。

テーブルの向こうには祭壇があり、ビリー・ホリディとウィラ・キャザーとヒュパティアとパッツィー・クラインに蠟燭の光が捧げられている。その横の、かつては聖書が鎮座していた古い演壇に、わたしたちは〈リリスの書〉として、古い化学便覧を置いた。中のページには、わたしたちだけの典礼暦が書かれている。聖クレメンタインとすべての旅人たち。サファイアの指輪を象徴するブルーベリーの夏に祝われる聖ロリーナ・ヒコックと聖エレノア・ルーズヴェルト。ミントとダークチョコレートで完成する聖ジュリエットの祈り。メアリー・オリヴァーがレタスのベッドの上で、ケイ・ライアンがヴィネガーとオイルの皿の上で、オードリー・ロードがキュウリの上で、エリザベス・ビショップがニンジンの上で暗唱される詩人たちの饗宴。バターとニンニクでゆだったエスカルゴを食べ、秋のたき火のそばで山場を朗読して祝うパトリシア・ハイスミス称賛。自画像と衣装で祝うフリーダ・カーロの昇天。夜明けにはじまり夕暮れに終わる、失われた乳歯と石を使ってギャンブルゲームをしながら過ごす冬の休日は、シャーリイ・ジャクスン奉献の祝日。数名は彼らの本とともに。名のあるものと名のなきものの、わたしたちの小さな宗教の奥義だ。

冷蔵庫の中には、キュウリとさや豆の酢漬けでぎゅうぎゅうの畝《うね》模様の瓶。片方は新鮮で、もう片方は酸っぱくなっている牛乳瓶二本。ハーフ&ハーフの紙パック。まだ捨てていなかった、男と寝ていた頃の避妊具。ほとんど黒色に近いナス。固形石鹸の形をしたホースラディッシュの瓶。オリーブ。心臓のようにパンパンに張ったパプリカ。醬油。恥ずかしげもなく血が漏れている、乾いた紙に包まれたステーキ肉。乳白色の汁にぽこぽこ浮かぶ新鮮なモッツァレラが入れられたチーズ用の引き出し。精液のにおいがするとバッドが毒づく灰白色の皮つきサラミ。間違いなく堆肥の山に加わるであろう、腐りかけのポロネギ。砂糖煮のタマネギ。握りこぶし大のエシャロット。冷凍庫には、容量以上に膨らんだ角氷が詰まったプラスチックのひび割れた製氷トレイ、庭で育てたバジルでつくったペースト、たとえ衛生上の危険があっても生で食べちゃうことになるだろうクッキー生地。食器棚を開けると、ローズマリーや皮を剝いた大球のニンニクが入ったものもある、六本の上質なオリーブオイル。何度拭こうがいつまでもべたべたと輝いていそうなガラス瓶のごま油。半分は白い蠟状、もう半分は乳清と化したココナッツ油。黒目豆の缶詰とマッシュルームスープ用のクリーム。アーモンドの箱。有機栽培で育てられた生の松の実の小袋。しけたオイスタークラッカー。調理台の上の、茶色や淡い緑色だったり、斑点があったり大きさが違う卵（そのうちのひとつは悪くなっているが、見た目からはわからない。唯一の判断方法は、水の入ったコップに入れて、魔女のように浮かばせること）。

寝室には、広大な石造りの海に浮かぶいかだのような、クイーンサイズのベッド。化粧台の上では、電球が揺れ、耳を近づけ激しく動かせば、ガラスの中で壊れたフィラメントがチカチカと鳴っているのがわかる。ネックレスが輪縄のように古いワインボトルにかかっていて、つや消しの栓がガラスのデカンターを鎮めている。ナイトテーブルを開けると……ダメダメ、閉めて。浴室には、バッドが顔を近づけてついたマスカラの跡が点々と散っている鏡があって、彼女の息から吐き出されたアメーバたちが大きくなったり縮んだりしている。おまえは女とともに生きるんじゃない、女の中で生きるんだ、と父が兄に言うのをわたしはあるとき聞いたことがあるけれど、それはまったく本当で、その鏡にじっと見入っていると、厚く縁取られた彼女の瞳に自分が消えていくようだ。

そしてドアの外には自然が広がっている。目が回り、息をのむような空の大聖堂は木々の上にアーチを描き、木々は春になると生い茂り、蛍光グリーンになる。すべてが芽吹き、開花する。にわか雨は木々の幹から柔らかい葉を引き剝がし、地面一面にまぶしい絨毯を敷き詰める。絡み合う枝の中で、乾燥スパゲッティのような骨をした、灰色と生煮え海老のピンク色のひな鳥たちが、母親を求めて鳴いている。

次に夏のぼんやりとしたざわめきがゆっくりとやってきて、空気はキーキー、ブンブンと音を立てる。セミ殺しのスズメバチたちは最も弱きものを捕まえ、動きもなく刺すと、死骸の重みと透明の羽を上へ上へと、どこかに運んでいく。蛍は酔っぱらったように暗闇をキラキラと輝かせる。葉は茂り、深緑色で、木々は所狭しと伸び、互いに折り重なって、秘密をキャッチしている。そして雷の凶暴な涙と稲妻の真っ白な炎だけが、この木立を真っ二つにすることができる。

その次は秋、はじめての秋、わたしたちのはじめての秋、はじめての冬南瓜料理、セーター、暖房機の焦げたにおい。厚手のブランケットに染み付くそれは、ガールスカウトだったこと、十二歳だったこと、わたしを嫌っていた女の子たちとしたキャンプのことを思い出させる煙のにおい。葉は発火し、緑色は病気のように焼き払われる。また雨が降り、たんぽぽの黄色、柘《ざく》榴《ろ》の皮の赤色、ニンジンの皮の橙色をした葉の絨毯がもう一枚敷かれる。不思議な夜は、日が沈んでも雨が降り、空は黄金色で桃色、そして灰色であざのような紫色。毎朝、細かい霞が木立をつつみこむ。夜は時折、真っ赤な満月が地平線の上に昇り、未知の夜明けのように雲を染めていく。

そして乾燥とうねり、無数の多足類たちに忍び寄る死、完璧な蠕動《ぜんどう》機能を備えた冬獣、想像していたよりずっとむき出しになった地面、孤立した木々、風がうなりうめく音、雪の到来を告げるにおい。夜通しの吹雪を照らすものは、この森や暗闇の内には何もないが、窓の反対側から射す懐中電灯の光だけが、降っている大きな粉雪を光の届かないところで消滅する前に映し出す。室内では、乾燥してかゆくなった肌、背中で渦を巻くように塗られるひんやりとしたローション。セックス、抑えるあえぎ声、キルト毛布の下の温かい空間で抱き合うふたり。朝になるとわたしたちは扉を押し開ける。ふたつの体はくるまれ、行きたくもない世界へと解き放つよう自らを急かす。雪の吹きだまりは自然の機微を凸凹に変えてしまい、わたしたちに全体を見ることを思い出させ、あらゆるものに旬があることを思い出させ、時は過ぎるものでありわたしたちもそうであることを思い出させる。それから、何もない空間の片隅で、手袋をしたマーラの小さな手はまるでアニメみたいで、ダウンジャケットのファスナーは彼女の小さい鼻まであげられ、毛糸の帽子は彼女の細くて茶色い髪を守っている。そしてわたしたちは自分たちが生きていて、常に互いを愛していて、ほぼ常に好きでいて、しかも女性は息をするように子どもたちをこの世界そのものに変えてしまえることを、再確認させられる。マーラは手を前に差し出し、それから伸ばす。わたしたちではなく、目に見えない何者かに、ひとつの声に、かつてここにいた修道女の影に、わたしたちが死んだずっと後にこの森で街を築いて居住するであろう未来文明の非ー幽霊に向かって。マーラが背伸びをし、わたしたちは彼女のところまで歩いていってその手を握る。

わたしたちの赤ちゃんが泣いている。わたしは彼女を抱き上げる。まだ食べるには小さすぎるだろう、おそらく。小さすぎてわたしのお尻の上でバランスをとることもできない。わたしは半分空っぽの冷蔵庫を急いであさり、柔らかい食べ残しが詰まったタッパーやアルミホイルが被さった缶詰をかき分ける。アップルソースの瓶を見つけたが、家にあるスプーンはどれも彼女の口には大きすぎる。わたしがアップルソースに指を突っ込んで差し出すと、彼女は激しく舐める。彼女の頭のてっぺんに手を当て、ベビーオイルが塗られた繊細な肌にキスをする。彼女はぐずって泣きじゃくり、アップルソースが少し口からぶくぶくと出ている。

「たまご?」わたしが訊ねる。

彼女はくしゃみをする。

「りんご?　犬?　女の子?　男の子?」

赤ん坊は実際わたしに似ている、そしてバッドにも。わたしのつんととがった鼻と茶色の髪とむっつりとした顔に、彼女の丸いあごとしっかりとした耳たぶ。開きっぱなしの、ウーウーとうなる口は、完全にバッドゆずりだ。これ以上考えるのをやめないと、この冗談の危うさはまだわたしの脳内で燃え上がっている。バッドがここにいて話を聞いてくれることもないし、何かしらやっていることを中断してわたしに眉を上げてみせることもないし、わたしたちの娘の前でそんなこと言うもんじゃないとわたしを叱りつけることも、わたしの頭めがけてコップを投げつけることもないとわかりながらも。

わたしは空いているほうの手でポケットから携帯電話を取り出し、番号を押す。向こう側でバッドの声が機械的にこだまし、わたしの中に新たな空間を切り開く。ビーッ。わたしはメッセージを残す。

言うこと。「どうしてこの子をわたしに置いてったの?」

言いたいこと。「本当につらかったけど、くじけなかった。前よりわたしは強くなった。あなたのおかげでわたしはましな人間になった。ありがとう。一生愛してる」


わたしは彼女に求めすぎていた、おそらく。わたしは欲しがりすぎた。「愛してる」わたしは寝ても覚めても、彼女の髪に、首元にささやいた。「そんな風に呼ぶのはやめて」わたしは彼女に釘を刺した。「わたしは絶対あなたに対してそんな風に話さない」

「欲しいのはあなただけ。誓ってそう」彼女の声に偏執症の気配が、まるで感染するように忍び込むときには、わたしは言った。

わたしは不可能なことが起こる世界を信じている。愛が残忍さに打ち勝ち、中和し、これまで一度もそうだったことはないけれど、新しくてより美しいものに姿を変える世界を。愛が自然を超越する世界を。

赤ん坊はおっぱいを飲んでいる。わたしは何もわからない。それでも彼女はとにかく飲む。歯ぐきがあたって痛いけどやめてほしくないのは、わたしは彼女の母親で彼女がそれを必要としているから。たとえそれが偽りだとしても。彼女が嚙み、わたしは叫んでしまうけれど、彼女はとても小さいし、降ろすわけにはいかない。

「マーラ」わたしはささやく。彼女はわたしを見る、まっすぐに見る、まるで自分の名前がわかるかのように。わたしは彼女のおでこに唇を押しあて、前後に揺らしてやりながら、静かに息を切らす。彼女は現実、彼女は現実、彼女はわたしの腕の中で確かに存在していて、清潔で新しいにおいがする。間違いじゃない。彼女はまだ女の子でも怪物でも何者でもない。彼女はただの赤ん坊。わたしたちの子どもだ。

わたしは自分のベッドを部屋の隅に押しやり、マーラ用のベビーベッドをつくってやる。刺繡かざりのついた小さい枕を並べて壁にする。彼女を横たえる。

彼女はまた叫びはじめる。どこからともなくやってきて、永遠に、まるで海の地平線のように、とどまることを知らない。次第に弱まることもなく、息継ぎもなく。闇雲に振り回された彼女の手がわたしの顔にあたり、少し切れる。わたしはベッドに彼女を寝かしつける。「マーラ」わたしは言う。「マーラ、お願い。お願いだからやめて」彼女はやめずに、叫び声は続く。何時間もの間、わたしはベッドの彼女のそばでぽんぽんと体を弾ませ、泣き声は部屋に充満し、聞かないようにすることもできず、赤ん坊の清潔なにおいが、何か赤くて熱いもの、まるで何も載っていない電気コンロの加熱部分のようなものに取り替えられる。わたしは彼女の小さな足を触り、彼女は叫び、わたしは彼女のお腹に口をくっつけてブーザーと鳴らし、彼女は叫び、わたしの中の何かが壊れていく。自制しているけれど、抑えられなくなりそうだ。

その教師は、バッドが電話越しにわたしに向かって叫んでいるのを隣の個室トイレで耳にした。わたしは彼女がそこにいるのを知っていた。彼女のヒールをはいた足がタイルの上に伸びているのを見たし、バッドの声が低く、よそよそしく、受話器からガスのように漏れてくるのにしたがって彼女が息をのむのが聞こえたから。彼女はわたしがそこから立ち去るまで待った。その午後、廊下できまり悪そうに、ボールペンのキャップを手でいじくりながらわたしを呼びとめた。

「ええと」と彼女は言った。「言いたいのは、とにかく普通じゃないってこと。あなたのことが心配なだけ」

「気にかけてくださってありがとう」わたしは言った。

「つまりね、もしいつもああいう話し方なんだとしたら、あなたが大切な関係だと思っていたとしても、そうじゃないってこと」彼女はうっかり手でキャップを弾いてしまい、それは長い廊下を軽やかに転がっていった。「誰かに連絡してほしくなったら言ってね、いい？」

わたしはうなずき、彼女は歩き去った。彼女が角を曲がって消えた後も、わたしはまだうなずき続けていた。

マーラは一息ついている。だいぶ時間が経ち、窓の外では空に光の筋が伸びている。彼女は再びわたしを飲み込む、ふたつの目でわたしをまるごと、わたしの恥と痛みのすべて、そして彼女の母親たちの真実、母親たちの嘘偽りない真実を。秘密の数々が、意図せず、自分からこぼれ落ちていき、わたしは動揺する。それから、叫び声がまたはじまるが、あのかけがえのない時間、あの休息があるおかげで耐えられる。わたしの忍耐力は再び一新され、愛情も回復する。彼女がそういう瞬間を毎日一度でも与えてくれたら、わたしは大丈夫だろう。これならできる。わたしはいい母親になれる。

わたしは彼女の巻き毛を指で梳いてやり、自分が子どもだった頃の歌を唄った。

「ビル・グローガンの山羊／気分は上々／食べた赤シャツ三枚は／物干し綱にかかってた／ビルは枝持ち／ピシッとたたき／縛り付けるは／あの線路——」

わたしの声はかすれ、小さくなって消える。彼女は空中で足をバタバタさせ、泣きわめく。わたしの耳がキーンと鳴り、わたしはのろのろと彼女の隣に体を横たえ、わたしの懇願は彼女の声に飲み込まれる。

部屋を離れたくない。眠りたくない。もし寝てしまったら、目覚めるとマーラがいなくなっていて、沈黙をエントロピーが埋め尽くし、わたしの細胞は膨張して空気と一体化してしまうんじゃないか。もし一瞬でも背を向けたら、振り向いたときにただのブランケットと枕の山になっているんじゃないか、これまでずっとそうだったように空っぽのベッドで。もしまばたきをしたら、彼女の体はわたしの指の下で消えてしまって、わたしはまたわたしになってしまう。

なんの価値もない、独りぼっちの。

目を覚ますと、彼女はまだここにいる。まるでお告げのよう。彼女が夜に泣いたとしても、わたしは聞いていない。目覚めてみたら、あんたは釣られた魚みたいにバタバタ暴れることも、夜泣きで一晩中わたしを起こすこともなかったし、まじかよ、あんたいい子で静かにできたじゃん、って感じの眠りだった。だからわたしの関節はブロッコリーを束ねる分厚いゴムバンドみたいで、顔は間抜けにもキルトのパッチワークの縫い目に押しつけて寝てしまったために線がついている。マーラは泣いていない。手足をピストンのように前後に動かしている。目は開いたり閉じたりしていて、その様子は、アサガオが真昼の太陽の下でぎゅっとすぼんだり、ハエトリグサが振動と熱に反応して大きなあくびをしているようだ。

わたしは立ち上がり、目を細めて朝を眺める。マーラがキーキーと泣き声をあげる。わたしは彼女を抱き上げる。昨日よりも重くなっている気がする。そんなことってある？

わたしが寝室から出るとすぐに、彼女はまた叫びはじめる。

わたしたちはインディアナポリス行きのバスに乗り、ぼんやりとしたまま運ばれていく。彼女はわたしの腕の中で寝ていて、目を覚ましはしないが、叫ぶことだけはして、その音量はすべての意識的な思考を飲み込む。周りに座る、皺が刻まれ生気のない肉体たちは、静寂を好む様子も、騒音に怒りを向ける様子もなく、わたしはありがたく思う。

ブルーミントンでバスを降りて気がつく。そうだ、今は春だった。忘れてしまった誰かに似ている、親切な女性の車に乗せてもらう。わたしたちは高速道路をドライブしていき、ここで停めてとわたしは言う。

「ここらは何もないけど」と彼女は言う。わざとらしくリラックスしているようなしぐさを見せる。

それに応えるように、葉がカサカサと音を立てる。

「街まで送るよ」と彼女は言う。「それとも誰かに電話して迎えにきてもらう?」

わたしは車を降りる。マーラを腕に抱えて。

数日前まで雨が降っていた。足を進めるごとに、泥がスニーカーにどんどんこびりつく。わたしは巨大な怪物のように歩く。これから街を破壊するのだ。

さあ、丘の斜面を登ると、家がある。わたしたちの家だ。わたしはあのステンドグラスに見覚えがある。煙突から煙がひゅるひゅると、木々のてっぺんに向かってのぼっていく。外にあるピクニックテーブルはペンキを塗りなおさなければ。年老いて骨と皮だけになったジャーマンシェパードが、ポーチの片隅にだらんと寝そべり、わたしたちが近づくと嬉しそうに尻尾を叩きつける。

「オットー」とわたしは呼んで、ふわふわした首にぎゅっと手を回す。彼はわたしの手のひらにあごをトントンとのせ、それから手をきれいに舐める。

玄関の扉に鍵がかかっていないのは、バッドとわたしが隣人の鳥たちを信頼しているから。中に入ると、床は石づくりだ。

あの戸棚とベッドに見覚えがある。マーラは腕の中で静かにしている。身をよじることすらしない。きっと、あんなに泣いていたのは家ではないところにいたからで、今は家にいるから穏やかなのだ。わたしは机に向かって腰を下ろすと、その木の表面に重たいペンを転がす。壁ぎわに並ぶ本の列に指を走らせる。本棚の裏には、漆喰に湾曲した細いひびが伸びている、ゆったりと。指先でそれに触れ、上へ、上へと、わたしの身長を超えるところまでたどっていく。わたしの一部が本棚を動かし、後ろを見たがるが、その必要はない。そこに何があるのかは知っている。

わたしは冷蔵庫にある塩漬けサーモンの包みを開けて、状態をみる。魚の身は忘れられた小さな骨々からはがれ落ち、病気の歯茎みたいだ。指を肉の奥まで押し込み跡をつくると、わたしの中で何かが満たされた。

頬を窓の波ガラスに押しつける。わたしたちを追って室内に入っていたオットーはわたしの後ろについて歩き、その冷たい鼻先がマーラの足にぶつかる。わたしは調理台から料理本を引きぬき、開く。表紙がバタンと音をたてる。〈ジュリアおばさんの豆サラダ〉のレシピを読む。ディルが沢山必要。

わたしたちの最後の夜、バッドはわたしを壁に叩きつけた。なぜそうなったのか覚えていたらよかったのに。その場にいなければわからないことがある。彼女は骨と筋肉と肌と光、笑顔の一寸先は嵐、って感じ。彼女の顔を日食のように影が通りすぎていく。わたしの頭で漆喰の壁にひびができた。光がわたしの目の奥でまたたく。

「この女」彼女は叫んだ。「あんたが嫌い。死ぬほど嫌い。これまでもずっと嫌いだった」

わたしは浴室まで這っていき、ドアに鍵をかけた。外側から、彼女は壁に雹《ひょう》のようなパンチを降らし、わたしはシャワーの栓を開くと服を脱いでバスタブに入った。わたしは蟹座。水の子どもだ、どんなときも。その瞬間、わたしはインディアナの森にいた。雨が葉に打ちつけ、穏やかな日曜の朝の霧雨のさなか眠っているわたしたちは、部屋に入ってきた眠たげな十歳ぐらいのマーラに起こされる。彼女は怖い夢を見たと言い、わたしたちの腕の中で丸くなる。これはいつか終わりがくる。いずれ彼女はこんなことには、わたしたちには、年老いた母たちには、大きくなりすぎるだろう。そして、その非-記憶が嵐の中の濡れた絵のように洗い流されると、わたしはシャワーを浴びていて、震えていた。ドアの向こうにいる彼女は、わたしを失おうとしていて、そうしないでとわたしは言えなかった。わたしたちは通じ合ってる、わたしたちは通じ合ってる、お願いだから今はやめて、わたしたちは本当に通じ合ってるんだから、とわたしは言えなかった。

「どう思う、マーラ?」わたしは彼女に訊きながら何度かくるくると回り、壁にもたれて休む。

大きなベッドの上のきれいに折りたたまれた家宝のキルトに彼女を寝かせる。いつかマーラにこんなキルトを縫う方法を教えてあげたい。彼女の祖母のやり方と、わたしが今習っているやり方を。はじめは小さいものから。ベビーキルトとか。それなら一晩で一枚は仕上げられる。

オットーが吠える。

ドアが開き、一本の細い腕が現れる。それから顔、そして明るい黄色のバックパック。十歳か十一歳ほどの小さな女の子、ほどけかけの三つ編み。もう歩いたり話したりできる年齢のマーラだ。いじめられたり、いじめに立ち向かったりできる年頃。答えられない質問をしたり、解決できない問題を抱く年頃。彼女の後ろには、もうひとりの子ども、男の子。それは彼女の小さい弟、トリスタンだ。わたしは彼が生まれたときのことを、まるで先週の出来事のように、今まさに起こっていることのように覚えていて、彼は全身血まみれで横向きの体勢で、わたしの肋骨の上のあたりにいて、助産師にひっぱり出されるのを嫌がった。今になってもわたしのお腹は出産前と同じには戻らない。一度ひどい傷を負い、ひき裂かれたのだから。そして彼は成長するだろうし、成長した。トリスタンはマーラの後ろを追いかけたし、今も追いかけている。彼女は嫌がっていたけれど、内心はすごく気に入っていた。彼女は関心を持たれるのを嬉しがっていたのがわたしにはわかった。マーラとトリスタン、茶色い髪の子どもたち。祖母ゆずりの茶色。きっとわたしの母だ。

子どもたちの後ろに男がいる、それから女も。ふたりはわたしをじっと見ている。

女はマーラに離れていなさいと言い、男は胸の前で小さいトリスタンをしっかりとつかむ。

誰ですかと彼らが訊くので、わたしは答える。オットーが吠える。女が彼を呼ぶ。けれどオットーは彼女に吠え、わたしに吠え、自分の居場所を譲ろうとしない。

マーラ、あなたが蹴り上げた砂があの近所の子の目に入ったこと覚えてる？　わたしはあなたを怒鳴りつけて、よそゆきの服を着せて謝りにいかせた。その日の夜、あなたがわたしの子であるのと同じくらいバッドの子でもあるんだと身にしみて、わたしは浴室でひとり泣いたのよ。あなたが厚いガラス窓に突っ込んで腕を深く切って、近くの病院まで小型トラックで連れていかなきゃいけなくて、落ち着いてから、バッドが血だらけの後部座席を張り替えたいとしつこく言ったことを覚えてる？　トリスタンがプロムパーティーに男の子を誘いたいと言って、あなたがこんな風に彼の肩を抱いてあげたことを？　マーラ、覚えてるでしょ？　あなたの赤ちゃんたちのことは？　エイハブ船長みたいな顎髭を生やして、硬くなった手をした夫のこと、バーモント州に買った家のことは？　マーラ？　星の激しさをもって小さな弟を今でも愛していること、あなたたちのどちらかが壊れるまで終わることのない強烈な愛のことは？　あなたたちが幼い頃にわたしたちにくれた絵は？　あなたが描いたドラゴンの絵、トリスタンが撮った人形たちの写真、あなたが書いた怒りについての物語、トリスタンの天使についての詩は？　庭でやった科学実験、芝生を黒焦げにしてつやつやに光らせたよね？　あなたたちの人生は満ち足りていて安定してて、風変わりだけど安全だったよね？　覚えてる？　なぜ泣いているの、お願いだから泣かないで、お願い。赤ちゃんのときはたくさん泣いたけど、それからはいつも平然としてたよね。

わたしの内側で声がする。**おまえと彼女を結びつけるものは何もないが、それでもおまえはそうした、それでもふたりをつくった。それでもつくりやがったんだ。**

マーラと彼女の弟へ、わたしは言う。走っちゃだめ、転ぶよ。走っちゃだめ、何か壊すよ。走っちゃだめ、お母さんに見つかって、お母さんがカンカンに怒って、お母さんが怒鳴るのに、わたしたちにはできない、わたしたちにはできない、わたしにはできない。

わたしは言う。蛇口を開けっぱなしにしないで。家じゅうが水びたしになるよ。もうやめて、二度としないって約束したでしょ。家を水びたしにしないで、お金がかかる。家を水びたしにしないで、絨毯が悪くなる。家を水びたしにしないで、愛しい子たち。でないとあなたたちふたりとも失ってしまう。わたしたちは悪い母親だった。まだあなたたちに泳ぎ方を教えてない。

とりわけ凶悪

ESPECIALLY HEINOUS

小澤身和子 訳

（訳者注）本作は、ニューヨーク市警察の刑事たちが捜査する性犯罪事件を描くテレビドラマシリーズ「LAW&ORDER: Special Victims Unit（邦題：LAW&ORDER：性犯罪特捜班）」に着想を得た作者が、各話タイトルから272話分のエピソードのあらすじを創作したもの。ドラマと本作の内容は全く別物です。

シーズン1

「報復」

ステイブラーとベンソンは、ニューヨーク市のタクシー運転手が去勢されて殺害された事件を捜査する。すると被害者が警察から追われる身で、何年も前に別の男の身元を装うようになったことがわかる。結局ステイブラーは、その男が盗んだ身元もまた盗まれたものであることを発見し、ベンソンと一緒にまた最初から捜査をやり直さなければならなくなる。その夜、うまく寝つけないステイブラーは奇妙な音を聞く。遠くで聞こえるドクドクという音。その音は地下から聞こえてくるようだ。地下を調べると、音は外から聞こえてくるように思える。

「独り暮らし」

老女は、もうこれ以上ひとりで着替えるのに耐えられなかった。孤独に靴をはくたびに何度も何度も傷ついた。近所の人なら誰でも入ってこられるように玄関の鍵を開けておくというのは、後になって思いついたことかもしれないが、今となっては、考えなしだった。

「もしくは似てるだけ」

二人の未成年モデルがクラブから歩いて帰宅する途中で襲われる。レイプされて、殺害される。さらに追い打ちをかけるように、二人はレイプされて殺害された他の未成年モデルたちに間違えられる。その二人は偶然にもそれぞれの双子のきょうだいだった。二組のモデルは間違った墓に埋葬される。

「ヒステリー」

ベンソンとステイブラーは若い女性の殺人事件を捜査する。殺害された女性は当初、売春婦を狙った連続殺人事件の被害者の一人と考えられていた。「こんな街、大っ嫌い」と、デリでもらった紙ナプキンで目を軽く押さえながら、ベンソンはステイブラーに言う。ステイブラーは呆れ顔で車を出す。

「旅の願望」

裁判を前に、年老いた検事は、母親が教えてくれたように髪にヘアアイロンを当てている。裁判に負けると、彼女は三着分の着替えをスーツケースに詰めて、車に乗り込む。そして携帯電話でベンソンに電話をする。「ごめんね。旅に出ることにした。いつ戻るかはわからない」ベンソンは彼女にどうにか残るよう頼み込む。年老いた検事は道路に携帯電話を投げ捨てると、路肩に駐めていた車を発進する。一台のタクシーが横を通り過ぎると、その携帯電話は粉々になる。

「三年生のジンクス」

二回目にそのバスケットボールチームが殺人を隠蔽すると、コーチはもうたくさんだと思い知る。

「下品」

セントラル・パークで、誰にも愛されたことがないような少年が発見される。「その子の体にはたくさんのアリが這っていた」とステイブラーは言う。「アリだよ」二日後、その子の担任の教師が逮捕され、その教師は彼のことをとても愛していたことが明らかになる。

「柄」

警察署の備品には傷をつけてはいけないので、ベンソンとステイブラーにはそれぞれ自分なりのやり方があった。ベンソンのベッドのヘッドボードにはオーク材のへりに沿って背骨のように八つの刻み目がつけられている。ステイブラーのキッチンの椅子には九つ。

「ストックとボンデージ」

ベンソンはステイブラーが見ていないすきに、トランクから腐った野菜の入った袋を取り出す。ベンソンがそれをゴミ箱に捨てると、空っぽの底に落ちる。濡れてずっしりとしている。そしてぱっくりと裂けて破れる。まるでハドソン川に捨てられた死体のように。

「閉鎖」

「私の中にあったの」女は使い方を間違ったアコーディオンのように形が崩れたストローを伸ばしながら言う。「でも今は私の外にある。そのままにしておきたいわ」

「悪い血」

ステイブラーとベンソンは決して忘れない。犯罪を解決することが、犯罪そのものよりもずっと酷かったことを。


「ロシアの愛の詩」

その母親を証人台に上げると、新米検事は名前を言うように要求する。彼女は目を閉じて、首を振り、椅子の上で体を前後に揺らす。そして小声でそっと歌いはじめる。英語ではない。彼女の口から音節が煙のように出てくる。検事は助けを求めるように裁判官の方を見るが、彼は遠い目をしてじっと証人を見つめる。まるで記憶の森で迷子になったかのように。


「裸」

ミッドタウンを呆然と裸でさまよっている妊婦が発見される。彼女は公然わいせつ罪で逮捕される。


「限界」

ステイブラーはニューヨーク市ですら終わる時は終わることを知る。

「権限」

「ただで済むと思うなよ！」男は証人台へと連行されながらそう叫ぶ。「俺が誰だかわかってるのか？」検事は目を閉じる。「いいですか。私はただあなたに、青いホンダが現場から立ち去るのを見たと警察に証言してほしいだけなんです」男は挑戦的な態度で、証言台を手でバンバンと叩く。「俺はおまえの権限を認めないからな！」死んだ少女の母親があまりにも大声で叫びだしたので、夫は彼女を抱えて法廷から連れ出す。


「第三の男」

ステイブラーはベンソンに弟のことを話したことはない。だからといって彼は彼女に一度も兄のことを話したこともないのだが、それは当然だ。彼自身が兄を知らなかったからだ。


「悪しき指導者」

ジョーンズ神父は子どもに手を出したことはない。でも夜に目を閉じると、いまだに高校時代のガールフレンドのことを思いだす。彼女の柔らかな太もも、手の平のしわがはっきりした手、あの屋根からファルコンのように飛び降りた様を。


「チャットルーム」

十代の娘がサイバー性犯罪の危機に晒されていると確信した父親は、バールを持って家族用のパソコンへと向かう。そして粉々になったその破片を暖炉に投げ込み、マッチを擦る。娘は立ちくらみと、胸やけを訴える。彼女は彼のことを「ママ」と涙声で呼ぶ。そして土曜日に死亡する。

「コンタクト」

ステイブラーは、妻が二十代前半の頃にUFOを見たと信じているのを知る。彼は一晩中眠れないまま横になり、それが記憶障害や心的外傷後ストレス障害《PTSD》や夜驚症の原因なのではないかと考える。まさにその時、妻が泣き叫びながら目を覚ます。

「後悔」

夜、ステイブラーはその日の後悔をリストに書き出す。「ベンソンに言わなかった」と殴り書きする。「腹いっぱいブリトーを食いすぎた。ギフトカードを無駄に使った。思ったよりも強くあの男を叩いた」背後に妻がやってきて、彼の肩をぼんやりとさすってからベッドに滑り込む。「まだ妻に言っていない。明日もきっと言わないだろう」

「夜想曲」

殺されて間違った場所に埋葬された未成年モデルの一人の幽霊が、ベンソンにつきまとい始める。彼女は目がベルになっている。小さな真鍮製のベルが左右の眼窩から、打ち子が頬骨に届くか届かないあたりまで吊り下がっている。その幽霊は自分の名前を知らない。彼女がベンソンのベッドを見下ろすように立つと、右のベルが微かにチリンチリンと鳴り、そして左が、そしてまた右が鳴る。同じことが四夜連続で起きる。決まって二時七分に。ベンソンは十字架と強烈な匂いのするニンニクと一緒に寝るようになる。彼女は吸血鬼と殺されたティーンとの違いがわからないからだ。今はまだ。

「奴隷たち」

警察署のインターンたちはモンスターだ。仕事が暇だと、電話で遊んで時間を潰す。彼らは発信音に向かって元気よく「性犯罪特捜班、マンハッタン一レイプ犯が多い警察署!」と言う。彼らはステイブラーとベンソンについていろいろと推測している。賭けをしている。ライラック(ベンソンのお気に入り)を彼女のロッカーに入れ、デイジー(ステイブラーのお気に入り)を彼のロッカーに入れる。ベンソンとステイブラーのコーヒーに薬物を入れて、二人が仮眠室で眠ってしまうと、簡易ベッドを近づけて、二人を人に見られては困るような格好にしておく。数時間後にベンソンとステイブラーが目を覚ますと、二人の手はお互いの頬に置かれ、二人とも涙で目が潤んでいる。

シーズン2

「シークレット・レンズ」

ベンソンは真夜中に目が覚める。彼女は自分のベッドにいない。パジャマ姿で暗闇のなかにいる。手はドアノブに置かれている。ドアは開いている。困り顔のパンダが濡れたような目で彼女を見ている。ベンソンはドアを閉める。ホットドッグの売店の看板を物思いにふけりながらもぐもぐと噛んでいる二匹のラマの横を通り過ぎる。動物園の駐車場で、彼女の車はセメントの柱の前でアイドリングしている。ベンソンはトランクに入れておいた洋服に着替える。報告のための電話をかける。「環境テロリストたちね」とステイブラーに言う。彼は頷いて、ノートに何かをメモする。そして後ろを振り返って彼女を見て、「ニンニクの匂いがしないか?」と尋ねる。

「面目」

ステイブラーは、ルネッサンス・フェアで妻を侮辱した男のひとりよがりな顔にパンチを食らわせる夢を見る。目を覚ますと、この話を妻にしようと思う。寝返りをうつ。彼女はいない。ステイブラーはルネッサンス・フェアに一度も行ったことがない。

「閉鎖パート2」

「男が嫌いだっていうんじゃないの」と女は言う。「私はただ男が怖い。でも怖くても平気なのよ」


「時代錯誤」

ステイブラーの娘は朝食を食べながら、ベンソンの家族について尋ねる。ステイブラーはベンソンには家族がいないと答える。「家族は男の真の豊かさを示すんだっていつも言ってるじゃない」と娘が言う。ステイブラーはそのことについて考える。「そうだね」と彼は言う。「でもベンソンは男じゃないからね」


「赤ん坊殺し」

ベンソンはいつも、寝室のサイドテーブルの引き出しに入れているコンドームを新しくして、期限が切れたものを捨てる。彼女は毎朝決まった時間に忘れずにピルを服用する。彼女は決めた日を必ず守る。


「不従順」

目がベルの女の子はベンソンにブルックリンに行くように言う。彼女たちは今ではもうベルを通じて意思疎通ができるようになっている。（ベンソンは独学でモールス信号を学んだ）べンソンはブルックリンを訪れたことがないが、同意する。夜遅くに電車に乗ると、あまりにも遅い時間帯なので、車両には一人の男しか乗っていない。その男はダッフルバッグの上で寝ている。トンネルを抜けると、男はぼんやりした目でベンソンを見る。そしてダッフルバッグのジッパーを開けて、その中に嘔吐する。上品に吐いたと言ってもいいだろう。吐瀉物はオートミールのように白い。彼はダッフルバッグのジッパーを閉める。ベンソンは二つも前の駅で降り、プロスペクト・パークの中を長い間歩くはめになる。

「ばらばら」

ステイブラーは警察署で毎朝トレーニングをする。上腕三頭筋を鍛え、腹筋を鍛える。ランニングマシンで走る。娘が名前を叫ぶのが聞こえた気がする。驚いてランニングマシンの上でつまずき、コンクリートの壁に体ごと激しくぶつかる。マシンは無限ループで彼に向かってまわり続ける。

「魅了」

「暗かったの」とステイブラーの妻は言う。「ひとりで歩いて家に帰る途中だった。雨が降っていた。そうね、すごく降っていたんじゃなくて、パラパラって感じかな。霧雨だった。霧雨が降っていて、道の街灯の光が混じり合って、金色で油みたいに濃くて。私は深呼吸をして、健康的だと感じた。その夜、一晩中歩くのは健康的で正しいことのように感じられたの」ステイブラーは再びドクドクという音を聞く。その音は寝室のサイドテーブルの上に置かれた水が入ったグラスを震わせる。ステイブラーの妻は気づいていないようだ。

［妖精］

「出てってよ！」とベンソンは叫んで、目がベルの女の子に向かって枕を投げつける。今回彼女は友人を連れてきた。髪をきつい編込み《コーンロウ》にした小さな女の子で、唇は縫い閉じられている。ベンソンはベッドから出て、二人を押しやろうとする。でも彼女の両手と上半身は少女たちが存在しないかのように二人の体を通り抜けてしまう。彼女たちは白カビみたいな味がする。ベンソンは八歳の時、自分の部屋の加湿器の前にひざまずいて、それしか他に飲む方法がないかのようにスチームを吸引していたのを思い出す。

［同意］

「ステイブラー？」とベンソンは慎重に言う。ステイブラーはむき出しの膝から顔を上げる。ベンソンは小さな四角いアルコール綿を広げて、彼に渡す。「ここに座ってもいい？ 手伝おうか？」彼は黙ったまま頷き、彼女に膝をこすらせる。彼は歯と歯の間からシューシューという音をだして痛みをこらえる。「何をしたのよ？」と彼女は尋ねる。「ランニングマシン？ ランニングマシンでやっちゃったの？」ステイブラーは首を振る。彼には言えない。言えるわけがない。

「濫用」

後悔が増える。ページは文字で一杯だ。「ベンソンに皮が剝けた膝を見せた。手伝わせた。妻には特に問題はないと伝えた。それから妻に特に問題がないと言わせた。彼女が嘘をついているのはわかっているとは言わなかった」

「秘密」

目がベルの女の子たちはベンソンにヨンカーズに行くように言う。ベンソンは拒否して、アパートの部屋でセージを燃やしはじめる。

「被害者」

彼女のアパートは幽霊だらけになる。記憶を持つようになって以来初めて、ベンソンは誰かの家に一晩泊めてもらう。デート相手の投資銀行家は、つまらないバカな男で、その男の家にはベンソンに乗っかり窒息させようとする、怒った巨大なメスのとらネコがいる。翌朝ベンソンが、体は痛いし、イライラするし、猫のおしっこの匂いまでついてアパートに戻ると、目がベルの女の子たちが待っていて、ダリの時計のように、あらゆるものの表面にしなだれかかっている。彼女がゆっくりと歯を磨くと、彼女たちはその周りに集まってくる。彼女は歯磨き粉をペッとして、口をすすいで、振り向く。「さてと」と彼女は言う。「私にどうしてほしいってわけ？」

「妄想症」

「私は何も抑圧してなんかない！」と妻はステイブラーを怒鳴りつける。「エイリアンとの夜の話をしてよ」とステイブラーは言う。彼は学ぼうとしているし、理解しようとしている。「霧がかかっていて……」と彼女は言う。「パラパラと雨が降っていたの」彼は再びドクドクという音を聞く。あの音だ、家のどこかから聞こえる音。頭が痛くなる音。「そうそう、そうだよね」とステイブラーは言う。「街灯の柱の周りに光がたまってたの。油みたいに。すごくたくさん鉄の門があった。その横を通るときに、指をその輪っかや螺旋に添わせたから、指が金属臭くなっちゃった」「そうだね」とステイブラーは言う。「それで？」でも妻は眠っている。

「カウントダウン」

気の狂った男が、セントラル・パークのベンチの下に爆弾が隠されていると断言する。「セントラル・パークにベンチが何台あるか知ってるか？」とインターンの襟元を摑みながらステイブラーが叫ぶ。まるで鳩やホームレスのように人々をベンチから追い払うために、警察官がセントラル・パークに送られる。何も起きない。

「逃亡」

目がベルの女の子は、ベンソンをすべての区に行かせる。ベンソンは地下鉄に乗る。ついに彼女は、すべての駅を少なくとも一度は見た。壁画や、雨漏りのしみや、匂いを記憶するようになる。コロンバス・サークル駅は尿の臭いがする。コーテルユー駅は気味が悪いがライラックみたいな匂いがする。久しぶりに、ベンソンはステイブラーのことを考える。アパートに戻ると、目がベルの女の子はベンソンにある話をしようとする。**私は処女だった。彼にやられて、処女を失ったの。**

「愚行」

「これは」と警部が言う。「若い男が、母親にトイレ詰まりに使うラバーカップで意識を失うまで殴られたと告発した事件だ。でも、複雑なんだ。その男は金持ちの大物政治家の息子で、市長とゴルフをする仲でね。妻は……ベンソン？　聞いてるのか、ベンソン？」

「マンハント」

ステイブラーは自分はまったく同性愛者ではないと確信する。失望を飲み込むと、オレンジピールのような味がする。

「寄生虫」

「もうっ」とステイブラーの妻は言う。「やだ、あなた、子どもたちにシラミがいる。手伝って」二人は子どもたちをバスタブの中に立たせる。一番上の娘が呆れた顔をする。母親は子どもたちが頭皮をこすり洗いするのを手伝ってやり、年下の三人はシャンプーが目にしみるとだだをこねる。ステイブラーは何か月かぶりに穏やかな気持ちになる。

「立腹」

「被害者はモデル業界とつながりがある」と警部が言う。「でも彼女が住んでいた場所はまだ特定できていない。外国から来たのかもしれない。まだ十四歳だったんだ」そしてその少女の解剖写真を掲示板に貼りつける。彼女の顔は無表情で青白い。画鋲がぽんっと音を立てて外れると、ベンソンは椅子の上で飛びあがる。

「たたり」

ステイブラーはあのドクドクという音を再び聞く。休憩室から聞こえてくるようだ。ステイブラーが休憩室に行くと、その音は取調室から聞こえてくるように思える。取調室の中で、彼はまたその音を聞く。マジックミラーを両手で叩いてその音のまねをして、おびき寄せようとするが、すっかり静かになってしまう。

シーズン3

「抑圧」

礼拝中、ジョーンズ神父が叫びはじめる。信者たちは、彼が説教台にしがみついて、何度も何度もある名前を泣き叫ぶのを怯えながらただ見ている。これは何らかの罪悪感の告白に違いないと確認した司教は、ベンソンとステイブラーを呼び出す。彼のオフィスで、ベンソンが机上からペンを落とすと、ジョーンズ神父はわめきながらそれに飛びつく。


「天罰」

ベンソンはベッドの中で赤ん坊のように伸びをする。目がベルの女の子が母親のように立ちはだかる。ベンソンは両目のベルを摑んで、できる限りの力で引っ張る。目がベルの女の子は激しく痙攣し、ベンソンのアパートの電球は一つ残らず破裂し、カーペットがガラスの破片だらけになる。


「盗品」

最初はチョコ・バー。その次の日は、ライター。ステイブラーはやめたいと思うが、随分前に戦いを選ぶことを学んだ。

「屋上」

「神父様、覚えていることを話してください」カチッ。「そうですね、彼女の名前は……言いたくないな。彼女は水と芝生が大嫌いだったので、彼女のアパートの屋上でピクニックをしたんです。彼女は母親とそのアパートで住んでいました。私は彼女を愛していたんです。彼女の体に溺れてしまった。砂利の上に毛布を敷いて、彼女にオレンジのスライスを食べさせました。彼女は自分は預言者だと言って、いつの日か私が罪のない人の命を奪うビジョンを見たと言ったんです。私はそんなわけはないと言いました。彼女は屋根を囲っているセメントの壁をよじ登り、そこに立って、そのビジョンを再び口にしたんです。ごめんなさいと言っていました。彼女は私が思ったとおりに落ちさえしなかった。ただ、空中でひざまずいたんです」

「もつれ」

ステイブラーは警察署の仮眠室で、ベンソンがたるんだ簡易ベッドで寝ているのを見つける。ドアが開くと彼女は目覚める。彼女は「試練にあっている」ような表情をしている。それはステイブラーの母親がいなくなる前によく口にしていた言葉だ。よく考えてみると、ステイブラーが覚えている、あのドアがバタンと閉まる前の母の最後の言葉だった。

「贖罪」

ベンソンは最新のマッチングアプリで見つけた相手をグーグル検索していて、偶然レイプ犯を見つける。彼女は「成功」（レイプ犯を捕まえる）と「失敗」（出会いがうまくいかなかった）のどちらの欄に印をつけたらいいのか決められない。そこで両方につける。

「いけにえ」

ベンソンはレストランで、ハンサムなデート相手を飲み物を待ったままテーブルに置き去りにする。誰もいない脇道を曲がる。靴を脱いで道の真ん中を歩く。四月にしては暑すぎる。アスファルトで足が汚れていくのを感じる。割れたガラスの破片がないか心配するべきだが、気にしない。空き地の前で足を止める。下の方に手を伸ばして、舗道に触れる。息をしている。ドクドクという心臓音が彼女の鎖骨を震わせる。音を感じる。そして突然、地球が息をしていると決定的に確信する。彼女にはわかっている。ニューヨークが巨大なモンスターの背中に乗っていることを。これまでの何よりも明確に、そうわかる。

「継承」

「試練にあっている」という言い回しがステイブラーの頭から離れない。まるで耳の中で水がしたたり、流れていくかのように。彼は顎の中心の筋肉を押して、音を鳴らす。コキっという音が「試練」に取って代わる。もう一度繰り返す。試練にコキッ。コキッ練にあっている。あっている。

「心配」

ステイブラーはベンソンを心配するが、彼女には言えないでいる。

「愚弄」

ベンソンは月に二回、スーパーに買い出しに行く。クイーンズのスーパーまで運転し、三百ドル分の買い物をする。そうすると家の冷蔵庫はエデンの園のようになる。彼女はそれを食べようとはしない。その代わりダイナーでテイクアウトした、発泡スチロールの入れ物に入った噛み切れないフレンチトーストをかじる。予想通り、買った食品は腐ってしまうだろう。すると冷蔵庫は汚物のような抗しがたい匂いがするだろう。そうしたら腐ったものをかき集めてゴミ袋に入れて、次に外出するついでに、駅の近くのゴミ箱に捨てるだろう。

「一夫一婦制」

ある夜ステイブラーが目を覚ますと、妻が天井を見つめている。枕は涙でびしょびしょだ。「雨がパラパラと降っていたの」と彼女は言う。「指が鉄の匂いがした。すごく怖かった」初めて、ステイブラーは理解する。

「保護」

ベンソンはよく見ないで道を渡る。タクシー運転手は急ブレーキをかけ、ベンソンのすねから間一髪のところで止まる。フロントガラス越しに、目を閉じた十代の少年が助手席に座っているのが見える。彼が目を開けると、太陽の光がベルの曲線に当たって反射する。じっと見つめるベンソンに向かって、タクシー運転手が喚き散らす。

「神童」

「パパ、見て!」ステイブラーの娘がくるくる回りながら笑って言う。まるで映画のように、彼にははっきりと見える。二年後、娘は車の後部座席でボーイフレンドの手を払いのける。さらにもっと激しく。娘が叫ぶ。ステイブラーははっと我に返る。娘は床に倒れて、足首を摑んで泣いている。

「偽物」

「あなたはわかっていないんですよ」とジョーンズ神父はベンソンに言う。彼の目の下にはくまができている。傷んだりんごのような色だ。神父が着ているテリー織のバスローブの胸ポケットには、ミシンで「スーザン」と筆記体で刺繡されている。「お役に立てないんです。今、これまでずっと信じてきたことをこれからも信じ続けていいのかわからなくなっていて、まさに信仰の危機なので」と言って彼はドアを閉めようとする。でもベンソンは片手でそれを制して、「こっちはこれまでずっとちゃんと動いていた体が動かなくなっていて、機能の危機なんです」と言う。「教えてください。幽霊について何をご存じなんですか？」

「処刑」

死んだ少女の顔から、検察医がシートを引き下げる。「レイプされて、首を絞められたの」と彼女は言う。声に力はない。「殺人犯は両手の親指を少女の気管に押し付けて殺害した。でも指紋はない」ステイブラーはその少女は少しだけ写真で見た高校時代の妻に似ていると思う。ベンソンは、少女の閉じられた瞼の下で眼球が後退していくのが見え、ベルの音が聞こえると確信する。車の中で、二人とも静かだ。

「人気者」

彼らは思いつく限りの彼女の友人や敵対していた者に質問する。彼女がいじめた女の子たち、彼女を好きだった男の子たちと、嫌いだった男の子たち。彼女を素晴らしい子どもだと思っていた親と、厄介者だと思っていた親。ベンソンは充血した目をしてよろよろと警察署に入る。「私が思うに……」と震える手でゆっくりコーヒーを飲みながら彼女は言う。「私が思うに、やったのは彼女のコーチだと思う。まだ発見されていない下着は彼のオフィスで見つかるはず」早急に捜査令状が出され、彼のデスクの一番上の引き出しの中で、まだ血で湿っている下着が見つかる。

「見張り」

ベンソンは地面の下から聞こえてくる心臓音についてどうステイブラーに説明したらいいかわからない。今では四六時中聞こえる、深くて低い音。目がベルの女の子たちは、入ってくる前にノックするようになった。時々。ベンソンは遠くの地区へタクシーで向かい、通りや歩道で四つん這いになる。ある女性が家の狭い芝生のほとんどを使っている菜園の中で、四つん這いになることもある。どこでも聞こえる。ドクドクという音が反響し、深いところで響き渡っている。

「罪悪感」

今ではベンソンはベルをすごくよくわかるようになった。女の子たちがベルを鳴らすと、間髪入れずにわかる。彼女は息ができなくなるくらい枕を顔に押しつける。**私たちに声をちょうだい。声をちょうだい。声をちょうだい。彼に言って。彼に言って。私たちを見つけて。見つけて。お願い。お願い。お願い。**

「正義」

ベンソンのところに小さな子どもたちが群れになって現れる。彼らのベルはとりわけ小さく、大抵のものよりも高い音がする。ベンソンは酔っ払っている。彼女は遊園地の乗り物のように上下左右に揺れているベッドを摑む。**ぐるぐる廻る乗り物には、もう二度と乗らない。起きて！　起きて！**　彼らは彼女に命令する。彼女は携帯電話を顔につけて、短縮ダイヤルを使う。「私が思うに」と彼女はステイブラーに言う。「私が思うに、私には思うところがある」ステイブラーは今から行くよと言う。「私が思うに」彼女は言う。「私が思うに、神はいない」子どもたちのベルが一心不乱に鳴るので、ベンソンはステイブラーの返事を聞き取ることすらできない。やってきたステイブラーが合鍵で中に入ると、ベンソンはトイレに覆いかぶさって、泣きながら吐いている。

「欲」

「街じゅう」運転しながらベンソンは独り言を言う。彼女はステイブラーが隣に座っているのを想像する。「あらゆるところへ行った。本当に街じゅうをね。心臓音。女の子たち」彼女は咳払いをしてもう一度やってみる。「おかしいことを言っているのはわかってる。でも勘が働くのよ」彼女は一瞬静かになってから、こう言う。「ステイブラー、幽霊を信じてる？」それからこう言う。「ステイブラー、私を信じてる？」

「否認」

ステイブラーは妻のレイプについての捜査報告書を見つける。あまりにも古いので、記録部の男に頼まないといけない。薄い茶封筒の中で書類がすれる音がステイブラーの心を鎮める。

「能力」

ステイブラーとベンソンはセントラル・パークで起きたレイプ事件に対応する。二人が現場に到着すると、バラバラにされた死体は既に検死局に運ばれた後だった。困惑した顔の若い警官は、忙しそうに木と木の間に黄色の立入禁止テープを張っている。「刑事さんたち、今ここにいたんじゃなかったんですか?」と彼は二人に尋ねる。

「沈黙」

ベンソンとステイブラーは駅からの通り沿いにあるパブでビールを飲む。二人が凍ったジョッキを握りしめると、キラキラと水滴が垂れて羽を広げた天使のような跡ができる。二人は何も話さない。

シーズン4

「カメレオン」

エイブラーとヘンソンはセントラル・パークで起きたレイプ事件に対応する。二人はバラバラにされた死体を検証する。「カルトだな」とエイブラーは言う。「オカルト信仰者たちね」とヘンソンが言う。そして二人は同時に「オカルト信仰者たちのカルト」と言う。「死体を持っていって」

「欺き」

ヘンソンは毎晩朝まで熟睡する。そしてすっきりした気持ちで目覚める。朝食には、チャイブ入りのクリームチーズを塗ったセサミシードのベーグルを食べる。そしてマグカップ一杯の緑茶を飲む。エイブラーは子どもたちに布団をかけ、寝ながら笑っている妻にキスをする。起きると、彼女は夢に出てきたすごくおかしなジョークを彼に話して聞かせる。それを聞いて彼も笑う。子どもたちはパンケーキを作る。堅木張りの床には、溢れんばかりの光が差し込む。

「無防備」

三日間連続して、警察署の管内全体で一人も被害者が出ていない。レイプもない。殺人もない。強姦殺人もない。誘拐もない。幼児ポルノが作られたり、買われたり、売られたりもしない。性的いたずらもない。性的暴力もない。強制売春もない。人身売買もない。地下鉄でさわられることもない。近親相姦もない。公然わいせつもない。ストーカー行為もない。性的な嫌がらせ電話すらない。そして水曜日の黄昏時、アルコール依存症更生のための集まりに向かう途中の女性に向かって男が口笛を吹く。街じゅうから長い間止められていた息が吐き出され、すべては普段どおりに戻る。

「欲望」

エイブラーとヘンソンは寝る仲だが、誰にも知られていない。ヘンソンはエイブラーにとって、歴代最高のセックスフレンドだ。でもヘンソンにとってはそうではない。

「蒸発」

「また何か用かい?」と被害者の祖母が彼らに尋ねる。ベンソンはステイブラーを見て、ステイブラーはベンソンを見る。そして二人は困惑した面持ちで彼女の方に向き直る。「知ってることは全部話したって言ったろ」と老女は言って、節くれだった手で二人をそっけなく追い払う。そしてあまりにも勢いよくドアを閉めたので、植木鉢がポーチの手すりから芝生の上に転げ落ちる。「前に彼女に会いにきたことがあるの?」とベンソンはステイブラーに尋ねる。彼は首を振る。「君は?」中では、ポップノイズやスクラッチと共にザ・ミルス・ブラザーズのレコードが鳴りはじめる。小さなホタルよ輝け、ちらちら、ちらちら。「いいえ」とベンソンは言う。「一度もない」

「天使たち」

エイブラーの息子たちはオールAの成績で、歯並びもよくて矯正の必要もない。ヘンソンの大勢の恋人たちは、クリトリスと向き合い、彼女にどうしてほしいのか尋ねながら、超越したエクスタシーをもたらす。いい、彼女にどう、いい、いい、いい、ファック、いい。

「人形たち」

ベルがチリンチリンチリンと夜通し鳴る。その響きは、ベンソンの体から皮を剝く。実際はそうでないにしても、そんなふうに感じる。**早く、早く、早く。**「もう寝ないと」とベンソンは言う。「早くするために寝ないと」**（まったく意味がわからない。私たちは寝たりしない。決して寝ない。四六時中、休むことなく正義を追い求めている）**「睡眠不足っていう感覚を覚えてる?」とベンソンは洗っていない寝具の中から、げんなりしたように尋ねる。「あなたたちだって人間だった時があったのよ」**そんなそんなそんな!!!**

「消耗」

ベンソンのベッドのヘッドボードには、あまりにもたくさんの刻み目がついていて、シロアリに食われたようになっている。たくさんの成功と、たくさんの失敗。それを分けておけばよかったのかもしれない。ドクドクというビート音が鳴り響くと、木の破片や削り屑がカーペットやナイトスタンドの上で震える。

「少年少女」

「五歳の子たちが六歳の子たちを殺害するなんて……」ベンソンがぼんやりと言う。目の下には寝不足のせいでくすんだ灰色のくまができている。「ステイブラー、人はモンスターにもなるし、羊のように弱くもなる。彼らは、いや、私たちは、加害者でもあると同時に被害者でもある。ちょっとしたことで天秤のどちらかが重くなる。私たちはそんな世界に生きているの」彼女は音を立ててダイエットコーラを一口飲む。そしてステイブラーの濡れた目から視線をそらそうとする。

「回復力」

ベンソンは休日、たくさんテレビを見る。そこから発想を得て、玄関や窓枠に沿って塩をまく。その夜は、何か月かぶりに、目がベルの女の子たちは近寄ってこない。

「ダメージ」

ステイブラーは妻の肩をさする。「話せる?」彼女は首を振る。「話したくない?」彼女は頷く。「話したい?」彼女は首を振る。「話したくないんだね?」彼女は頷く。ステイブラーは彼女の髪にキスをする。「後にしよう。後で話そう」

「危険」

エイブラーとヘンソンは連続して九件の事件を解決する。そこで警部は二人を祝うためにカクテルとステーキを食べに連れていく。エイブラーは嚙みきれないほど大きなステーキの塊にかじりつき、ヘンソンはダーティマティーニを次から次へと飲み干していく。十杯。十一杯。

向かい側に座っている、シーザーサラダを鳥のようにちびちびと食べている男が、ものを詰まらせてむせ始める。顔が青ざめる。近くにいた人がハイムリッヒ法を行うと、少し変な気分になり始めている禁酒主義者のテーブルに、半分かじった肉の塊が落ちる。「十二杯飲んだような気分だわ」と彼女はしゃっくりをしながら笑う。実際十二杯飲んだ。ヘンソンはエイブラーを車で送り、二人は笑う。レストランから十三ブロック行ったところで、二人はキスをしながらお互いの体をまさぐり合い、よろめきながら車の外に出る。ヘンソンがエイブラーの手を彼女の胸に持っていくと、彼女の乳首は固くなる。

「腐敗」
誰かがちょうど食べごろの野菜をゴミ箱に放置し続けている。ヘンソンはたびたびそれを取り出しては家に持ち帰り、ビーツをゴシゴシと洗う。イカれてる。良いものを無駄にするなんて、わけがわからない。

「赦免」
武装犯が人質全員を解放する。そのなかには彼自身も含まれている。

「パンドラの箱」
ベンソンはベルの音がしなくて寂しくなる。アパートはとても静かだ。玄関口に立って、白い線を見下ろす。足の親指で、探りを入れる。子どもの頃、母親と一緒にビーチに行って、熱くてサラサラする砂で足をやけどしたのを思い出す。つま先を押し出してその線を崩して、「あーあ」と言う。でも本当はそう思っていない。あの子どもたちが狭い渓谷の間を鉄砲水が流れ出てくるみたいに、彼女に向かって突進してくる。子どもたちのベルが、まるで興奮したハチの大群みたいに、めちゃくちゃに鳴りまくる。大はしゃぎしているようにも、熱狂しているようにも、怒っているようにも聞こえる。彼らは絶望しながら彼女の肌をくすぐる。これほど愛されていると感じたことはない。

「曲解」
私たちはあなたしか信用していないの、と目がベルの女の子たちはベンソンに言う。**もう一人のあの人じゃないの。**ベンソンは、おそらくそれはステイブラーのことだろうと思う。

「特権」
エイブラーとヘンソンは薬きょうが泥にまみれているのに気づく。通りに面したドア枠近くには血痕がある。顔を見合わせると、犯行時、この通りにどれくらいの陽が当たっていたのかをお互いに計算しているとわかる。そして二人とも中に入る頃には、妻を逮捕することになるとわかっている。二人は彼女に質問すらしない。

「やけくそ」

「死んだら、何でも見えるようになるんでしょ」とベンソンは、目がベルの女の子たちに言う。「あの人たちが誰なのか教えてよ。例の……ドッペルゲンガーたちのことを。なんであの二人は、私やステイブラーよりも何でも良くできちゃうの？　教えてよ、お願いだから」ベルが鳴る。チリン、チリン、チリン。

「外見」

ベンソンはヘンソンが警察署から出てくるのを見かける。胃が変な音を立てる。同じ顔をしているのに、もっと美人だ。同じ髪型なのに、もっとハリがある。彼女がどんなヘアケア製品を使っているのか探らないといけない。彼女を殺す前に。

「支配」

「あなたは狂ってる」と手錠やロープ、椅子やチェーンと格闘しながらヘンソンは言う。ベンソンはステイブラーにまたメッセージを残す。「パートナーが迎えに来るから、見てなさいよ」とヘンソンは言う。「彼は私を助けに来る」

「誤信」

「ステイブラーは私を助けにやって来る。彼はあなたたちが何をやってきたのかわかってるんだから。私たちの事件を盗んでいることも、私たちのふりをしていることもね」

「むだな試み」

ステイブラーは着信音が止んだので、携帯電話を取り出す。留守番電話に残された新しいメッセージは十四件。彼にはどうしてもできない。手の中で携帯電話が虫のようにブーブー鳴っている。十五件目のメッセージ。彼は電源をオフにする。

「悲嘆」

エイブラーはヘンソンを助けにやって来る。当然だ。彼は彼女を愛している。ベンソンは彼が優しくロープを外し、チェーンを解き、手錠を外し、ヘンソンを椅子から立ち上がらせるのを見ている。ベンソンは片手に銃を持っている。あまり期待せずに、二人に向けて三発ずつ発砲する。彼らはまるで何事もなかったかのように動き続ける。そして小刻みにステップを踏みながら通りを抜けて、見えなくなる。

「完全無欠」

「刑事、自分の銃から弾がなくなっていることをどうして説明できないんだ？　何を聞いているんだ、ベンソン！（…）いや、私には聞こえない。（…）何の音もしないよ。何を言ってるんだ？」

「無気力」

「ジョーンズ神父」と彼の家の玄関先にあるゴワゴワした敷物に額を押し当てながらベンソンが言う。「私、どこかが本当に変なんです」彼はタンブラーを置いて、彼女の横に座る。「そうですね」と彼は言う。「その感じ、よくわかりますよ」

シーズン5

「悲劇」

警察署から何マイルも先で、十代の男の子と彼の七歳の妹が、学校から歩いて帰る途中で急死する。二人を死体解剖したところ、紫に変色した臓器から銃弾が見つかる。でも二人の体には銃弾が入った傷跡は見当たらない。検視官は困惑する。銃弾が、カン、カン、カン、カン、カン、カン、と金属製のプレートに当たって音をたてる。

「異常な興奮」

検事は笑って笑って笑いまくる。笑いすぎてむせてしまう。笑いすぎて少し漏らしてしまう。床に崩れ落ちて、体を四十五度回転させて、笑い続ける。トイレのドアがノックされる音がして、ベンソンがおぼつかない様子でドアを開ける。「大丈夫？　陪審員が戻ってきたよ。本当に大丈夫?」

「母親」

「今日、あなたのお母さんから電話があったよ」とステイブラーの妻が言う。「かけ直してあげてね、そうじゃないと言い訳しなくちゃいけないでしょ」ステイブラーは叫び出したくなるほど無気力な薄い茶封筒が置かれた机から目を上げる。子どもたちの母親を観察するようにじっと見つめる。喉の下のくぼみ、ふさふさのまつげ、あと数分でつぶされるあごの大きなにきび。「話があるんだ」と彼は言う。

「喪失」

「わかってほしいのは……」とジョーンズ神父は言う。「私は彼女を愛していたということです。今まで愛した何よりも彼女を愛していました。でも彼女は哀れな人だった。とても哀れだった。彼女はもうこれ以上ここにいられなくなってしまった。あまりにもいろいろなものを見すぎてしまったのです」

「思わぬ発見」

ジョーンズ神父はベンソンに祈り方を教える。彼女は子どもみたいに両手をぎゅっと絡める。子どもの時以来祈っていないからだ。彼は心を開放することについて話す。彼女は膝を胸の辺りまで引き寄せる。「もし私がこれ以上心を開いたら、彼女たちはすべてを締め出してしまいます」それはどういう意味なのかと神父が尋ねると、彼女はただ首を振る。

「強要」

「私が話をでっちあげたの」と、その女はけだるく言う。ベンソンは黄色のメモ帳から顔を上げる。「それは確かなの?」と彼女は尋ねる。「ええ」と女は言う。「はじめから終わりまでね。確かに、間違いなく、はじめから終わりまででっちあげた」

「選ばれた者」

法廷の外では、抗議する人たちが押し合いながら叫び声をあげている。それぞれの持つプラカードの木の持ち手が当たってパーカッションみたいな音を立てている。ひどいパーカッションだ。ベンソンとステイブラーは体を張って女性をかばう。彼女は足を引きずりながら泣きじゃくっている。ベンソンは左右を確認する。発砲音。その女性が崩れ落ちる。血が排水溝へと流れていき、彼女は中断した日食のように目を半開きにしたまま死ぬ。ベンソンとステイブラーは同時にドクドクという音を聞く。舗道、叫び声、パニックになっている群衆、プラカード、そしてその死んだ女性の下から。そしてワンツーのリズムでドクドクというビート音が聞こえて、二人は顔を見合わせる。「君にも聞こえるのか」とステイブラーはかすれた声で責めるように言う。ベンソンが答える前に、狙撃犯がデモの参加者をもう一人殺す。彼女の持っていたプラカードは、裏返しで血の中に落ちていく。

「醜態」

夢のなかで検事は丘を転がっていく。ゴロゴロガタガタ、深く深く下の方へと転がっていく。夢のなかの稲妻はルバーブ色をしていて、二回のとどろきと同時に発生する。雷が鳴るたびに、草の葉は形を変える。検事は自分の体の下に、仰向けで横たわり笑いながら自分自身を触っているベンソンがいるのを見る。検事は服を脱いで、ベンソンの体にぴったりくっつくように体を転がす夢を見る。雷も何かが転がるように鳴り響く。むしろ何かが歩いているような音だ。ドクドク、ドクドク、ドクドク。検事はオーガズムを感じて、目が覚める。もしかすると目が覚めて、オーガズムを感じたのかもしれない。夢が覚めきらないまま、彼女は一人でベッドの中にいる。窓は開いている。カーテンが心地よい風にはためいている。

「自制」

「どうして調べたりしたのよ?」と、ステイブラーの妻は尋ねる。「どうして? なかったことにしたかったのに。ただ隠しておきたかった。どうしてそんなことしたの? どうしてよ?」彼女は泣き叫ぶ。そして綿がぱんぱんに入った巨大なクッションを両方の拳で何度も殴る。体に腕をきつく巻き付けて部屋の端から端まで歩き始めた。妻を見て、ステイブラーはかつて警察署に来た血だらけの男のことを思い出す。その男も腕をそんなふうにしていた。男が腕を下ろすと、負傷した腹部が開いて胃や腸が見えた。まるでこれから生まれてくるかのように。

「動揺」

「あら」ベンソンは検事に微笑みながら言う。検事はぎゅっと拳を握る。「どうも」彼女は口早にそう言うと、くるりと踵《きびす》を返して、反対方向へと足早に去っていく。

「脱出」

麻の大きな袋以外何も身に着けていない少女がよろよろと警察署に入ってくる。ステイブラーは彼女にコップの水を渡す。彼女はごくごくと一気にそれを飲み、彼のデスクの上に吐きだす。内容物：前述の水、爪四枚、ベニヤ板の破片、片面に図書館のものと思われるバーコードが付いたラミネート加工された紙片。彼女の話は支離滅裂だが、どこかで聞いたことがあるように思える。ベンソンは『白鯨』の一節や、『キャロル』の一節を思い出す。彼女は里親に預けられ、そこで他人の言葉を通して、自分の苦悩や悲しみを表現し続ける。

「兄弟愛」

ステイブラーは妻と結婚した時に、娘を欲しいと思った。自分に弟がいたことはわかっている。今では、子どもたちのことが心配で身がすくんでいる。彼らが生まれてこなければよかったと思っている。生まれる前の空間で安全に浮いたままでいればいいのにと思う。その場所は、大西洋のような灰色がかった青色で、星のような光の点がちりばめられ、コーンシロップのようにどろっとしているのではないかと想像する。

「憎悪」

ステイブラーの妻は茶封筒の一件以来、彼と一言も口をきいていない。大きなナイフで野菜を刻む彼女を見ながらステイブラーは、そうやって光彩を放つほど沈黙し続けるのなら、いっそ腹をそのナイフで刺してくれと思う。「愛してるよ」と彼は言う。「許してくれ」それでも彼女は刻み続ける。小さな斑点のついたプラスチックのまな板にきれいな切れ目をつけている。人参の頭を切り落とし、きゅうりを解体する。

「儀式」

ベンソンはヴィレッジにあるニューエイジの店に行く。「呪文が必要なの」と、店主に言う。「自分が何を求めているのかを知るためにね」店主の男はしばらくペンで顎を叩いた後で、出所不明の乾いた豆四粒と、うさぎの骨の破片だという白の小さな薄い円盤と、「若い女性が処女を喪失する記憶」と言って、空っぽに見える小さな薬瓶を彼女に渡し、花崗岩のボウルとハドソン川の泥も差し出す。

「家族」

ステイブラーは感謝祭にベンソンを自宅に招待する。ベンソンは七面鳥から内臓を取り出す手伝いを買って出る。子どもの頃、ずっとやってみたいと思っていたことだ。ステイブラーの妻はベンソンに鮮やかなオレンジ色のボウルを渡して、口ゲンカをしている子どもたちのもとへ行ってしまう。ベンソンは彼女がステイブラーと口をきいていないことに気がつく。ため息をついて、首を振る。ベンソンは七面鳥の腹の奥深くに手を突っ込む。指で軟骨や、肉や、骨や、何かのまわりをかきわける。手を引き抜く。七面鳥の中から出てきた一連の内臓には小さなベルがぶらさがっていて、血で濡れている。料理はとても上手にできた。ステイブラーのハードドライブにはその写真が入っている。みんな笑っている。みんなとても良い時間を過ごしている。

「家」

ベンソンとステイブラーはニューヨーク市立図書館へ行く。二人は野性化した女の子の写真を司書たちに見せる。司書の一人は知らないと言うが、その目は泳いでいる。ベンソンは彼女が嘘をついているとわかる。その司書のあとをつけて休憩室まで行き、自動販売機に彼女の体を押しつけて追い込む。ポテトチップスやプレッツェルの袋ががさがさと音をたてる。「彼女のことを知っているんでしょ」とベンソンは言う。女は唇を噛み、ベンソンとステイブラーを地下へと連れて行く。そして古いボイラー室の鉄製のドアを押し開ける。ドアには壊れた南京錠がぶら下がっている。遠くの壁には簡易ベッドが立てかけられていて、積み重ねられた本の柱が、床に小さな都市を作っている。ベンソンは一冊の本の表紙をめくる。それからもう一冊。

すべての本には「除籍済み」という赤いスタンプが押されている。女がステイブラーのホルスターから銃を引き抜く。ステイブラーは叫ぶ。ベンソンが振り返ると、鮮やかな赤い飛沫が彼女の肌を染める。

「意地悪」

「どうして彼女に銃を取らせたのよ？」とベンソンはステイブラーに怒鳴る。「誘拐犯の司書が部屋にいるのに、どうして本なんか見てたんだよ？」と彼は怒鳴り返す。「時々……」彼女は腹立たしげに何かを言おうとするが、その声は次第に小さくなる。

「不注意」

警部は掲示板から最後の写真をはがす。ここ数年間でこれほど酒が飲みたいと思ったことはない。「一人の、女性が、死なずに済んだんだ。部下が居眠りさえしなければ！」その声は一言一言大きくなっていく。そして実際に彼女を殺した力よりも大きな力で写真をデスクの上にたたきつける。「しかも、仕事中に！」ベンソンはメモ帳に目を落とす。そこには連続殺人犯を捕まえるヒントがアナグラムになって書かれているが、一度も捕まえられていない。

「異常」

実際はこうだ。その女の子は予知能力にうんざりしていた。彼女は後にジョーンズ神父となる若き日のベン・ジョーンズの腕に触れる。ブルックリンの屋根から飛び降りて死ぬ前に。ジョーンズはその力を何十年も抱えていた。ミサの最中に彼が興奮してわけのわからないことを言ったとき、彼を押さえつけたのはステイブラーだった。そして彼もその力を持った。娘たちを見ると、恐ろしい将来が見える。妻を見ると、いつまでも元気にしていて、すべてを覚えているのが見える。でもベンソンのことは見えない。何かが彼のビジョンを遮るの。彼女は煙みたいに実質がなくて、とらえどころがない。

「真相」

ステイブラーは一番上の娘と一緒に日用品の買い物をしているとき、男がりんごを手に取ってじっくりと眺めてから元の山に戻すのを見る。その男に見覚えがある。男が顔を上げる。彼もステイブラーに見覚えがある。男はステイブラーを下の名前で呼ぶが、それは彼の名前ではない。「ビル」と男は言う。「ビル」男はステイブラーの娘を見る。ステイブラーは娘の腕を摑んで、隣の通路へと引っぱって行く。「ビル」と男は言う。その声は興奮していて、コーン・トルティーヤの陳列をひっくり返す。「ビル！　ビル！　ビル！」

「犯罪者」

スキーマスクをかぶった男がプラスチックの銃を持って銀行に強盗に入り、五十七ドルを奪う。窓口係はカウンターの下に隠していたなた《マチェーテ》でその男の顔を切りつけ、危機を乗り越える。

「無痛」

「心配しないで大丈夫ですよ」と婦人科医はステイブラーの妻に言う。「ちっとも痛くないですから」


「拘束」

ベンソンは呪文を試してみることにする。店主が教えてくれたように材料を混ぜる。豆と骨を潰す。ボトルのコルクを抜く。「さっと傾けるんだよ」と彼は言っていた。「それからすりこぎで押さえる。そうしないと浮いちゃってどこかにいってしまうからね」彼女はすり鉢に向けてボトルを回す。すると突然脳が激しく振動し、一度も経験したことのないことを思い出す。叫び声、焼けるような痛み、窓が並んだ暗い部屋、閉められたカーテン、冷たくて黒いテーブル。やみくもに後ろによろめき、すり鉢とすりこぎをひっくり返す。そして床に倒れ、ガタガタと体を震わす。やっとそれが終わると、目がベルの女の子がまじまじと彼女を見つめている。ベルを鳴らして応答している。**たくさんのなかの一回目、**と彼女は言う。一晩中、ベンソンはこんこんと夢を見続ける。


「毒」

ある日の午後、ベンソンはデスクではっきりとくすぐったさを感じる。椅子に座ったまま体を動かす。足を組んではもとに戻す。帰宅途中、角のドラッグストアに立ち寄る。自宅のバスルームでスクワットをする。そして慎重にベッドまで歩いていって寝る。自分の中で銃弾が溶けて、良い人間になっていくのを感じる。目がベルの女の子がベッドのそばに来る。強風のなかの教会のように、ベルが激しく揺れている。**来なさいよ。**「無理よ」**どうして？**「起き上がれないの。動けない。咳すらできない」**どうしちゃったの？**「あなたにわかりっこない」**起きなさいよ。**「無理よ」心の奥は静まり、落ち着きを取り戻し、彼女は動くことができない。さもないとすべてが吐き出される。目がベルの女の子は、ベッドをすり抜けて歩いたりしないで、ベッドにぎりぎりまで近づく。彼女は輝き始める。ベンソンの寝室は光で溢れる。道向かいでは、望遠鏡を持った男が接眼レンズから顔を上げて息を飲む。

「頭」

「いいかい、俺の見解はこうだ」ステイブラーはコーヒーを二つ持って車に戻ったベンソンに言う。「人間の臓器。濡れていて、厚みがあって、パズルのピースみたいにピッタリはまる。まるで生まれる前に誰かが一体一体の体のジッパーを開けて、そこにオートミールみたいに臓器を撒き散らしたみたいだ。そんなことできっこないけどさ」ベンソンはステイブラーを見て、カップを強く握りしめたので、やけどするほど熱いコーヒーが少し手にかかる。彼女は後ろを振り向く。振り返って彼を見る。「まるで」と彼は考えこんだ様子で言う。「体内で臓器が育ったみたいだ。それぞれ形がはまるようにできている」ベンソンはまばたきをする。「まるで」

と彼女は言う。「私たちが育つみたいね。子宮の中で。そして成長し続けるの」ステイブラーは興奮した表情を見せる。「そのとおりだよ！」と彼は言う。「そして、死ぬんだ」

シーズン6

「生得権」

ステイブラーの娘二人が一杯のスープを巡って喧嘩をする。ステイブラーが帰宅すると、長女が額にアイスパックをあてていて、末娘がタイル張りの台所の床の上に足を投げ出している。寝室に行くと、妻が仰向けでベッドで横になり、天井を見つめている。「あの子たちはあなたの娘よ」と彼女は言う。「私のじゃないわ」

「借金」

ベンソンとステイブラーはもうモノポリーでは遊ばない。

「非道」

ベンソンは普段の二倍の量の野菜や果物を買い、それが腐るのを待ちもしない。食べごろの野菜を二十ブロック以内に置かれているゴミ箱というゴミ箱に捨てていく。そんなふうに撒き散らして、無駄にするのは気持ちが良い。

「ゴミあさり」

死体がどかされると、ベンソンとステイブラーは血の海が乾いた跡の周りに立つ。警官が寝室に入ってくる。「大家が外にいます」と彼女は言う。「賃貸に出すために、いつになったらこの部屋を清掃しても良いのか知りたいそうです」ベンソンは足で染みをつっつく。「どうやってこれを落とすか知ってる?」ステイブラーは彼女を見る。眉をひそめている。「オキシクリーン。それを使えばすぐにこの染みは取れる」と彼女は続ける。「来週には賃貸に出せるでしょうね」ステイブラーは周りを見渡す。「大家はまだ来ていないよ」と彼はゆっくりと言う。「オキシクリーンですぐに取れる」と彼女はもう一度言う。

「激しい抗議」

六人目の小さな黒人の女の子が行方不明になって初めて、警察本部長が声明を発表する。その発表は人気のメロドラマの最終回を中断する。その後すぐ、怒りの手紙が送られ始める。「警察本部長さんは、スーザンの赤ちゃんがデイヴィッドの子なのかどうか教えてくれるわけ?????????」と書かれた手紙もある。炭疽菌《たんそ》を送ってくる人もいる。

「良心」

ドクドクという音は鳴り止まない。ステイブラーは本当に最悪なその音を立てているのは、自分の良心なのではないかと思う。

「カリスマ」

ベンソンは火曜日のデート相手のことが好きすぎて、彼の家について行くことができない。

「疑惑」

ジョーンズ神父は聖餐の準備をする。列の一番前に並んでいる人たちは、ステイブラーとベンソンに似ているが、違う。何かが違う。神父が聖餅を最初の人の舌の上に載せると、その男は口を閉じて微笑む。神父は許しが自分の喉の裏で溶けていくのを感じる。女もまた、受け取って微笑む。このとき神父はもう少しでむせそうになる。神父は中座し、トイレで洗面台を摑んでむせび泣きながら、体を前後に揺らす。

「弱さ」

今ではステイブラーは日に三回トレーニングをする。パトカーを使う代わりに、犯行現場までジョギングする。ステイブラーが駅で電車を降りて、ボタンダウンのシャツとネクタイを真っ赤なランニングパンツに押し込むとき、ベンソンはいつもコーヒーを買って新聞を読んでから犯行現場まで車で向かう。ステイブラーはいつもその数分後に到着し、指で脈をはかって、足で舗道を蹴ってリズムを取る。彼は目撃者に話を聞く間もジョギングをする。

「呪い」

地下鉄で、ベンソンは反対方面の電車に乗っているヘンソンとエイブラーを見たような気がする。バターのような黄色い閃光のなか、二人はものすごい速さですれ違い、まるで映写スライドが回るように、あっという間に窓が過ぎ去っていく。ヘンソンとエイブラーは映写スライドの一コマ一コマの中にいて、驚き盤《フエナキストスコープ》を通して回転しているかのようにぎこちなく動く。ベンソンはステイブラーに電話をかけようとするが、地下は電波が入らない。彼女の向かいには、母親の携帯電話でゲームをしている小さな女の子が、蹴って片方のサンダルを脱ごうとしている。ベンソンはその少女がもうすぐ死ぬと確信する。彼女は電車を降りて、ゴミ箱の中に吐く。

「感染」

ベンソンは豚インフルエンザにかかって自宅にいる。熱は四十度まで上がり、二人の人間になる幻覚を見る。何年も空っぽのままの反対側の枕に手を伸ばして、自分の顔を手探りで探す。目がベルの女の子たちは彼女にスープを作ろうとするが、戸棚の取っ手を手が通り抜けてしまう。

「アイデンティティー」

ステイブラーはハロウィーンに子どもたちと出かけようと提案する。バットマンに変装することにした彼は、硬いプラスチックの仮面を買う。子どもたちは呆れ顔をしている。出かける前、妻は彼と向き合う。彼女は手を伸ばして、彼の顔から仮面を剝ぎ取る。彼はそれを奪い返して、すぐにつけ直す。彼女はそれをまた外す。あまりにも強く外そうとしすぎて、ゴムが切れて彼の顔に当たる。「うわっ」と彼は言う。「何のためにこんなことしてるの?」彼女は仮面を彼の胸に押しつける。「そんなに良いつけ心地でもないでしょうよ」彼女は食いしばった歯の間からシューシューと音をたてる。

「獲物」

男はライフルを取り出し、負傷していない方の肩にかけて構え、誘惑して招き寄せるように、引き金を引く。銃弾が行方不明の女性の首に当たると、彼女は倒れ、人生から解放され、落ち葉のなかに崩れ落ちて、葉を灰のように巻き上げる。

「ゲーム」

男は泣いている女性をもう一人解放する。彼女が森に向かって走り始めると、彼は自分が疲れていて、夕飯の準備をしたいと思っていることに気づく。男が並んでいる木々に向かって数歩進むと、女性は妹と合流する。

「病みつき」

「私がこの人生を選んでるの」と、娼婦は心配そうな目をしたソーシャルワーカーに言う。「本当だよ。だから好きでここにいるわけじゃない女の子たちのことを助けてあげてよ」至極的を射た意見だ。彼女はどうせ殺されている。

「幽霊」

娼婦が殺される。彼女は疲れすぎて、霊になれない。

「怒り」

娼婦が殺される。彼女は腹を立てすぎて、霊になれない。

「純粋」

娼婦が殺される。彼女は悲しすぎて、霊になれない。

「酩酊」

目がベルの女の子——随分前に、寝ているベンソンの臭い息とぴくぴくと痙攣する瞼を探していた最初の女の子——がベンソンの寝室にやって来る。彼女はベッドまで歩いてきて、指をベンソンの口の中に入れる。ベンソンは起きない。その女の子は指を入れたり出したりする。ベンソンの目が開くが、目を開けようとはしていない。ベンソンは頭の隅の方で体を丸めて、すごく広いリビングルームの反対側の窓のように、自分の目を通してぼんやりと見ている。ベンソンではないベンソンは、アパートの中を歩き回る。ベンソンではないベンソンは、ナイトガウンを脱いで、大人の女性の体を触り、一ミリも見逃さないようにじっくり見る。ベンソンではないベンソンは、服を着てタクシーをつかまえて、ステイブラーの家のドアをノックする。午前二時七分にもかかわらず、ステイブラーはちっとも眠そうに見えないが、困惑している。「ベンソン」と彼は言う。「ここで何をしてるんだ?」ベンソンではないベンソンは、彼のティーシャツを摑んで自分の方へと引き寄せ、キスをする。ステイブラーは自分の口の中ではこれまで感じたことがないほどの力と渇望を感じる。彼女は彼のティーシャツを放す。ベンソンは自分の頭蓋骨の暗い壁の中に向かって叫ぶ。ベンソンではないベンソンは、もっと欲しいと思う。ステイブラーは手で口を拭い、何か発見するのを期待しているかのように指を見る。そしてドアを閉める。ベンソンではないベンソンは、自分のアパートに戻る。ひざまずいたベンソンは、目の前に立っている目がベルの女の子を見上げる。「誰が動かしてるの?」と彼女はだみ声で訊く。ベルが鳴る。**誰も。**実際、ベンソンの体は生気のないゴーレムのようにどっしりとベッドに横たわっている。ベルが鳴る。ごめんなさい。目がベルの女の子はベンソンの頭に指を沈め、そして

「夜」

ベンソンは目を覚ます。頭がズキズキする。枕の冷たい方に寝返りを打つと、彼女の夢は、上下に揺れながら静かに海へと流れていくゴム製アヒルみたいに、徐々に消えていく。

「血」

肉屋が床にホースを向けると、血が渦を巻きながら排水溝へと流れていく。動物の血ではない。でも彼は助手が何を切ったのか、知る由もない。証拠は隠滅されている。少女たちはずっと行方不明のままだ。

「役割」

「俺が何か匂うのかな？　それともこのステーキ？」と、デート相手がベンソンに言う。彼女は肩をすくめて、皿の上のホタテを見る。その一つをナイフでつつくと、真ん中で少し割れる。まるで口が、あるいはもっとひどい何かが開いているかのようだ。「何ていうか、変わった味だな」と彼は言う。もう一口食べる。「でも美味いかな。うん、美味いな」ベンソンは彼が何をしている人なのか思い出せない。これは二回目のデート？　それとも三回目？　彼は口を開けたままくちゃくちゃ食べる。彼女は彼のアパートに押しかける。

「ゴリアテ」

　ステイブラーはウィスキーをもう一口ぐいっと飲む。アームチェアでだらしなくくつろいでいる。二階では妻が寝て、夢を見て、目覚めて、また寝て、彼を嫌って、目覚めて、彼を嫌って、寝る。彼はベンソンのことを考える。彼女の立っていた姿、変なふうに着ている服、喉が渇いて死んでしまうかのように彼を貪る姿、金属フェンスの上や、鉄が先端についている門戸の上に手をぼんやりと滑らせる様子。まるで眠っているかのように、まるでハイになっているかのように、まるで恋、恋を、恋をしている女性のように。

シーズン7

「悪霊」

　影が大理石張りの裁判所の廊下を通り、警察署を抜けて、人で混み合う通りや、がらんとした通りを横切っていく。そして壁を滑り上がって、格子を通り抜け、ドアの下をすり抜けて、弧を描いてガラス窓を通り抜ける。影は求めているものを奪い取り、いらないものを置き去りにする。命は生まれ、滅びる。ほぼほぼ滅びる。


「采配」

「もしこの子どもがその『計画』の一部なら、私がレイプされることになるのが『計画』だった。もしこの子どもがその『計画』の一部でないなら、私がレイプされたことでその『計画』

は妨害されたことになって、その場合、その『計画』は『計画』なんかじゃなくて、『クソ親切な提案』なんだよ」ベンソンは生存者の手を取ろうとするが、その女性は水を見下ろし、手すりから膝を曲げたままで落ちて、いなくなる。

「緊急電話」

「だから、自分の足の爪を吐き出すような気分で歩き回っているだけだよ。死にたいし、時折誰かを殺したくなる。まるで今にも臓器と排泄物のまじった液体に溶けてしまいそう。臓器の液体にね」一瞬静かになる。「ああ、えーと、えーと……ごめんなさい。今、近所に暴れている人がいるから通報しただけなんです」

「引き裂かれる」

彼らは女優がいなくなってから何時間も後で、ニューヨーク港の船のマストに縛られた彼女を見つける。巻かれたロープの間にはマスケット銃の複製が縛り付けられていて、たっぷりとした胸の間に押し込められている。彼女のルネッサンス・フェアのコルセットは半分紐がほどけていて、ブラウスは破れている。彼は私にやり返してほしかったのよ、と彼女はステイプラーに言う。彼は彼女に平手打ちをして、ろくでなしと呼んで、それから結婚してほしかった。彼は自分のことをレジナルドと呼んでいた。

「過労」

ベンソンはインフルエンザにかかる。ほうれん草、絵の具のカス、半分になったゴルフ用の鉛筆、小指の爪くらいの大きさのベルを一つ吐く。

「生」

ベンソンとステイブラーのお気に入りのスシ・レストランは、皿の代わりにモデルを使い始めた。ベンソンは、息をしないように頑張っているブルネットのモデルの恥骨から、まぐろの赤身を一切れつまむ。店主がテーブルにやって来て、眉をひそめるベンソンを見てこう言う。「この方が安上りなんですよ」ステイブラーが穴子に手を伸ばすと、モデルが突然息をする。切身は箸をすり抜ける。一度、二度と。

「名前」

街じゅうで、歩行者は途中で足を止め、体が少し軽くなり、記憶が消される。マーカーペンでカップに名前を書くバリスタは、十秒後に男に同じ質問をする。彼は彼女を見つめ、まばたきをして「さあね」と言う。墓やどぶ、遺体安置所や霊安室、草むらや沼の中や、川の水面で浸かったり転がったりしながら、名前は死者の体をまるでたきつけの炎のように、電気のようになぞる。四分間、街はその名前、彼らの名前で溢れかえり、その男はラテが欲しいのはサムだとバリスタに言えなくても、サマンサは家に帰ってこないが、どこかにいるとは言える。でも彼女はどこにもいない。それに彼女は何も知らないし、何でも知っている。

「飢え」

ステイブラーは長女に、何でもいいから何か食べるよう説得しようとする。彼女は小さく七回嚙んで紙ナプキンを食べる。

「子守唄」

子どもたちが寝た後、ステイブラーは妻の隣に座る。妻はベッドのブランケットの下で繭のように丸まっている。顔まで覆われている。ステイブラーが優しく布団の隙間をつつくと、すぐに彼女の鼻の先が現れ、肌がハート形に見える。彼女は泣いている。「愛してる」と彼女は言う。「本当よ。あなたにすごく腹が立つの。でも愛してる」ステイブラーは彼女を、ブリトーのように布で覆われた彼女の全身を両腕で抱きしめて、腕の中で彼女の体を前後に揺らしながら、耳もとでごめん、ごめんとささやく。ステイブラーが灯りを消すと、彼女は彼にもう一度顔を覆ってほしいと頼む。彼は彼女の上に、そっと毛布をかけ直す。

「嵐」

空気が乱れる。まるで待っていたかのように、雲が街へと突進していく。

「よそ者」

新しい警察本部長が町にやってくる。彼は気前の良い約束をする。彼の歯は、カラフルなガムとほとんど同じ色と形をしている。ステイブラーは警察本部長がカメラに向かって笑いかける時に見える歯の数を数えようとする。でも毎回、何本かわからなくなる。

「感染者」

目がベルの女の子たちはベンソンの家のドアまでやって来ると静かになる。ついにベンソンがジムに行こうとドアを開けると、彼女たちは廊下を占領している。彼女たちのベルが振動するが、音は聞こえない。近づくと、ベンソンは誰かが打ち子のフックを外したと気づく。ベルは前後に揺れて揺れて揺れる。彼女たちはこれまでにないほどに静かだ。

「楽しい時間」

ステイブラーは妻をダンスに連れていく。彼女が誘いに乗ったことに驚く。サルサ・クラブのドアを通り過ぎると、彼女はしなやかでセクシーに、汗ばみながらくるくると回る。こんな妻を見るのは若かった時以来、結婚する少し前以来だ。汗でキラキラした肌と彼女の匂いが彼を興奮させ、完全に忘れていたやり方で欲望の栓を抜く。二人は体を密着させて踊る。彼女は彼のズボンの前まで手を伸ばして、唇を噛んでキスをする。彼の体の奥深くで、何かが鳴る。

ドクドク。ドクドク。ドクドク。心臓音みたいな音だ。二人はタクシーで帰宅し、寝室で彼女の着ているワンピースをひき裂いて脱がす。二人はこれを何年もやっていない、これ、これを。彼女は彼の背中に爪を食い込ませて、彼の名前をささやく。二人がこんなふうになったのは、何年も前、ずっと前のもっと前、でもそれより後のあの時以来だ。彼は彼女の名前を呼ぶ。

「ご法度」

オーガズムに達した後、まるで筋肉が半分に折り畳まれるかのように、ベンソンの腕がひどく痙攣する。彼女は前腕をさすり、唇を噛む。向かいのアパートから聞こえてくるサルサ・ミュージックの振動に耳を傾ける。サランラップのように、汗の膜が罪悪感に封をする。

「操作」

警察署のインターンたちはベンソンとステイブラーの間に変化があったことに感づく。でもそれが何なのかはわからない。彼らは二人の動向を生物化学の授業用ノートに記録する。携帯電話で二人の写真を撮る。コーヒーのなかに媚薬を混ぜる。自分たちの体から取った血液と大聖堂に奉納された灰、リスの骨、白のチョーク、乾燥セージの束を使って悪霊を呼び出す。悪霊に助けをせがむ。憤慨した悪霊は、こんな遠くまで来させた罰として、インターンの一人を地獄に連れて帰る。

「失踪」

「ルーシー、イヴァンがどこにいるか知ってる?」とステイブラーは尋ねる。「こんなに遅くなったことはないよな」

「授業」

「ルーシー、イヴァンがどこにいるか知ってる? 彼は生物化学の授業を一度も休んだことがないんだ」

「毒液」

ベンソンはコーヒーを流しに捨てる。口を少しやけどしている。吐き気がする。仮眠室で横になる。

「過ち」

夢のなかで、ベンソンは心臓音を聞く。彼女はニューヨークの人通りのない通りにいる。風はない。でもまるで何かが息をしているかのように、舗道が動く。ベンソンは心臓音の跡を追って通りを歩き始める。入り口を見つけると、その上にはシャーリアルバー&グリルという看板がある。店内では、深い赤色の磨かれたカウンターがあって、ボトルやコップが川の水面のように光り、ビート音がするたびに震える。角に隠れたドアがあり、その下からは一筋の光が輝いている。笑い声。ベンソンは、その音は子どもの頃、母親がカクテル・パーティーを開いている間、ベッド脇のサイドテーブルに小さなアペタイザーが載った皿とりんごジュースが半分入ったコップを置かれて、部屋でじっと座らされていた時に聞いた音に似ていると思う。彼女は何かが溶けたものが溢れているマッシュルームをかじり、ジュースを飲み、ドアの向こう側で笑い声やコップが鳴る音、大きくなって、小さくなって、また大きくなる声を聞いた。本を読もうとしたけれど、結局真っ暗な部屋のベッドの中で、すごく遠くてすごく近い声を聞いていた。絶え間ない騒音のなかから母親の大きな笑い声を聞き分けようとしていた。まるで下着のゆるくなったゴムを、引っ張ったり、きつく締めたりして、下着をダメにしてしまうように。今彼女はそんなふうに感じている。ドアの向こう側で声がする。ドアノブに手を伸ばす。彼女の手とドアノブとの距離は、十億分の一秒ごとに半分になっていく。ドアノブの金属は彼女の手が触れる前に既に冷たい。目を覚ますと、彼女は叫んでいる。

「でぶ」

「あともう一口だけ」と、ステイブラーは長女にお願いする。「一口だけだよ。人参を一つだけ。まずは人参を一つ食べてみよう」彼は砂丘に吹いた風が何の跡も残さないように、娘が削り取られていく姿を見る。「一つだよ。たった一つだけ」

「インターネット」

ベンソンはグーグル検索する。〈死んだ女の子たち ベルの目 打ち子がない〉〈女の子たち ベル 目〉〈女の子 幽霊 ベル 目〉〈幽霊 壊れた〉〈もし幽霊を見たらどうするか?〉〈幽霊は何でできている?〉〈幽霊の解決法〉何か月も、彼女のブラウザには何かを売りつけようとする広告が表示され続ける。ブラス・ベルのセット、幽霊を捕獲するための道具、ビデオカメラ、ベルコーラスのCD、人形、シャベル。


「影響力」

新しい警察本部長は、事件記録簿から顔を上げる。彼の向かいにいるエイブラーとヘンソンは、メモを取っていない。彼らは完璧な記憶力を持っている。「そうしたまえ」と新しい警察本部長は言う。「そうしたまえ」

シーズン8

「情報通」

ベンソンはスマートフォンは自分よりも利口だと確信していて、そのことにひどく動揺している。情報をもらうとき、彼女はスマホを顔に近づけて、「ノー」と言い、その言葉とは反対の行動をとる。

「時計」

検事は、時計の長針と短針がその間の時間を切り詰めていくのを見ている。裁判官が証人に対して何か質問はあるかと尋ねると、彼女は首を振る。家ではヘンソンが『ボヴァリー夫人』を片手にソファの上で丸くなって髪の毛を噛み、ここぞという場面で笑い声をあげながら、彼女を待っている。二人は夕飯を一緒に作る。二人は雨を見る。

「リコール」

二十四時間放送しているニュースチャンネルで、ある話が何度も何度も報道される。「傷んだ野菜」と彼らは言う。チンゲンサイ、ブロッコリー、セロリ、芽キャベツ、どれも汚くて、悪くて、間違っている。ベンソンは、直接フライパンから炒め物をフォークで食べながら、その話の結論を見る。「地元の店に野菜を返品して、全額返金してもらいましょう」と真剣な顔をしたレポーターは言う。ベンソンはフライパンを見つめる。野菜は全部平らげた。冷蔵庫へ行って、もっと料理するための準備を始める。

「おじ」

「パパ」と、ステイブラーの一番下の子どもが言う。「Eおじさんって誰?」彼は新聞から目を上げる。「Eおじさん?」「そう」と娘が言う。「今日学校が終わった後、男の人が来たの。

その人は自分のことをEおじさんって呼んでいて、私のおじさんだって言ってたよ」ステイブラーは弟のオリバーとはこの十年口をきいていない。オリバーはまだスイスに住んでいるはずだ。オリバーは叔父になったことすら知らないのではないかと思う。

「対決」

裁判所でステイブラーがトイレの洗面台から顔を上げると、エイブラーが後ろに立って、薄ら笑いを浮かべている。ステイブラーは振り返って、半分石鹸の泡がついた拳を振り上げる。トイレには誰もいない。

「潜入」

「いい？　ベンソン」とヘンソンは電話の向こう側で言う。彼女の声は、まるでベンソンが死ぬのを見下ろしているかのように甲高く、遠くの方に聞こえる。「問題は、あなたが苦しんでるってこと。もうこれ以上苦しみたくないんでしょう？」ベンソンは携帯電話を自分の肩にさらに強く押しつける。外側のプラスチックが洗っていない顔の油脂で滑って電話が落ちる。彼女は答えない。「単に」と、ヘンソンは続ける。「これを全部やめさせられるっていうことよ。あの女の子たち、あの音、あの欲望をね」ベンソンは見上げる。ステイブラーは、心ここにあらずの様子であごを掻き、小さな声でハミングしながら、山のようなファイルに目を通している。「あなたは、彼を私たちのところに連れてきてくれさえすればいいの。連れてきたら、休戦宣言できるから」

「秘部」

ベンソンはチェルシーの倉庫にかかってきた電話を調査する。到着すると、彼女とステイブラーはボルトカッターを使って中に入る。廊下は暗い。フィラメントが燃え尽きそうな電球が、たった一つ天井から吊り下がっている。ベンソンとステイブラーは拳銃を抜く。二人は壁にそって、拳銃を持っていない方の手で探りつつもう一つのドアまでたどり着く。そこは飛行機の格納庫なみに大きな部屋で、今は空っぽだ。二人の足音が反響する。ベンソンは部屋の向こうにもう一つドアがあるのを見つける。他のとは違うように見える。ドアと地面の間の隙間が赤く光っている。心臓が大きく波打つのを感じる。ドクドク。ドクドク。ドクドク。そしてその音が自分よりも大きくて、体の外から、自分の周りから鳴っていると気づく。彼女はパニックになってステイブラーを見る。彼は混乱した顔をしている。「大丈夫か?」と、彼は尋ねる。彼女は首を振る。「行かないと。今行かないと」彼は部屋の向こうのドアを指さしてこう言う。「あのドアを調べてみよう」「だめ」「だけどベンソン……」「だめ!」彼女は彼の腕を摑んで引っ張る。二人は陽の光のなかへと飛び出す。

「檻」

レイプ犯はレイプされる。レイプされるのはレイプ犯だ。「たまに」と、破れた直腸をもう一つ縫いながら刑務所の医師が研修医に言う。「鉄格子がモンスターを生み出すのであって、その反対ではないと思うんだよ」

「演出」

法廷。廊下。六つのドア。それぞれのドアの中と外には、刑事、警察官、弁護士、裁判官、呪われた者たちがいる。人々はドアの中に入っては、他のドアから出てくる。そのたびにベンソンとステイブラーはヘンソンとエイブラーを恋しく思う。

「シェヘラザード！」

「お話してあげる」と、ベッドの中で二人で丸まって横になっている時に、ヘンソンが検事にささやく。セックスの匂いでどんよりした空気が充満している。「終わったら、ベンソンやステイブラーについてや、何が起きたのかその全貌について、あなたが知りたいと思うことを教えてあげる。あの音についてもね」検事はうとうとしながら、わかったとつぶやく。「最初の話は……」と、ヘンソンはささやく。「女王とその城の話。女王と城、そしてその下に住んでいるお腹をすかせた野獣の話」

「燃焼」

ジョーンズ神父は、見えないが悪霊を感じる。ベッドから硫黄の匂いがすると、悪霊が自分の胸の上に座っているのを感じる。「何が目的だ?」と彼は尋ねる。「なんでここにいるんだ?」

「部外者」

中学校で行うカエルの解剖のように被害者をバラバラにする連続暴行殺人犯が関与する事件のために、司法心理学者が呼ばれる。「あなたが考えるよりももっと、彼にとっては理にかなっているんですよ」と、彼はマジックミラーの向こう側の男が笑うのを見ながら冷静に言う。ステイブラーは眉をひそめる。彼はその心理学者の判断を信用していない。

「開き口」

ベンソンは千個のベルを買って、打ち子を取り外す。それを目がベルの女の子たちにあげようとするが、その打ち子では合わない。紙に彼女たちの絵を描こうとするが、顔を描こうとするとインクがなくなる。女の子たちはキッチンにぎゅうぎゅう詰めになっている。あまりにも大人数で、あまりにも明るいので、望遠鏡でベンソンを監視している近くに住む男は、彼女のアパートが火事になったに違いないと思い、消防署に通報する。ベンソンは籐の椅子に座っていて、両手は膝に置かれている。「わかった」と、彼女は言う。「入ってきて」すると彼女たちはそのとおりにする。一人ずつ彼女の中へ歩いて入り、全員が中に入ってしまうと、ベンソンは彼女たちを感じたり、聞いたりできるようになる。彼女たちは順番にベンソンの声帯を使う。「ハロー」と、ベンソンは言う。「ハロー!」と、ベンソンが言う。「すごく良い感じ」と、ベンソンは言う。「まずは何をしたら良いんだろう?」と、ベンソンが言う。「ちょっと待って」と、ベンソンが言う。「私は私のままだわ」「そうだよ」と、ベンソンは言う。「でもあなたたちは大勢でもあるの」遠くで、サイレンが夜を引き裂いている。

「依存」

「イヴァンが誘拐されたことをご存じだったんですか?」とベンソンは警部に尋ねる。彼は一定期間断酒できたアルコール依存症患者に与えられるコインを、ニスで塗装された木材にコンコンと打ち付けている。「イヴァン?」「インターンですよ、インターン! あそこのデスクに座っていたインターンです!」彼女は車椅子に座って静かに涙ぐんでいるルーシーを指差す。彼女は鼻をすするたびに一ミリずつ後退して、もう少しで廊下に出てしまいそうになる。

「干し草」

ベンソンはルーシーにイヴァンを探すと約束する。彼女は彼がいつも出入りしていた場所を訪れる。頭の中では女の子たちが集まってきて、話しかけてくる。「彼はここにはいないよ」と、彼女たちは言う。「彼は、どこか、他のところにいる。飲み込まれてるの」ベンソンがステイブラーに捜査結果について話すと、彼は深くため息をつく。「彼はどこかで吐き出されるだろう」と、知った顔で言う。「でも、ここじゃない」

「フィラデルフィア」

インターンのイヴァンが地獄でみんなを不愉快にさせるので、悪霊は彼を送り返した。でも送り先を勢いよく飛び越して、うっかりペンシルベニアに降ろしてしまう。イヴァンはそこに留まることにする。どっちみち、彼はニューヨークが好きではなかった。高すぎるし、孤独すぎる。

「罪」

ジョーンズ神父は咲き誇る木々や花々を赦す。そこから花粉が運ばれて、人々の肺を詰まらせ始めると、神父は微笑む。贖罪の咳。

「責任」

インターンのルーシーは手に持った紙片を見ている。その紙には、ベンソンが走り書きしたジョーンズ神父の住所が記されている。彼女がもう一度顔を上げると、正面のドアが開いて、すっかり憔悴したジョーンズ神父がドア枠にもたれかかっている。「神の子よ、入りなさい」と彼は言う。「いろいろと話すことがありそうだ」

「フロリダ」

三週間の間に、エバーグレイズ（フロリダ州南部の亜熱帯性大湿地帯）で五人がそれぞれ一匹ずつ五匹のワニを捕まえて切り割く。それぞれのワニの腹の中には、そっくりの左腕（キラキラ光る紫のブレスレット、剝がれた緑のマニキュア、手のひらに小指がつくところにできた白い小さな傷がある）が入っている。指紋認証をすると、その腕はニューヨークで失踪した少女のものだとわかる。検視官は隣り合わせに並んでいる五本の腕を見ている。恐ろしくなった彼女は、そのうちの四本を捨ててしまう。「残りの体は未回収」彼女はノートにそう記す。「被害者は死亡したと推測される」

「泥酔」

ついにベンソンは座って数え始める。ファイル、書類、パソコンを調べる。計算して、五つのグループに分類して番号をふり、何ページも何ページも処理していく。帰宅すると、後ろでドアが閉まるやいなや、ポケットナイフの刃を出す。キッチンテーブルや、戸棚のへりに刻み目をつけて、数えて、数えて、数えて、数えて、いくつかわからなくなって、また数え始める。

「偽装」

ステイブラーはベンソンの家のドアを押し開ける。彼女はキッチンの床で腕を伸ばした状態で仰向けに横たわっている。周りには、バラバラになって使いものにならなくなった椅子やテーブルやフットレストがある。「すごくたくさんいるの」と、ベンソンは耳打ちする。ステイブラーはその隣にひざまずき、彼女の髪を優しくなでる。「大丈夫だ」と彼は言う。「大丈夫だよ」

「めちゃくちゃ」

検事はまた病欠の電話をいれる。「六十五個目の話は」と、ヘンソンは彼女の耳元でささやく。「あなたや私や他の人たち全員を監視する世界についての話。まるでゲームみたいに私たちが苦しむのを見ているの。止められない。彼らは離れられない。もし自分たちで止められるとしたら、私たちでも止められる。でも自分たちでは止めないから、私たちも止められない」

シーズン9

「代役」

火曜日にステイブラーの妻が店から戻ると、玄関の階段に男が座っている。彼は申し訳なさそうに手のひらを開いて「鍵をなくしたんだ」と言う。彼女は食料品の入った袋を地面に下ろして、手探りで鍵を見つける。彼を横目で見る。ステイブラーにそっくりだ。微笑むと、口の左側に同じ小さなえくぼができる。でも頭の中で何かが「その男は夫ではない」と叫んでいる。ドアが大きく開く。一番下の子どもが寝室から出てきて、眠たい目をこすっている。娘はその男を指差して、「あれがEおじさんだよ！」と叫ぶ。ステイブラーの妻はサイドテーブルに置かれた重たい花瓶を摑んで振り向く。でも既にその男はドアからいなくなり、全速力で通りに出て、見えなくなる。

「アバター」

映画館の後ろの列では、ヘンソンの腕が検事の肩にかかっている。検事は光が点滅する薄暗やみのなかでヘンソンの顔を見る。ここで見ると他のどこで見るよりも、ベンソンにそっくりだ。彼女は口にキスをする。

「衝動」

警察関係者が集まるバーで、ウィルソン・フィリップスが流れている。ステイブラーは不快そうな顔をしているが、ベンソンは青春時代を思い出して顔をほころばせる。そしてビールグラスを見ながら、口を動かして何か言っている。「向こう見ず」や「キス」という言葉が聞こえるたびに、軽く頷く。

「学識」

少年は失踪した日付順になった失踪者リストを裏返す。そのリストは彼が生まれる前まで遡る。少年はそのほとんどの名前の上に太い黒線を引くが、全員ではない。彼の母親はリストの人物が何者なのか、またその線が何を意味するのかわからない。そして裏庭のグリルでそのリストを焼く。

「危害」

妻がEおじさんの話をすると、ステイブラーは子どもたちを連れてニュージャージーの彼女の母親の家に行くように指示する。彼は玄関先に座ってエイブラーが帰ってくるのを待つ。彼はエイブラーの頭にレンガを打ち付けるところを想像する。携帯電話が鳴る。「俺が同じ場所に二度行くと思うのか？」とエイブラーは満足げな声で言う。ステイブラーは懸命に、エイブラーとヘンソンが行きそうな場所を考える。でも全然思いつかない。

「催眠術師」

検事はヘンソンにキスをする。二人はセックスしては寝て、セックスしては寝てを十二回繰り返す。彼女はヘンソンの耳に優しく歌いかけるように約束する。ジョーンズ神父はルーシーに悪霊払いの方法を教える。ステイブラーはニューヨークじゅうを歩き回ってエイブラーを探す。ピアノ線のように緊張が張り詰め、怒りで震えている。ベンソンは楽しい時間を教えようと、自分の中にいる女の子たちをダンスと冷えたビールのために街に連れ出す。

「失明」

ベンソンはヘンソンとエイブラーが彼女の目玉を摑んで、ゆっくりと引っぱり出す夢を見る。神経束がシリコン製のおもちゃみたいに伸びたり垂れ下がったりする。

「戦い」

ステイブラーは彼らに真っ向から挑むだろう。でも彼は何に挑戦すればいいかすらわかっていない。


「父性」

けがらわしい真実は、ベンソンには父親がいないということだ。


「密告者」

ふらちな賭けをするインターンがいないので、神々は別のいたずらを始める。


「街の事情」

ベンソンは、街は生きているということだけ確信している。女の子たちは彼女に、知っておいた方がいいことを伝える。彼女が怖がるのも当然だ。


「署名」

女の子たちがいっぱいいいるので、ベンソンは自分の名前を走り書きするのは不可能に近いと思う。

「型破り」

「証拠が何であろうが、関係ありませんよ」と裁判官は静かに笑う。「あなたは明らかに無実です。明らかにね！　ここから出ていきなさい。お父さんによろしくね」

「驚き」

ステイブラーは妻や子どもたちに会いに義母の家に行く。彼らは『プリンセス・ブライド・ストーリー』を見ているが、終わる前に眠ってしまう。枕が高く積まれたソファの上で、スクリーンだけが光る暗闇の中、ステイブラーと妻は二人が生み出したものを見る。

「覆面捜査」

「何か情報を摑んだのか？」と、新しい警察本部長はヘンソンとエイブラーに尋ねる。彼は信仰心の強い男ではないが、彼らの表情を見て狼狽し、十字を切る。そんなことをしたのは、子どものとき以来だ。

「隠しごと」

検事は陽の光のなかへと出ていく。まばたきをして、手をかざす。あやうく散歩中のベンソンにぶつかりそうになる。ベンソンは彼女に微笑みかける。「しばらくぶり。具合が悪かったの?」検事はまばたきして、反射的に彼女のものではない口紅を拭う。「そう」と彼女は言う。「いや、えーと、そう、少しね」

「支配者」

親族の家で一人になったステイブラーは、オールドファッションを五杯飲む。あまりにも簡単で困惑している。子どもたちや、妻のことを考える。突然、弟のことも。必死で弟のことを思い出そうとする。弟は一枚のスケッチのように、神経細胞の間をすり抜けていく。ステイブラーは突然何かを確信すると、通りに走り出て、空を見上げる。「やめてくれ」と懇願する。「読むのはやめてくれ。嫌なんだ。何かが違ってる。嫌なんだ」

「交換」

ベンソンは墓地で掘り始める。背骨が痛み、筋肉はかちかちになって、痙攣して、熱を帯びる。最初の女の子を掘り出す、それから二人目、三人目、そして四人目を。一つの棺桶を左に、一つを右に、一つを上に、一つを下にずらす。そしてそれぞれを正しい名前の墓の下におろす。彼女の中で、四人の女の子が話している。「ありがとう」とベンソンは言う。「うん、ありがとう」とベンソンが言う。頭がすっきりする。息をする。楽になる。

「寒け」

ステイブラーはベンソンと彼女のアパートで会う。彼女はキッチンテーブルに使われていた木片の山のなかに座っている。そして物憂げにごくごくとビールを飲み、涙ぐんで微笑む。「私が思うに」と彼女は言う。「私たちが思うに、神はいる、そして神はお腹を空かせている」

シーズン10

「裁判」

「すごく疲れました」検事はボスにそう漏らす。「敗訴するのに疲れました。レイプ犯を世間に戻すことに疲れました。勝訴することも疲れました。正義に疲れました。正義はぼろぼろになります。私は女一人の正義のレンジャー部隊です。私に高望みしすぎです。私が死んだということにしてくれませんか?」彼女はベンソンが彼女の葬式で何をするのか知りたいと思うが、それは言わない。

「告白」

ニュージャージーで、ステイブラーと妻は散歩に出かける。割れたボトルで足を切らないように靴を履いて汚いビーチを歩く。「彼に部屋に閉じ込められたの」と彼女は言う。「鍵をかけて、私を見て笑ってた。私は動けなかった。縛り付けたりはされなかったけど、動けなかった。

最悪よ。弁解はしない。あなたは死んだ人全員の身元を明らかにしようとするけど、被害者全員が知られたいと思っているわけじゃない。正義がもたらす明るさに全員が対処できるわけじゃないの」彼女が頭を下げると、彼は彼女に初めて会ったときのことを思い出す。「それに」と彼女は静かに言う。「あなたはベンソンがあなたを愛しているってことを知るべきね」

「ブランコ」

ステイブラーは一番下の子どもをもっともっと高く押す。彼は妻が言ったことを考えている。「やめてよ、パパ！　もうやめてって！」彼は声を限りに彼女が悲鳴をあげていると気づく。彼女とは娘で、妻ではない。そして当然ベンソンではない。絶対にベンソンではない。

「狂気」

ベンソンは月についてあまり頻繁には考えないが、考えるときはいつも上四つのボタンを外して、喉を空に傾ける。

「レトロ」

老女が地元のデリの店主を殺害する。彼女はベンソンとステイブラーに、十代の頃、その男にレイプされたと話す。二人は彼女に、その男が双子であったとは言えずにいる。

「赤ちゃん」

フータースのウェイトレス全員が一斉に妊娠する。誰もその理由を言わない。「これは事件じゃないでしょう」とベンソンは憤慨して言う。ステイブラーはメモ帳に木の絵をいたずら書きする。あるいは歯の絵？

「野生生物」

シカ、タヌキ、ラット、ネズミ、ゴキブリ、ハエ、リス、鳥、クモが全部いなくなる。科学者たちはすぐに、この状況が研究に金を呼び込むことになるという点に注目する。みんなどこに行ったのか？　いなくなったことにはどんな意味があるのだろう？　どうしたら戻ってくるのだろう？

「ペルソナ」

ベンソンはデート相手のことをいいなと思ったが、彼女の中の女の子たちが複数形で自分たちを名乗ったことで、台無しになる。彼が去った後、彼女はわめく。「『私たち』は素晴らしいんだから！」

「PTSD」

毎晩、ベンソンは女の子たちの死にまつわる夢を見る。刺したり、撃ったり、首をしめたり、毒を入れたり、猿ぐつわや、ロープや、「やめて、やめて、やめて」の間をさまよう。それらは明確で、ベンソンがいつも見る夢を中断する。ステイブラーとのセックスやこの世の終わりや歯が抜け落ちる夢。ステイブラーとボートの上でセックスしている間、彼女の歯が抜けてステイブラーの上に落ち、ノアの洪水がすべてを流して消し去る。

「ポルノ」
検事は二十四時間のニュース番組を二十四時間見る。

「他人」
「どういう意味?」とステイブラーは電話にささやく。「その十年間に、ジョアンナ・ステイブラーさんは三枚の出生証明書を提出しています」と事務員は言う。「オリバーさんと、あなた、そしてイーライさんのね」「私にはイーライという兄はいない」とステイブラーは言う。「でもこれを見ると、いるわね」と彼女は言い、大きなガムの塊をくちゃくちゃと音を立てて嚙む。ステイブラーは人がガムを嚙むのが大嫌いだ。

「温室」
ベンソンは黒土が詰まった植木鉢と長い木鉢をアパートじゅうに置き、破壊された家具の残骸と一緒に並べる。そしてバジルとタイムとディルとオレガノとビーツとほうれん草とケールと七色のフダンソウを植える。じょうろから水が流れる音がとても美しくて、泣きたくなる。何かを育てる時だ。

「誘拐」
幼いドミニカ人の少女が灰色のコートを着た男に道で連れ去られる。それ以来彼女の姿を見たものはいない。

「移行」
ベンソンは寝室の灯りを点けたり消したりするたびに、あの音を聞く。ドクドク。歯の奥でその音を感じる。

「先導」
疲れると、ベンソンは女の子たちに好きなようにさせる。女の子たちは彼女の体に街じゅうを走らせたり、レモネードのようなカクテルを飲ませたり、ナイトクラブの用心棒の前でセクシーに胸を揺らさせたり、あるときは、ベンソンが体を取り返す前に、皿洗いの少年の金属とスペアミントの味がする口に優しくキスさせたりする。

「バレリーナ」

二年間、彼女は週四日夜に踊る。彼はすべての公演のチケットを買い、二階正面席に座る。楽屋にサインを貰いに行ったりはしない。彼女はいつも強烈な視線を感じて不安な気持ちに駆られるが、それが誰なのかわからない。

「地獄」

ジョーンズ神父はステイブラーと同じように感染したインターンのルーシーを、世に送り出す。彼は住んでいる建物の屋根からひざまずいた状態で落下し、悪霊を道連れにする。

「重荷」

「そうよ」とステイブラーの母親は電話で彼に慎重に言う。「イーライという上の息子がいたの。でもあなたが子どものときから一度も会ってない」「彼はどこに行ったの?」とステイブラーは尋ねる。「なんで一度も話してくれなかったんだ?」「なかには」と彼女は言う。その声は涙で聞き取りづらい。「言わないほうが良いことがあるのよ」

「利己的」

検視官は、時折自分のことこそ切り開いてほしいと思っていることや、誰かに彼女自身の秘密を全部話してもらいたいと思っていることを認められない。

「恋」

「君を本当に大切に思っているんだ」とステイブラーは言う。「君の気持ちはわかってる。そんなふうにさせてしまってごめん。はっきりしなくてごめん。でも俺は妻を愛している。うまく行かないこともあったけど、彼女を愛してる。キスをした後に言うべきだった。どうにもならないって言うべきだったんだ」「私たち、キスしたの？」とベンソンが言う。彼女は記憶をたどるが、夢のことしか思い出せない。


「自由」

「つまり、全員ではなくてですね……」冷笑した憲法学者は、楽しんでいるようにも憤慨しているようにも見える。「全員がそうした権利を持っているとしたらどうなります？　無秩序状態ですよ」エイブラーは微笑んで、もう一杯酒をつぐ。


「シマウマ」

再びベンソンは動物園で目が覚める。警報を作動させないように気をつけることもなく、走ればパトカーがランプを点滅させながら巡回してきて、彼女を、彼女だけを探すことになるなど気にもしないで、壁をよじ登る。裸足の足からは血が流れて、街は息をして、熱くなって、待っている。その他に何が待っている？　下には、下には、下には。

シーズン11

「不安定」

ステイブラーはベンソンの話を聞く。彼女は彼に何でも話す。あの女の子たちや今は鳴らないベルについて、そして彼がすでに知っている、地面から聞こえてくる心臓音やその息遣い、それから彼女の愛についても。彼は植物だらけのアパートを見渡す。家というよりも温室だ。「つまり、今彼女たちは君の中にいるってこと?」「そう」「今この瞬間も?」「そう」「何か言ってきたりするの?」「時々ね」「例えばどんなことを?」「『あらら、そうね、違うよ、やめなよ、それだよ、助けて、そこよ、でもなんで、でもいつ、私お腹が空いた、私たちお腹が空いた、彼にキスしなよ、彼女にキスしなよ、待って、いいよ……』とかかな。あとね、いくつかベルを買ったの」彼女は緩衝材と真鍮の輝きが溢れ出しているぼろぼろの段ボール箱を指差す。ステイブラーは眉をひそめる。「ベンソン、何か俺にできることはあるか?」


「買収」

ハンサムな年配の紳士は布ナプキンを半分にたたんでから口を拭く。そして「私が申し上げたいのは」と、彼から目を離せないベンソンに言う。「もしこれが続くようならば、今のお仕事をやめていただきたいということです。もちろん、今よりも高い報酬をお支払いします。ただ、あなたにはいつでも手を空けていてもらいたいんです」

「単生」

ベンソンは草木の手入れをし、ノーと言ったことへの後悔を打ち払う。

「完敗」

ベンソンが目を覚ますと、ヘンソンがベッドのそばに立っている。彼女はゴミ袋を抱えながら、ニヤニヤと笑っている。そしてその中身をベッドの上にどさっと落とす。中身がぼうっとした川エビのようにベッドから転がり落ちる。女の子たちのベルから盗まれた打ち子は重さはないのに、なぜかベンソンには感じられる。彼女の頭の中では、女の子たちがキャーキャー言いながら爆発する。目の中で光が点滅しなくなると、彼女はヘンソンが出ていったと察する。打ち子を拾おうとすると、霧のように指の間に消えてしまう。

「配線」

検事は事件のことを話そうと、ベンソンのアパートにやってくる。「いい温室じゃない」と彼女は言う。ベンソンは信じられないという表情でまばたきをする。それから恥ずかしそうに微笑むと、植物を見せるねと提案する。彼女は検事に赤外線灯の配線を直す方法を教える。二人は夜まで笑い合う。

「怯え」

「我慢することを学ばないとね」と退屈している警官は向かいの椅子に震えながら座っている女に言う。

「ユーザー」

インターネット上のそのフォーラムに参加していた人は全員、目覚めるとバスルームの鏡くらいの長さのギザギザした割れ目を見つける。

「混乱」

エイブラーとヘンソンは信号を逆向きにして、バスルームを水浸しにして、ドアの鍵の部品を全部盗む。

「変態」

「おまえに俺は止められない」体にピンで刺されたメモにはそう書かれている。「すべては俺の思い通り。オオカミより」ベンソンとステイブラーは新しい事件の記録をとり始める。ステイブラーは泣く。

「錨」

証拠がウォータープルーフではなかったので、海軍将校に責任能力があったことを証明できない。


「間に合わせ」

検事はついにヘンソンをベッドから追い出す。「あなたは彼女じゃない」と彼女は言う。その声は悲しみに満ちていて低い。「もう一つの話はね……」とドア枠に寄りかかりながらヘンソンが言う。「あともう一つだけ聞きたいと思わない？　すごく良い話だよ。本当にすっごい話なんだから」


「曇り」

もしその日が晴れていて、どんよりしていなければ、彼女はやって来る彼の姿を見ただろう。みんな気象予報士のせいにする。


「ポリコレ」

「ただね」と男は言い、自信満々に頭を上下に動かしながら、「俺のユーモアのセンスがかなり反体制的なんだよ。わかるだろ？　俺って、何ていうか、ポリコレに屈しないんだ。反逆者って感じかなあ。独立した考えを持っている人間なんだよ、わかるだろ？」久々にベンソンはデート相手を置き去りにする。やけになってはいるが、そこまでではない。

「救世主」

ある夜、ルーシーはベンソンの家のドアをノックする。「あなたの銃」と彼女は言う。ベンソンは彼女を見て眉をひそめる。「何?」ルーシーはベンソンのホルスターから銃を奪う。ベンソンはひったくろうとするが、その前にルーシーは何かをグリップに塗りつける。「ジョーンズ神父からの贈り物」と彼女は言って、銃を手渡す。

「極秘」

「彼女が来てくれて良かったね」とベンソンは植物に話しかける。検事のことだ。ベンソンは日記を嫌っている。「一緒にいて心地がいい人。本当に」彼女は自分の声に向かって植物が弧を描くのを想像する。

「証人」

誰もいない。検事は事件を裁判にかけることができない。

「機能停止」

ステイブラーは妻と子どもたちに会いに行く。エイブラーにつけられていないかと心配する。

車を止める。ニューヨークまで運転して戻り、電車に乗る。家まではヒッチハイクをする。

「ベッドタイム」

ステイブラーの妻は、彼の方を向いて体を丸くする。そして彼の耳元でささやく。「いつ私たちは母の家を出られるの?」「Eおじさんを捕まえたらね」と彼は言う。彼は彼女の顔が眠たげな笑顔になるのを感じる。「それはそうと、Eおじさんって何の頭文字だと思う?」と彼女はぼんやりと尋ねる。

「騙される」

ステイブラーはエイブラーをタックルで地面に押し倒す。そして「おまえが誰だかわかってるんだ!」と耳元で言う。「おまえは兄貴のイーライだ。E伯父さんだろ」エイブラーは彼の下敷きになりながらクスクスと笑う。「違うね」と彼は言う。「そうじゃない。あんたを怒らせるために、自分をそう呼んでるだけだ。イーライは刑務所で死んだよ、何年も前にね。あんたの兄貴はレイプ犯だった。モンスターだったんだよ」ベンソンはステイブラーを引き離す。「彼の話を聞いちゃだめよ」と彼女は言う。「だめ」エイブラーはにやりとする。「ベンソンが誰だか教えてやろうか? 彼女はな……」

「牛肉」

そのハンバーガーはどこのどいつを殺すのかなんて気にしちゃいない。


「たいまつ」

少女がレイプされて、火をつけられた。彼女は何が起きたか理解できないまま、ベンソンの頭の中に叫びながら入ってくる。焼けた肌からは、らせん状に煙が上がっている。ベンソンにとって、これまでの人生で一番長い夜だ。


「マリファナ」

エイブラーとヘンソンは、何かが来るのを感づく。ふたりはセックスして、食べて、飲んで、一服する。踊りに行って、椅子の上でタンゴを踊る。塗装されたウォールナット材の上でガヴォットを踊る。ビーズリー家が帰宅すると、ダイニングテーブルの軟材には足跡がついていて、家の皿の半分が割れている。


「模倣」

いたずら者を模倣する人たちが標識を逆さにして、人々の左右の靴紐を一つに結びつける。五回目に転ぶと、ステイブラーは拳を床に打ち付けてこう言う。「もう、いい加減に、しろ」

「動揺」

「わからないのか？」エイブラーは、必死で立ち上がろうとするベンソンとステイブラーに向かって叫ぶ。ヘンソンは笑い転げている。「大掛かりな陰謀だと思ってるかもしれないが、そうじゃない。なるようになっているだけだ」ベンソンはホルスターから銃を抜き、二人に向かって撃ちまくる。すぐに倒れたエイブラーの顔には驚きの表情が見える。ヘンソンの口から血がゴボゴボと溢れ、顎をつたって長い筋を作ってしたたる。「映画みたいね」と言ってベンソンは息を吐く。

シーズン12

「臨時代理人」

ヘンソンとエイブラーがいないので、ベンソンとステイブラーはどうしたらいいのか途方に暮れる。彼らはゆっくりと古いファイルへと戻る。失踪中の少女や女性たち。亡くなった人たち。「出してやろう」と自信に満ちた声でステイブラーが言う。「彼女たちを自由にしよう」

「命中」

「以前彼を捕まえなかったのは、アリバイが絶対確実だったから。でも今、私たちにはわかっている」

「態度」

彼らは「ノー」に反応し始める。

「商品」

たくさんの女の子たちを溺死させた売春宿の女主人を逮捕する。「私はやってないよ！」彼女はパトカーに連行される際に、そう喚き散らす。「私はやってない！」

「ずぶ濡れ」

どうやって知ったのかわからないが、ベンソンは知っている。彼らはハドソン川の端から端まで歩き、八体の死体を特定する。それぞれ違う殺人犯に違う年に殺された人たちだ。ストレッチャーがガラガラと横を通り過ぎる間、彼女はその死体に名前をつける。

「焼印」

何人も焼印を押した男を捕まえる。被害者たちは容疑者の列のなかからその男を見つける。やけどをした顔には、奇妙な笑みが浮かんでいる。「どうやって捕まえたんですか？」と一人の女性がベンソンに尋ねる。「昔ながらの警察のやり方でね」と彼女は言う。

「戦利品」

「妻となる人を探しているんだ」とベンソンのデート相手は言う。彼はハンサムで聡明だ。ベンソンは立ち上がって、テーブルの上でナプキンを折りたたみ、財布から二十ドル札を三枚取り出す。「もう行かないといけなくて。私……、もう行かないと」彼女は通りを駆けていく。靴のヒールを折って、その先はスキップする。


「貫通」

「だめ」「いいでしょ」「だめ」「だめ？」「だめ」「えー」


「灰色」

ベンソンは花をいくつか植える。


「救助」

ベンソンとステイブラーは、誘拐犯が目的地に辿り着く前に連行する。


「破裂音」

ベンソンとステイブラーは銃声を聞いたと思ったが、二人がダイナーから飛び出していくと、頭上の三階の窓を小さな花火が照らしているだけだった。

「憑依」

「もうそんなに時間がない」とベンソンは夢の中で独り言を言う。

「仮面」

ステイブラーと妻は顔にネズミの仮面をつけて家じゅうをダンスして回る。子どもたちはその様子をゾッとしながら見つめ、自分たちの部屋へと走っていく。部屋の中では子どもの一人が忘れようと一生懸命で、もう一人は、いつか彼女が書くことになる、評判の高い回顧録の一章になる事柄を記憶にとどめている。ジョーンズ神父が触れたのは、ステイブラーとルーシーだけではなかったということだ。

「汚れ」

検事がやってきて、ベンソンが家の床の木片を掃くのを手伝う。二人は窓をきれいにする。ピザを注文して、初恋について語り合う。

「飛行」

街はまだ腹を空かせている。街はいつも腹を空かせている。でも今夜、心臓音はゆっくりしている。彼らは飛ぶ、彼らは飛ぶ、彼らは飛ぶ。

「壮観」

ある水曜日、あまりにも多くの悪者を捕まえたので、ベンソンはその日の午後だけで十七人の女の子を吐き出す。女の子たちが吐き出されて、油膜のような吐瀉物の中に転げ落ちて、空気中に消えていくと、彼女は笑う。

「追跡」

追いかける。捕まえる。誰も逃げない。

「暴漢」

最後の女の子はベンソンの頭蓋骨の中でしがみついて離れない。「一人になりたくない」とベンソンは言う。「私も。でも行かなくちゃだめだよ」とベンソンが言う。ステイブラーがベンソンのアパートにやって来る。「彼女の名前はアリソン・ジョーンズだ。十二歳だった。父親にレイプされて、母親は彼女の言うことを信じなかった。父親はアリソンを殺して、ブライトン・ビーチに埋めたんだ」中では、その子が髪の毛から砂を払い落とすかのように首を振る。「行きなよ」とベンソンは言う。「行きなってば」少女は微笑むが行こうとはしない。彼女のベルはほとんど動かない。「ありがとう」とベンソンは言う。「どういたしまして」とベンソンは言う。音がする、新しい音だ。ため息。そして彼女はいなくなる。ステイブラーはベンソンを抱きしめる。「さよなら」と彼は言い、いなくなる。

「爆弾発言」

検事はベンソンの家の戸口までやって来る。ベンソンの頭は再びすっきりして、がらんとした飛行機の格納庫や砂漠のように感じる。広々としているのに、誰もいない。彼女はもっといるのがわかっている、これからも常にもっといるだろうと。でも今は、その空間を味わっている。検事はベンソンの顔へと手を伸ばして、彼女の顎をほんの少しだけ体重をかけてなぞる。「あなたが欲しい」とベンソンに言う。「初めて会ったときからずっとあなたが欲しかった」ベンソンは体を前に傾けて、キスをする。あの心臓音は渇望だ。彼女は彼女を中に引き込む。

「トーテム」

「初め、街ができる前にある生き物がいたの。ジェンダーも年齢もない。街はその背中に乗って飛んで、私たちは全員、何らかの形でその音を聞く。それはいけにえを要求するんだけど、私たちが与えるものしか食べられないの」ベンソンは検事の髪の毛を撫でる。「その話をどこで聞いたの?」と彼女は尋ねる。検事は唇を噛む。「いつも正しそうに見えた人から」と彼女は言う。

「償い」

ステイブラーと妻はそれについて話し合う。二人は子どもたちを連れて、遠く離れたところへ行くことにする。「新しい場所」と彼は言う。「そこでは好きな名前で生きられるんだ。どんな過去があってもいい」

「爆発音」
セントラル・パークで爆弾が爆発する。爆弾は公園のベンチの下にずっとあった。爆発した時、ベンチには誰も座っていなくて、たまたま通りかかった鳩が唯一の犠牲になった。連続殺人犯はベンソンとステイブラーに手紙を送る。そこにはたった一言こう書かれている。「あらら」

「義務不履行」
ベンソンと検事は二人とも仕事に遅れて行き、お互いがお互いのような匂いをさせている。ステイブラーは速達で辞表を送る。

「燻製」
検事とベンソンは、笑いながらグリルで野菜を焼く。煙がもくもくと上がって木の上を流れていき、輪になって鳥や腐敗物や花のそばを通り過ぎていく。街はその匂いを感じ取る。街は息を吸う。

本物の女には体がある

REAL WOMEN HAVE BODIES

岸本佐知子 訳

バイト先の「グラム」のことを、前はよく棺桶の中から外を見てるみたいだって思っていた。ショッピングモールの東ウィングをずっと歩いていった先、子供用写真スタジオと白壁のブティックのあいだにすこし引っこんで、店はブラックホールみたいに口をあけている。

店に色がいっさいないのはドレスを引き立てるためだ。お客たちは実存的な不安にかられ、買いに走る。というのが店主のギジーの持論だ。「人は黒を見るとね」と彼女は言う。「自分はいずれ死ぬ身なんだ、若さはいつか消えてしまうんだって気づいてしまうの。それにピンクのタフタを目立たせるには、なんたって黒無地がいちばん」

店のいちばん奥には、わたしの背丈のゆうに倍はある細長い鏡があって、ロココな金色のフレームがついている。ギジーは背が高いので、小さな足台にのっただけで、てっぺんの埃をはらえる。わたしの母と同じかちょっと年上ぐらいなのに、顔はふしぎなほど若くて、しわ一つない。毎日毎日ピーチ色のリップをくっきりムラなく塗っていて、あまりじっと見つめていると目まいがしてくる。アイライナーはタトゥーなんじゃないかと思う。

バイト仲間のナタリーに言わせると、ギジーがこの店をやっているのは失われた若さに未練たっぷりだからで、これだから〝本物の大人〟のやることはバカげてるのよ、となる。ナタリーはギジーの後ろでげんなりしたように天をあおいでみせ、安すぎるバイト代や役に立たない学歴や学生ローンの仇《かたき》を取るみたいに手荒にドレスをハンガーに戻す。わたしはその後ろをついてまわって、スカートのしわを一つひとつのばす。ドレスたちによけいなギャザーが寄ってほしくないから。

本当の理由をわたしは知っている。べつにカンがいいからでも何でもない。ギジーが電話で話しているのを聞いてしまったのだ。彼女がドレスをなでる手つきや、お客さんの肌に今にも触れそうになっている指を見たことがある。彼女の娘もやっぱり消えてしまって、彼女にはもうどうすることもできないのだ。

「いいなあ、これ」アザラシ髪の女の子が言う。たったいま海から上がってきたばかりみたいに見える。着ているドレスはドロシーの靴みたいな真紅で、背中が深く開いている。「でも、後ろ指さされそう」女の子は誰にともなくつぶやく。両手を腰にあててくるりと回転して、笑顔をひらめかせる。瞬間、『紳士はブロンドがお好き』のジェーン・ラッセルみたいになり、それからまたアザラシ娘になり、ただの女の子にもどる。

母親がちがうドレスをもってくる。ゴールドで、表面にコバルトブルーの光沢があるやつ。シーズン最初の日なので、ドレスはまだまだよりどりみどりだ。鮮やかな青緑のスリップドレスや、くすんだピンクの入道雲のドレス、蜂の色した〈ベラ〉シリーズ。塩原《えんげん》の白のマーメイドドレス、紅藻色のトランペットドレス、レバー色のお姫さまドレス。永遠に濡れているような〈オフィーリア〉。物陰にたたずむ雌鹿の色そのままの〈エマにもう一度チャンスを〉。細かく裂いた乳色のシルクが計算ずくの効果をあげる〈妖魔《バンシー》〉。スカートはふくらみ、ひだを寄せられ、タフタが層なし、かと思えば床をしずしずと引きずる。胸元を飾るのは、一つひとつ手で縫いつけたコーラルピンクのシャリシャリのスパンコール、たくさんのビーズ、はたまた色とりどりの――粉をふいたようなシーグラス色、明け方の蛍光カラーのバタークリーム色、熟れすぎたマスクメロンの色――チュール。ミッドナイトブラックの生地に漆黒のビーズをびっしり縫いつけたドレスは、息をするだけでちかちかする。いちばん高価なドレスは、わたしのお給料三か月ぶんよりまだ高い。いちばん安いので二百ドル、これはもともと四百だったのが、壊れたストラップをペトラのお母さんが直しに来るヒマがないので、半額セールになったもの。

ペトラは「グラム」にドレスを運んでくる。この店のドレスの多くは彼女のお母さんの作だ。隣の「セイディー写真スタジオ」のスタッフたちがよくうちの店の前にたむろして、お客さんを無遠慮に眺めたり下品な野次を飛ばしたりするのだけれど、クリスもケイシーも、そのときどきで顔ぶれの変わる他の阿呆な男子連中も、ペトラの前でだけはおとなしい。茶色のショートヘアにいつも野球帽をかぶり、コンバットブーツのひもをぎゅっとしばりあげている。ビニール袋に包まれたふわふわのドレスをたくさん抱えた彼女は、まるで巨大なプロムのモンスター と——ペチコートのはらわた、ラインストーンの触手——素手で格闘しているみたいで、とてもうかつにちょっかいを出せる雰囲気じゃない。ケイシーはいちどタバコ休憩時間に彼女のことを〝レズ〟呼ばわりしたけれど、面と向かっては何も言う勇気はない。

わたしは彼女を見るとどきどきして、口の中につばがわいてくる。わたしがこの店で働きだしてから、彼女と口をきいたのはたったの二度だけだ。一度めは——

「手伝いましょうか?」

「けっこう」

そしてその三週間後には——

「外、雨なのね」彼女の手の中でプロム・ドレスの怪物がふるえてビニールから水がしたたったのを見て、わたしはそう言った。

「いっそもっとたくさん降って、町じゅうが溺れればいいのに。せいせいする」

布の山の下からあらわれる彼女の顔は、いつもとてもキュートだ。

不景気のまっただなかに、その現象は始まった。最初の被害者は——最初の女たちは——まず人まえに姿を見せなくなった。数週間がたち、心配した友人や家族が彼女たちの家のドアをこじ開けて中に入った。死体を目にすることを覚悟しながら。

彼らが見たのは、ある意味もっと恐ろしいものだった。

何年か前、ネットでバズった動画がある。シンシナティのアパートの大家が撮影した素人映像で、家賃を滞納している住人を強制退去させる際の証拠にしようと、彼女の部屋にビデオ片手に乗りこんだのだ。大家は部屋から部屋へ歩きながら彼女の名前を呼び、カメラをあっちこっちに向けては皮肉っぽい冗談を言う。彼女の作になるアートから、汚れて重ねられた皿から、ベッドサイドのバイブレータにいたるまで、いちいち意地の悪いコメントをさしはさんでいく。手ブレがひどいので、肝心の部分は注意して見ていないと見のがしてしまう。でもすぐにカメラがパンし、そこに彼女がいる——寝室の、日がさんさんと当たる一角に、光になかばかき消されて。彼女は裸で、それを手で隠そうとしていた。腕の向こうに乳房が透けて見え、胴の向こうに壁が見えていた。泣いていた。消え入りそうに小さな声なので、最初のうちは大家の無意味なおしゃべりに隠れて聞こえない。だがやがてはっきりとそれが聞こえる——取り乱した、悲痛なすすり泣きが。

原因は謎のままだ。空気感染ではない。性行為でも伝染《うつ》らない。ウイルスや細菌でもなく、たとえそうだとしても、まだ現代の科学では発見できていない。最初はファッション業界が槍玉にあがり、ついでミレニアル世代が、さらには水質汚染が悪者扱いされた。だが水は検査でもシロだったし、体が消えるのはミレニアル世代の女性に限ったことではないし、ファッション業界にしても、女性が消えてしまっては元も子もない。空気に服を着せることはできない。やってみたけれど、無駄だった。

十五分休憩で裏の非常口に行くと、たまたま隣の店の連中も休憩中だった。クリスがケイシーにタバコを渡す。二人は一本のタバコを何度もまわしのみし、口から金魚みたいに煙をたちのぼらせる。

「尻だよ」クリスが言う。「いちばん肝心なのはそれだろ。尻と、ぐっと両手でつかめるしっかりした肉。だろ？　だって、何もつかまるものがなくてどうするんだよ？　それじゃまるで――まるで――」

「まるでコップなしに水を飲むようなもの」ケイシーが後を続けた。

ことセックスのこととなると、男子たちがぜん詩的な表現をすることに、わたしはいつも感心する。

二人はいつものようにわたしにタバコをすすめる。いつものように、わたしは断る。

ケイシーが壁にタバコを押しつけて火を消し、吸殻をそのまま落とす。灰が、しつこい咳《せき》みたいにレンガからぶら下がる。

「要するにさ」とクリスが言う。「霧とヤりたきゃ、夜中に霧が出るのを待ってチンコを出しゃいいだけじゃん」

わたしは自分の肩と首の境目あたりの肉を指でつまむ。「そういうのが好きな人もいるみたいね」

「ウソ言え。おれはそんなやつ一人も知らねえぞ」クリスが言う。それからさっと手を伸ばし、わたしの鎖骨を親指で押す。「石みたいだ」

「何それ」わたしは彼の手をふりはらう。

「しっかり体があるってことだよ」

「あ、そ」

「ほかの女ときたら――」クリスが言った。

「そういやさ、話したっけ？　消えかけてる女の写真を撮ったことがあるって」ケイシーが言う。「セイディー写真スタジオ」のお得意は子供のポートレートだ。子供に何か小道具を持たせ、悪趣味なジオラマの中に立たせる――農場、ツリーハウス、湖（といってもガラス板の周りを緑色のフェルトで囲んだだけのもの）のほとりのあずまや。けれどもたまにティーンエイジャーや大人のカップルの客が来ることもある。

クリスがかぶりを振る。

「パソコンでその客の写真をレタッチしてたんだが、なんだかあちこち妙なものが映りこんでんだよ。最初はレンズの汚れか傷かなんかかなと思った。でもちがった、彼女の後ろのものが透けて見えてたんだ」

「マジかよ。本人に教えたか？」

「まさか。どうせそのうち気づくだろうしさ」

「よう、石ガール」ケイシーがフォークリフトのエンジン音に負けじと声を張りあげる。「そろそろ入ろうぜ？」

休憩から戻ると、ご機嫌ななめのナタリーが、檻《おり》をうろつくトラよろしく店じゅうをのしのし歩きまわっている。タイムカードを押すわたしに向かって、ギジーがあきれたように目を上にあげる。

「なんであの子を雇ってるんだか、自分でも謎よ」彼女がそっけない声で言う。「もうすぐペトラが新しいドレスを運んでくることになってるの。ナタリーがお客さんに嚙みつかないように、見張っててちょうだい」

ナタリーがガムを四枚出して包み紙をむき、一度にぜんぶ口の中につめこんで、大きなかたまりを不味そうにもそもそと嚙む。クリスとケイシーが店の前を通りかかるが、ナタリーにひとにらみされて、毒でも吐きかけられたみたいにそそくさと退散する。

「クソったれども」ナタリーが言う。「あたしはちゃんと大学の写真科まで出たってのに、隣の店で泣きわめく赤んぼの写真を撮る職にさえありつけない。なのにあのろくでなしコンビは雇われるって、どういうこと?」そう言って彼女は手近なドレスのハンガーをぱしっとたたいて裏がえす。マウンテンブルーのペチコートがふるえる。わたしはハンガーの向きをもどす。

「ねえ考えたことない? この店に来る女の子たちが、自分も将来あたしたちみたいな冴えない大人になるって気がついたら、って」ナタリーが言う。わたしが肩をすくめると、彼女はまたドレスのハンガーをぱしっとたたく。そこから先はもう、お客のいない店の中を鼻息荒く歩きまわる彼女をそっとしておく。わたしは近くのラックの前に立ち、海の泡の白いシルクから深いモスグリーンまでグラデーションになったドレスのスカートを手で整えながら、店の入り口をちらちら見る。今夜のドレスたちはいつにも増してさびしげで、糸の切れたマリオネットみたいに見える。低くハミングしながらスパンコールのよじれを直す。一つぷつんとはじけて、ひらひら床に落ちる。ひざまずいて指先をスパンコールに押しつけ、ついでにスカートの裾をひっぱって、黒いカーペットの上で高さがそろうように整える。顔を上げると、コンバットブーツと極彩色のスカートのブーケが目に入る。

「店、何時に上がんの?」ペトラがわたしに訊く。わたしは曲げた人さし指の先に光るスパンコールをくっつけたままペトラのことを穴のあくほど見つめてしまい、喉もとから顔にかけてが、かあっと熱くなる。

「わたし、あの、九時に上がるけど」

「もう九時だよ」

わたしは立ちあがる。ペトラがドレスをカウンターにやさしく横たえる。レジにもどっていたナタリーが、わたしたちのことを興味ぶかげに見る。「お店閉めるの、まかせてもいい?」わたしは訊く。ナタリーはうなずきながら、左の眉を生え際に届くほど高々と上げてみせる。

わたしとペトラはスケートリンクをはさんで「グラム」と向かい合わせたフードコートの小さいテーブルに座る。ショッピングモールはちょうど閉店時間で、あちこちで店の明かりを消したり格子シャッターをがらがら下ろす従業員のほかに、人はいない。

「コーヒーでも飲む? それとも――」

ペトラがわたしの腕に触れ、その瞬間カントから胸骨にかけて電気がかけぬける。彼女は見たことのないネックレスをしている。煙水晶《スモーキークオーツ》のまわりを、からまった銅のツタが取りかこんでいる。彼女の唇は、すこし荒れている。

「コーヒーは嫌い」彼女が言う。

「それじゃあ――」

「それも嫌い」

ペトラの母親はハイウェイ沿いのモーテルの女主人だった。数年前に死んだ自分の父親から受けついだのだ。ペトラが運転しながら説明してくれたところによると、お客の大半はトラックの運転手で、だからモーテルの建物は道からうんと引っこんだところにあるのだそうだ。入口から建物までのあいだには、でこぼこの分厚い氷に覆われたツンドラが広がっていて、そこを進んでいくペトラの古びたステーションワゴンは、荒波を乗りこえるカヌーみたいに揺れる。ゆっくりと近づくにつれ、わたしたちの目の前に幽霊屋敷のようなモーテルがぬっと姿をあらわす。モーテルに隣接するおんぼろの建物にはネオンサインがあって、〈B-A-R〉の三文字が順番にともり、それを三度くり返してから全部が一度に点《つ》き、それからふっと消える。ペトラは片手でハンドルを握り、もう片方の手がわたしの手の上でゆっくり円を描く。

ほかに車のないがらんとした場所に彼女は車を停める。冷気のなか、数字のついたドアがしんと閉ざされて並んでいる。「鍵、取ってこなきゃ」ペトラは言う。車を降りてわたしの側にまわってドアを開ける。「いっしょに来る？」

ロビーでは、ピーチのネグリジェを着た太ったおばさんがカウンターの中でミシンを踏んでいる。溶けかかったソフトクリームみたいに、どこもかしこもルーズだ。長い髪が頭からなだれて背中に消えている。むっとやわらかな空気とミシンの低い機械音がロビーを満たしている。

「母さん」ペトラが言う。おばさんは返事をしない。

ペトラはカウンターを手でばんと叩く。「母さん！」おばさんはちょっと顔を上げ、またミシンにもどる。顔でほほえむけれど、何も言わない。彼女の指が、冬のぽかぽか陽気に誘われて巣から這い出たミツバチみたいに動きまわる——すばしこく、有能で、酩酊したように。厚手のコットン生地をミシンにくぐらせ、裾にヘムを作っていく。

「誰なの？」目は手元から離さずに、彼女が訊く。

「モールのギジーの店の子」ペトラは言いながら、ひきだしの中をかきまわす。白いカードキーを一枚出し、小さな灰色の機械に通してキーをいくつか押す。「新しいドレスを持っていきがてら、この子を送ってく」

「そう、いいわね、ベイビーガール」

ペトラがキーをポケットに入れる。

「ちょっとそのへん散歩してくる」

「そう、いいわね、ベイビーガール」

建物のいちばん端っこの246号室で、ペトラとわたしはセックスする。彼女が部屋の電気とベッドの上のファンのスイッチを入れ、襟首のうしろをつかんで引っぱってシャツを脱ぐ。わたしがベッドに寝ると、彼女が上にまたがる。

「すっごくきれい」ペトラがわたしの肌に口をつけて言う。彼女に脚のつけ根とつけ根を強くこすりつけられて、わたしは声をもらす。とちゅう、彼女のネックレスの冷たいチャームがわたしの口の中に入って、歯に当たる。わたしが笑い、彼女が笑う。ネックレスをはずしてナイトテーブルに置くと、チェーンが砂のようにさらりとくずれる。ペトラがふたたび体を起こすと、天井のファンが頭をとりかこんで、後光のように見える。中世の絵の聖母さま。部屋の向こうに鏡がかかっていて、そこに彼女のかけらが映っている。「ねえ、もう――」彼女が言いかけるのを、最後まで待たずにわたしはうなずく。彼女がわたしの口を手でふさぎ、うなじに歯を当てて三本指をわたしの中に入れる。彼女の手のひらの中で、わたしは笑い声とあえぎの中間のような声を出す。

わたしはあっという間に激しくイく。レンガの壁に叩きつけられたガラス瓶みたいに。今まですっとおあずけを食らっていたみたいに。

終わるとペトラはわたしの体にブランケットをかけ、並んで横たわって風の音に耳を澄ます。

「どんな気分？」だいぶたってから、彼女が言う。

「いい」わたしは言う。「その、すっごく、いい。仕事の後が毎日こんなだったらいいのに。

そしたら絶対休んだりしないのにな」

「あそこで働くのは好き？」彼女が訊く。

わたしはフンと鼻を鳴らすけれど、そのあとが続かない。

「そんなにイヤなの？」

「ううん、まああってところかな」わたしは自分の髪をたばねてお団子にする。「ぜいたくは言えないよね。とにかくすっからかんだし、一生続けたい仕事じゃないけど、もっと大変な人はいっぱいいるもの」

「ドレスの扱いがとてもやさしいんだね」ペトラが言う。

「ナタリーがドレスに乱暴するのがすごくいやなの。もちろん冗談のつもりなんだろうけど――なんて言えばいいのかな。すごく失礼な感じがする」

ペトラがわたしの顔をしげしげ見る。「やっぱりね。あんたならきっとわかるって思ってた」

「え？」

「ついて来て」彼女は起きあがるとシャツをかぶり、ショーツとズボンをはく。ブーツだけは時間をかけて、ひもを元どおりきつくしばり直す。わたしは自分のシャツを探しまわって、マットレスとヘッドボードの隙間にはさまっているのをやっと見つける。

ペトラのあとについて駐車場を横切り、ロビーに入る。お母さんの姿はない。ペトラはカウンターの中に入り、奥のドアを開ける。

最初は、ふしぎな照明の部屋だなと思った――人を沼に誘いこむ鬼火のような虹色がかった青い光が、部屋のそこここにある。たくさんの裁縫用のボディが無目的な軍隊のように整列し、それを取りかこむ長テーブルの上には、針山や、糸巻や、カゴに盛ったスパンコールにビーズにチャーム、半分ほどけてカタツムリのようになった巻尺、何反もの布地がごちゃごちゃと置かれている。ペトラがわたしの手を引いて、壁に沿って進んでいく。

部屋に、誰かがいた。一つのドレスのそばを、手首に針山をつけたペトラの母親が動きまわっている。暗がりに目が慣れてくるにつれ、さっきの光が輪郭をもちはじめ、そうしてわたしは気づく。部屋にたくさんの女たちがひしめいている。あのバズった動画の女の子みたいに半ば透きとおって、ぼうっと淡く光を放ち、まるでフキダシのようになって。女たちは揺れ動き、回転し、ときおり自分たちの体を見おろす。ペトラの母親のすぐそばに一人、悲しげに思いつめた顔の女が立っている。女はボディがまとった服に近づいていく――バターイエローの生地、スカートには舞台の幕みたいな小さなギャザーがいくつも寄せてある。彼女はそのドレスに体を押しつけるが、まるで夏の日差しに溶けていく氷みたいに、するりと突き抜けてしまう。ペトラの母親が、きらめく金無垢の糸をうしろにたなびかせた針を彼女の肌に突き刺す。布地もそれといっしょに縫われていく。

女は悲鳴ひとつ上げない。ペトラの母親は、彼女の腕を、胴を、皮膚も布地もいっしょにしっかりと縫いあげていく。まるで手術の傷口を縫合するように。わたしは無意識にペトラの腕に爪を食いこませているが、彼女はそれを振りほどこうとしない。

「ここを出たい」わたしが言うと、ペトラはわたしの手を引いてドアを出る。出たところは明かりの皓々《こうこう》とともった玄関ホールだ。イーゼルにのせたメッセージボードには〈コンチネンタル・ブレックファスト　朝6時〜8時〉と書いてある。

「あれは──」わたしはさっきのドアを指さす。「お母さん、何をしているの？　あの人たち、何をしているの？」

「あたしたちにもわからない」ペトラは鉢に盛ったフルーツを物色する。オレンジを一個取って、手の中でころがす。「母さんは若いころからずっと裁縫の仕事をしてた。そこにギジーが『グラム』用にドレスを縫ってくれないかと持ちかけてきて、母さんは引き受けた。あの女の人たちがやって来はじめたのは二、三年前から。みんなが母さんが縫っている服の中に入ろうとする──自分たちから進んでそうしてるとしか思えない」

「なんでそうしたがるの？」

「わからない」

「お母さんは止めなかったの？」

「止めようとしたよ、でもあの人たちはどんどんやって来た。どうやってここを聞きつけるのか、それすらもわかんないんだ」オレンジの皮が破けて、つんとくる柑橘オイルの香りが立つ。

「ギジーには言った？」

「もちろん。でも、向こうから好きこのんで来るぶんには、べつに構わないって言われた。それに、あのドレスはとてもよく売れるんだ──今までに母さんが縫ったどんな服よりもね。もしかしたらみんなもそういう服を求めてるのかもしれない、自分でも気づかないうちに」

わたしは歩いてモーテルを出る。氷の上をよたよた進んで、何度も転ぶ。いちど振り返ると、ロビーの窓のところにペトラのシルエットが見える。寒さで両手がかじかむ。カントがうずき、頭が痛み、そして口の中にまだペンダントの感触がある。金属と石の味が舌に残っている。わたしは表通りに出て、タクシーに向かって手を上げる。

翌朝、わたしはうんと早くに「グラム」に行く。店の鍵が見つからない——モーテルのドレッサーのところに置いてきてしまったことに気づいて、小声で悪態をつく。しかたなくナタリーが来るまで待つ。店に入ると、開店準備は彼女にまかせて、ドレスを一つひとつ見てまわる。ドレスたちはわたしの指先でさらさら音を立て、ハンガーに吊られてうめく。わたしはスカートに顔を当て、彼女たちがきゅうくつでないよう、手で身頃をふくらませる。

昼休み、わたしはショッピングモールを歩きまわる。そして店先に並んだ商品を見ながら考える。あの中にも誰かがいるんじゃなかろうか？　フェルトのディスプレイに木の額縁の見本がV字形に並べて掛けてある、その列がちょっと乱れているのは、もしかして誰かが中に入りこんだから？　ゲームショップのウィンドウに飾られたガラスと金属のチェスの駒——クイーンやポーンの丸みをおびた胴の中に見える、あれは道行く人の姿が映っているだけ、それとも内側からこっちをのぞいている顔？　お金を飲みこんで返してくれない古いパックマンのマシンが一台あるのだけれど、あれだって意思をもってそうしているのかもしれない。「JCペニー」の香水がむっと香るコスメカウンターの前を通れば、客がキャップをはずしてくるくると繰り出した口紅に巻きつくように、消えた女が手を上にしていっしょに出てくるところを想像する。

「アンティ・アン」の前に立って、プレッツェルのねっとりとした生地がこねられるのをながめる。もしかしてあの中にだって、まだ幼い半透明の女の子が（たしか消える女の子の年齢はどんどん下がりつつあるのじゃなかったっけ？　ニュースでそう言っていた）生地といっしょに練りこまれてやしないだろうか？　いま、握った手が見えなかった？　小っちゃなおちょぼ口が？　カウンターの前に小さい女の子が来て、プレッツェルを買ってと母親にねだる。

「スーザン」母親がたしなめる。「プレッツェルなんて、そんなジャンクなものはいけません。おデブさんになっちゃうわよ」そうして女の子を引っぱって行ってしまう。

「グラム」に戻ると、女子高生の一団が襲来する。女の子たちは無頓着にドレスをハンガーからはずしては試着する。カーテンをきちんと閉めないから、脱いだり着たりがまる見えだ。試着室から出てくる彼女たちの体に、透きとおった女たちがまとわりつき、鳩目の穴に指をしっかりからめているのが見える。必死にしがみついているのか、それとも閉じこめられているのかはわからない。布地のふるえやささめく音は、泣き声、それとも笑い声？　女の子たちはくるりと回り、ひもを結んではきゅっと締める。店の戸口の向こうに、クリスとケイシーがスラーピーのストローをくわえて立っている。はやし立てるような声を上げるが、店の中にはけっして足を踏み入れない。口の中が青く染まっている。

「あんたたち！」卓上ホチキスの頼もしい重みをしっかり握りしめ、わたしは戸口に突進する。

いつでも投げられるよう、腕を振りかぶって。「あっち行け！　しっしっ！」

「おっとっと」クリスが目をぱちくりさせる。「どうしたんだよ、お前」

「ようリンジー、いかしてるぅ！」ケイシーが店の中に向かって叫ぶ。ブロンドの子がにっこり笑って振りかえり、赤ん坊でものっけるみたいに腰を一方にぐっと突き出してみせる。幾重にもかさなったサテンの奥から、まぶたのない目がこちらを見ている。

店の黒ずくめのトイレで、わたしは胃の中のものをぜんぶ吐く。


「もうムリ」わたしはギジーに言う。「辞めさせてください」

ギジーはため息をつく。「ねえ、わたしあなたのことがすごく気に入ってるの。今はどこも不景気だし、ほかに当てがあるわけじゃないんでしょ？　せめてシーズンが終わるまでいてちょうだいよ。ほんのちょっとだけど、お給料も上乗せするから」

「ムリなの」

「どうして？」渡されたティッシュで、わたしは鼻をかむ。

「どうしても」

ギジーは心から悲しそうな顔をする。デスクから紙を一枚ひっぱり出して、何か書きはじめる。「あなたがいなくなったら、ナタリー一人でいつまで持ちこたえることやら」と彼女は言う。「わたしはナタリーも好きよ」

わたしは思わず吹き出す。

「冗談でしょ。ナタリーはいい子だけど、でも最悪じゃない」

「最悪なんかじゃないわ」

「あの子ったら、お客のことを『おすまし面《づら》のビッチ』って呼んだのよ。しかも面と向かって」

ギジーはわたしを見あげてため息をつく。「あの子、わたしの娘によく似ているの。威勢がよくて、生意気で。馬鹿みたいでしょ？　こんな理由で雇いつづけるなんて」彼女はさびしげにほほえむ。

「ギジー――もしかして、娘さん――ここにいるの？　この店の中に？」

ギジーは目をそらして続きを書く。それからその紙をわたしに渡す。「これにサインして」

わたしは言われたとおりにする。

「最後の小切手は郵送するから」彼女が言い、わたしはうなずく。「じゃあね、元気で。もしまた働きたくなったら、いつでも連絡して」彼女はわたしの手をきゅっと握ると、ペンをひきだしにしまう。

事務室のドアが閉まるまぎわ、ギジーが部屋の奥の壁をじっと見つめているのが見える。

ペトラがわたしの車の横で待っている。

「忘れ物」彼女はわたしに店の鍵を渡す。受け取って、ポケットにしまう。わたしは彼女から顔をそむける。

「お店、辞めてきた」わたしは言う。「もう帰るから」運転席のドアを開けて中に座る。ペトラが反対側から乗ってくる。「どうしろっていうのよ?」わたしは言う。

「あたしのこと、好きなんでしょ?」

わたしは自分の首をさする。「うん。たぶん」

「ねえ、デートしよ? こんどこそ本当に」ペトラはごついブーツを片方ダッシュボードの上にのっける。「消えかかった女もなし、ドレスもなし。ただ映画とか見て、ごはん食べて、セックスするの」

わたしはためらう。

「約束する」彼女が言う。


わたしは近所のソース工場で夜間の掃除の仕事を見つける。給料は安いけれど、「グラム」とどっこいどっこいだ。仕事なんて、どれも同じ。わたしはアパートを出て、家賃のかからないモーテルに移り住む。だいじょうぶ、満室になることなんてないから、母さんにはばれっこない、とペトラが請け合う。

わたしは勤務時間の大半を、工場の大きな区画を行ったり来たりしながらホウキで掃いたりモップで拭いたりして過ごす。ときおりつんと酸っぱくて熱いクッキングワインの匂いが鼻を打って、一瞬息ができなくなる。バーベキューソースを煮こむ匂いが髪にも服にもしみつく。人間の姿を見ることはめったになくて、でもそこが気に入っている。ついつい目は暗い部屋の隅を探してしまうけれど、彼女たちがこんな場所に来るはずもない。そのうち誰かがマスタードといっしょに煮られようとするんじゃないかといつもビクビクしているけれど、そんなことは起こらない。

何か月かが過ぎ去る。わたしは大学院に行くことを考える。政府は前々から大学を閉鎖すると脅しているけれど、もしそうならないのなら。わたしたちは医療もののドラマを一気観し、撈麵《ロウミン》を食べ、キスし、セックスし、コートハンガーみたいにからまりあっておかしな時間に眠る。

ある夜バスルームに行くと、ペトラが蛍光灯の光の下で鏡の前に立って、自分の顔をつまんでいる。わたしは後ろから近づいていって、肩にキスする。「ハイ」とわたしは言う。「ごめんね、今日のわたし、ステーキみたいな匂いでしょ。シャワー、浴びるね」

わたしはシャワールームに入る。熱いお湯に肌をあたためられて、思わずうめき声が出る。シャワーカーテンが動いて、ペトラが寒さに肌を粟立てて入ってくる。彼女は片手をわたしの頭の後ろにやってお湯であたためてから、その手をわたしの脚のあいだにすべりこませる。もういっぽうの手は髪の中に分け入って、わたしをタイルに押しつける。

わたしがイくと、彼女はシャワーから出ていく。タオルで髪をふきながらバスルームから出てくると、彼女がベッドの上で大の字になっていて、それでわたしも気づく。

「あたし、消えかけてる」ペトラに言われるまでもなく、わたしはそれを見る。肌が普通の牛乳というよりスキムミルクの色に近づいていて、そこにいるのに、いる感じがしない。彼女が息を吸うと、その感じが一瞬消えて元にもどる。まるでなんとかして抗《あらが》おうとしているみたいに。わたしは自分の両足が落とし戸みたいにぱたんと開いて、そこから内臓がぜんぶ流れ出ていくような気がする。彼女を抱きしめたい、でも腕の中で消えてしまいそうでこわい。「死にたくない」彼女が言う。

「でも——あの人たちは死ぬわけじゃない、たぶん」わたしは言うけれど、その言葉は嘘くさくて、何の助けにもならない。

わたしはペトラの泣き顔を見たことがない、今にいたるまで一度も。彼女が両手で顔をおおう——瞼や筋や骨の檻《おり》の向こうに、唇の輪郭がうっすら透けて見える。彼女が全身をぶるっとふるわせる。体に触れると、まだちゃんと実体がある。石だ。

「あと二、三か月」彼女は言う。「せいぜいそんなとこ。ニュースでは、そう言ってるよね」

彼女は自分の鼻柱をつまみ、耳たぶをひっぱり、みぞおちにぎゅっと指を押しつける。

その最初の夜、ペトラはただ抱きしめてほしがって、わたしはそのとおりにする。向かい合わせに寝て、どこにも隙間ができないよう、ぴったりと体をくっつけあって。目覚めると、彼女は猛然とむさぼる——食べ物を、わたしを。

その何日かあと、明け方に目が覚めると、ペトラの姿がない。ふとんをめくり、バスルームに忍んでいき、シャッと音を立ててシャワーカーテンを開ける。冷たいものが体をはい上がる。ひきだしを開け、テレビの下をのぞき、ラジエーターの中を見る。どこにもいない。

マットレスをきしませて身を投げ出すと、汗でところどころシャツを体にはりつかせた彼女がドアから入ってくる。かがんで膝に両手をついて、荒い息をととのえる。それからやっと顔を上げて、ふるえているわたしに気がつく。

「ああ、ああ、ごめんね、ほんとごめん」彼女が横に座ると、わたしは肩に顔をうずめる。土埃の匂いがする。

「もうそれが来たのかと思った」声がかすれてしまう。「もういなくなっちゃったのかと思った」

「なんかさ、朝の空気がたまらなく吸いたくなって」彼女は言った。「自分の体が動いて走るところを感じたかったんだ」キスをする。「今夜は外に出かけよ?」

日が沈んでから、わたしたちはモーテルの裏のトラック野郎たちのバーに行く。ビールは水っぽく、グラスは汗をかいている。傷だらけの木にキツネの顔や誰かの名前が彫られたテーブルに、わたしたちは座る。ペトラは、ときどき小さな物が自分の指をすりぬけることに気がついて、コインを何度も手の中に落とす。見てられない。

「ねえ、ダーツでもやらない?」わたしは言う。

ペトラが指を伸ばして、テーブルの上の二十五セント玉を拾おうとする。指は一度、二度とコインをすり抜け、三度めに指がふっと物質界に戻って、つかむことに成功する。彼女はそのコインをジュークボックスに入れる。わたしはバーテンダーに言って、葉巻の古い空き箱に入ったダーツの矢を借りてくる。

わたしたちはかわりばんこに的をめがけて矢を投げる。どちらも大して上手くない。わたしは壁に一本刺してしまう。ペトラが暗く濡れた声で笑う。

「わたし、昔から的をねらうのがすごく下手で」わたしは打ち明ける。「子供のころ、伯母さんが買ってくれたビーンバッグ・ゲームでよく遊んだんだけれど、一回も穴にビーンバッグが入らなかった。ただの一度もよ。それどころか、生まれてから一度も入ったためしがない。あんなに面白いもの見たことないって、お兄ちゃんにはよく言われたな」

ペトラがわたしをまじまじと見る。きれいな笑みが口の片端にあらわれたかと思うとすぐに消えて、硬い無表情に変わる。そして言う、「えらくいい家族みたいじゃない」。〝いい〟の部分が、とがったガラスの破片のようだ。

このところずっと、何日かに一度は電話をとって、家族に説明しようとしてきた。女たちがドレスに縫いこまれていること。今は工場で働いていて、モーテルで裁縫屋の娘と暮らしていること。彼女が死にかけていて、でも本当に死にかけているわけではないこと。でも言えない。最後に母に電話したとき、わたしなら大丈夫、ただ学生ローンの返済がまたちょっととどこおってしまったけど、とだけ言った。それからその日のお客さんの話を適当にでっち上げて話すと、信じてもらえたんだろう、母はほっとしたような声を出した。

「うん、いい家族よ」わたしはペトラに言う。「いつか紹介してあげたいな」

「べつにいい。どうせもうじき消えるんだから」

「ちょっと、ペトラ。そんなこと言っちゃだめ。わたしにそんな口のきき方しないで」

ペトラは怒ったように黙りこみ、あごのニキビを無意識に手でむしる。それからビールを飲み干し、もう一杯おかわりし、ダーツの矢はどんどん乱れて的の中心から大きくはずれだす。彼女が的から矢を引き抜くところは見ていていい気分じゃない――まるで仇のポニーテールを力まかせに引っぱっているみたい。四ゲームめまで終わったところで、ビールを飲んでいた彼女の手がふっと消えて、グラスとビールが落ちて砕けて木の床の上にアスタリスクをちりばめる。

ペトラがダーツのボードのそばまで行く。感覚をたしかめるように、手を握ったり開いたりしている。質感がもどってくると、壁に手のひらを押し当てる。そして的から矢を一本引き抜いて、手の甲の指関節のすぐ下あたりに深々と突き立てる。

向こうのほうから声が飛ぶ、「おい、何すんだ!」

わたしはテーブルから走ってペトラをつかむが、その間に彼女はもう二度、矢の針を手に突き刺す。彼女が叫んでいる。血の筋が五月柱《メイポール》のリボンみたいに腕をつたう。男たちがスツールや椅子からがたがた立ちあがり、何脚かは床に倒れて大きな音を立てる。ペトラが手足をでたらめに振り回しながら叫ぶ。血しぶきが雨みたいに壁にかかる。黒いバスケのキャップをかぶったいかつい男が、わたしと二人がかりでペトラを出口まで引きずっていく。氷の張った駐車場を、彼女を半分抱きかかえ、半分引きずって進む。何十ヤードか行ったところで彼女はわたしの腕の中でぐにゃりとなる。また消えかかっているのかとパニックになるが、そうじゃない、肉体はまだあって、ただ疲れたのと我を張ったのとで力が抜けただけだった。わたしたちが進んだ跡が、黒い筋になっている。

彼女は頑として病院に行くのを拒む。二人の部屋で、わたしが彼女の傷を消毒し、ガーゼを巻く。


ここ数週間のわたしたちは、まるで何かに追い立てられるように、今まで以上に死にものぐるいでセックスをしている。でもペトラは少しずつ薄れ、少しずつ何も感じなくなってきている。イくこともまれになる。一度に消えかかる時間が少しずつ長くなる――一分、四分、七分。そのたびに彼女はちがう姿をあらわす――あるときは骨格、あるときはロープのような筋肉、あるときは暗い内臓の影、あるときは無。彼女が泣きながら目を覚ますと、わたしは胴に腕をきつく巻きつけ、耳元であやすようにしぃぃっと言う。彼女はネットで、消えるのを遅らせられるという噂のあれこれを読みふける。ある掲示板では鉄分高めの食事が効くと言われていて、彼女は大家族がお腹いっぱいになるくらい大量のホウレンソウを蒸して、黙々と食べる。うんと冷たいシャワーがいいという説もあって、気づくとバスタブの中で全身鳥肌でガタガタふるえていたりする。わたしがタオルでふいてあげると、彼女は子供みたいにおとなしく、されるがままになっている。

あるあたたかな日曜日、ペトラがハイキングをしたいと言うので、二人で出かける。春は谷のあちこちに気まぐれに炸裂していて、この日の森の小径はぬかるんでいる。雪解け水がぽたぽた落ちて、二人の髪を濡らす。わたしたちがたどっていく沢は文字どおり生きていて、曲がりくねった自分自身の道筋を、暴れながらざあざあ流れていく。

森の中の、日の当たる開けた場所でひと休みし、オレンジとコールドチキンを食べる。さいきんのペトラは何を食べるにもこれが最後の食事だと思うようになっていて、まずチキンの皮をむいて、目を閉じて皮を噛みしめ、それから肉を食べ、最後に骨を一本一本しゃぶりつくしてから、やっと木立に投げ捨てる。まるで聖体拝領のパンみたいにオレンジをひと房ずつうやうやしく口に入れ、果肉に歯を立て、ささくれをむくみたいにして皮をはがす。皮を肌にすりつける。

「何かで読んだんだけど」水を飲む合間にペトラが言う。「消えた女たちが——あれ何て言うのかな、一種のテロ?をやってるんじゃないかっていう説があるんだって。彼女たちが電気のシステムの中に入りこんで、サーバーやらＡＴＭやら投票の集計機をダメにしてるんだってさ。抗議活動として」彼女はまだ〝わたしたちが〟とは言わない。「愉快だよね」

森は静かで、虫の羽音と鳥のさえずりだけが聞こえる。わたしたちは服を脱いで日なたぼっこをする。わたしは自分の指先を日にかざし、骨のシルエットをオーラのように包むピンクオレンジを見つめる。

ペトラの上にかがみこみ、下くちびる、ついで上くちびるにキスする。それから喉にも。彼女の太股のあいだに手を入れる。

わたしたちの周りで、時間の粒がアリの群れのように地面の上を這い進み、さかまく流れに呑まれ、流されていく。

わたしたちは木々のあいだにチャペルがあるのを見つける。会衆席が端正に並び、壁のぐるりにはステンドグラスの窓がある。二人の足音が石の床にひびく。暑い空気のなか、わたしたちが巻きあげた土埃が光の筋を縫う。

会衆席に座ると、体の重みで木がうめく。ペトラがわたしの肩に頭をあずける。「消えた女たちって、死ぬのかな?」

「さあ、わからない」

「歳もとらない?」

わたしは黙って肩をすくめ、彼女の髪に鼻をうずめる。

「じゃ、あたしは永遠に二十九歳なのかな」

「かもね。で、わたしが百歳になっても、わたしに取りついたあなたはピチピチで、片やわたしは目もあてられない」

「ううん。あんたはお婆さんになってもきれいだよ。森の中の小屋に住んで、みんなは魔女だと噂するけど、勇気を出して仲良くなった子供たちだけが、あんたのお話を聞けるの」彼女が激しく身ぶるいして、わたしの骨にまでふるえが伝わる。

目の端で何かが動くのを感じて、わたしは立ちあがる。カッシアの聖リタを描いたステンドグラスの窓枠に透明の女が一人、ジャングルジムみたいに鉛の枠を指でつかんで、しがみついている。わたしたちを見ながらかかとを支点にゆらゆら揺れ、水の中で立ち泳ぎしているみたいに、ガラスの表面から出たり沈んだりしている。ペトラも気がついて、わたしの横に立つ。手の中に献灯用のロウソクを握りしめている。

「ペトラ、やめて」

彼女の腕の筋肉が、今にも投げつけそうにぴくぴく動く。「あの人を自由にしてあげる」彼女は言う。「あのガラスを割れば、あそこから出してあげられる」

「そんなのわからないじゃない」

「あたしに命令しないで。母親じゃあるまいし」

わたしは彼女の手首をやさしくよけてまわりこみ、彼女の髪に顔を寄せる。「愛してる」その言葉を口にするのははじめてで、なんだか奇妙な味がする――真実だけれども未熟で、まるで硬すぎる梨みたい。彼女の手からロウソクをそっと取り、上着のポケットにしまう。こめかみに、あごにキスをする。彼女がわたしの体に身をあずける。泣くのかと思ったけれど、彼女は泣かない。

「今からもうあんたが恋しい」彼女が言う。

彼女の背中をなでおろしたとき、自分の腕の筋肉の筋がたしかに一瞬透けて見えた。胃がぎゅっとなる。チキンとオレンジが喉元をせりあがり、ここから出せと抗議する。「そろそろ帰らないと」わたしは言う。「もうすぐ暗くなる」

透明の女はわたしたちから目をそらさない。ほほえんでいる。それとも、口をゆがめているんだろうか。

わたしたちは、まるで生まれなおすみたいに森から出る。

薄青いテレビの光のなか、二つの体をからませて、わたしたちは部屋でいっしょにニュースを観る。専門家たちがたがいに指を突きつけあってわめき、その真ん中で女性キャスターがスタジオの照明にちかちかまたたき、ゆらいでいる。パネラーたちは言う、消えた女たちは信用ならん、あいつらは触れることもできないのに地上に存在している、きっと何か嘘をついているに決まっている、我々を欺《あざむ》こうとしているにちがいない。

「肉体がないのに死んでもいないものを信じることなんてできん」一人が言う。

放送の途中で女性キャスターがふっと消え、マイクが床に転がる。カメラがあわてて別方向に振られる。

眠りにつく前、わたしはチャペルのロウソクをナイトテーブルに置いて火をともす。炎はやさしくまたたき、家具の影を影絵の人形のように壁に映しだす。

夢の中でペトラと二人、スープだけを出すレストランに行く。わたしはどれにするか決められないけれど、彼女は笑って、先に運ばれてきた皿をかき混ぜる。スプーンをスープから出すと、ゼリー状に透き通った手が柄にしっかり巻きついていて、ペトラが引っぱりあげると透明の女がずるずるあらわれる。女は口を開いて何かを叫んでいるようだけれど、声は聞こえない。

目が覚めて、ペトラはまた走りにいったのだろうと思いかけて、気づく。自分の片手が、ぼうっと光る彼女の胸の空洞の中にめりこんでいる。

わたしは彼女の中に完全に入りこみ、水責めされているみたいに呼吸困難になる。彼女の中でわたしがもがくので、彼女も目を覚まして悲鳴をあげる。

しばらくして、やっとわたしたちは冷静になる。ペトラがわたしから離れ、ベッドの端に行く。わたしたちはじっと待つ。七分が過ぎる。十分。三十分。「そうなの？」わたしは訊く。

「いよいよなの？」

出ていきたくない。でも彼女はわたしに背を向ける。わたしは立ちあがる。彼女は自分の両手だけを見つめている。

ずいぶんたってから彼女が言う。「もう行って」

わたしは泣く。不ぞろいな歩き方のせいでかかとがすり減ったブーツをはく。透明になってしまった彼女を見ると、彼女もやっとこちらを振り向く。きっとその目にはわたしの体が、まだ実体があって光の中で輪郭をもち、水みたいな日の出の胞衣《えな》のなかを動きまわるわたしの体が、映っていることだろう。

部屋を出てドアを閉めると、体じゅうの神経が燃えあがってはしずまるのを感じる。いずれわたしも消えてなくなるのだろう。きっと最後には、誰ひとり残らないのだろう。

「グラム」のウィンドウのマネキンは、半分しか服を着ていない。もうシーズンも終わりなのだ。じきに店は入れ替えの季節になる。在庫もどこかにやられる——どこにかはわからないけれど。店の明かりが消え、シャッターがガラガラと半分おりる。ナタリーがその下をくぐって出てきて、下まで閉める。

ナタリーが体を起こしてわたしを見る。こんなにやせていただろうかと思う。彼女はほんのかすかにうなずくと、モールの洞窟の中を去っていく。わたしは以前の鍵をきつく握りしめている。差しこんでみると、すんなり開く——ギジーは鍵を替えもしなかったらしい。大きな音とともにシャッターを上げる。ジーンズの後ろには、ピンキングばさみが一本差してある。場合が場合ならピストルを差している場所だ。

何かと何かが縫いあわされている箇所を、わたしはハサミで断つ。身頃をほどく。ともづなを解かれて自由になった女たちが、目をしばたたいてわたしを見つめ返す。「さあ、そこから出て」わたしは言う。ヘムを、シームを切り裂く。ばらばらになったドレスたちはかつてないほど活き活きと息づき、金の、ピーチの、ワインレッドの吹き流しとなって、バナナの皮みたいにマネキンからはがれ落ちる。「行って」わたしはもう一度言う。女たちはきょとんとしたまま動かない。

「なぜ行かないの?」わたしは叫ぶ。「何とか言ってよ!」でも誰も何も言わない。

わたしはドレスの前身頃を引きちぎる。中から女がこちらを見つめかえす。彼女がギジーの娘かもしれない。ペトラかもしれない、ナタリーかもしれない、わたしの母、いやわたし自身かもしれない。「もういい、何も言わなくていい。とにかくそこから出て。シャッターは開いてる。さあ、行って」

奥の壁に懐中電灯の光がおどる。野太い声がする。「おい、そこで何してる？　いま警察を呼んだぞ！」

「お願い、そこから出て！」警備員に体当たりされて床にねじ伏せられながら、わたしはなおも叫ぶ。床の暗黒から目を上げると、ぼんやりと光を放ち、莢《さや》の中でゆれ動く彼女たちが見える。でも彼女たちは出ていこうとしない。みんな動かない、動こうともしない。

八口食べる
EIGHT BITES

小澤英実 訳

眠る処置をされているあいだ、口のなかが月の土でいっぱいになる。泥が詰まって窒息するかと思ったが、それはするり、するりと出たり入ったりを繰り返し、私はありえないことに、息をしている。

水中で呼吸する夢を見たことがあったけれど、まさにそんな感じだ。パニックに襲われ、やがて状況を受け入れ、最後には高揚感に包まれる。私は死ぬ、私は死なない、私はいま、不可能を可能にしている。

地球に戻ると、U先生が私のなかにいる。彼女の両手は私の胴体にすっぽりと収まり、その指はなにかを探っている。張り付いた肉を揉みしだき、うまくほぐれた部位を剝がしながら、看護師にチリにバカンスに行く話をしている。「南極に行くつもりだったんだけど、飛行機代が高すぎて」と彼女は言う。
「でも、ペンギンが」と看護師が言う。
「また今度ね」とU先生は答える。

これより前、年明けの一月のことだ。雪が六十センチ降り積もった静かな通りを苦労して進みながら、一軒の店にたどり着いた。ガラスの内側には、人魚のかたちをしたオーナメントや、流木の小枝、やけにピカピカした貝がらなんかを釣り糸で繋ぎあわせたウィンドチャイムが、どんな風にもなびくことなく静かにぶらさがっていた。

町はすっかり生気を失っていた。シーズンの終わり頃、日帰り客や閑散期狙いの客向けにわずかに店が開いていた頃ともまるで違う。店主たちは、ボストンかニューヨークか、運がよければもっと南へ飛び去っていた。商品を思わせぶりに窓際に残したまま、今季の営業を終えていた。その陰に隠れて、よく知っているようにもはじめて見るようにも思える第二の町が顔をあらわす。バーやレストランは、地元客、何十もの冬を生き延びてきた屈強なケープコッドの住人たちだけに数時間こっそりと店を開ける。いつの夜も、目の前の皿から顔を上げれば、寄り集まった人々の一団がドアからどたどたと入ってくるのが見える。彼らが外側の覆いを剝いだときにだけ、その下に隠れていたのが誰だかわかる。夏からのつきあいの知人でさえ、このおざなりな太陽の下では見知らぬ他人と変わらない。仲間といても、誰もがみなひとりぼっちだ。

でもこの通りにいたっては、別の惑星に来たのも同然だった。ビーチではしゃぐ若い子たちや画商たちは、暗い通りに立ち込めた冷気が隙間や路地をかき乱すこんな町の姿を知ることはないだろう。静寂と喧噪がぶつかり合い、でもけっして入り交じることはない。生ぬるい夏の夜の無秩序な陽気さからは、これ以上ないほど遠く隔たっていた。この寒空の下では難しいが、道の途中で立ち止まってみれば、静寂をちくりと刺す生の息づかいが聞こえるだろう。地元の酒場から響く低い声や、建物に活気を吹き込む風、ときには路地で息を潜めていた動物に遭遇することもある。喜びも恐怖も、同じざわめきに聞こえた。夜には狐たちが通りを縫うように歩く。そこに一匹だけ白い雌の狐がいた。なめらかな毛並みをした敏捷《びんしょう》なその狐は、ほかの狐たちのまぼろしのようにみえた。

家族でそれを受けたのは、私がはじめてではない。長い歳月で三人の姉が処置を受けていたが、三人とも訪ねてくるまでなにも言わなかった。姉たちが何年ものあいだ自然に肥え育っていくのを見守ったあと急激に痩せ細るのを目の当たりにするのは、思った以上に堪えた。一番上の姉のときは、なんというか、死にかけているのかと思った。姉妹なのだし、遺伝的な病に侵されて私たちみんな死ぬのだと思った。目の前に不安が立ちはだかったとき――「うちの家系を根絶やしにしかけてるのはなんの病気？」と、一オクターブひっくり返った声で私は聞いた――一番上の姉は告白した。手術だ、と。

それから姉たちは三人とも信者と化し、口をそろえて熱く語りはじめた。手術。外科手術。

骨折した子どもの腕にピンを埋め込むぐらい簡単――それより簡単かも。バンディング術、スリーブ切除術、バイパス術。バイパス術？　でも姉たちの話は――溶けちゃうの、パッと消えてなくなっちゃうのよ――春の朝なみに陽気だった。幸せになれるか暗がりで震えているかは太陽の有無で決まると言わんばかり。

一緒に食事に出かけると、姉たちは料理を大量に注文して言った。「こんなに食べられない」姉たちはいつもそう言った。いつも上品に、だが断固としてこんなに食べられないと主張した。でもこのときばかりは本当だった――恥じらいまじりの嘘は、医学的処置を前に真実へと転化した。姉たちは角度をつけてフォークを動かし、食べものをありえないほど小さくカットし――おままごとサイズの角切りスイカ、ひょろひょろしたエンドウの新芽、イエス・キリストが何千もの群衆に食べさせた伝説のパンのようなサンドイッチの切れ端に、一人前のチキンサラダ――それをひどく退廃的に飲み込んだ。

「すごくいい」姉たちはそろって言った。私が話しかけるといつも口々に言われるのはそのフレーズだった。というかじつのところ、それはすべて同じひとつの口だった。かつてはものを食べていたその口は、いまはただこう言うのだ、「すごく、すごくいい」

でも、私たちがそれをどうやって手に入れるにいたったかはまるでわからない――つまり、手術が必要な体を、だ。母親から受け継いだのではない。母はいつも人並みにみえた。肉感的でもふくよかでもなく、ルーベンス風でも中西部風でも豊満でもなく、ただただ普通だった。母はよく、いま食べているものを知りつくすには八口食べるだけでいいと言った。母はけっして声に出して数えたりはしなかったが、あたかもクイズ番組の観覧客が嬉々としてカウントダウンをわめき散らすみたいに、私にはその八口食べる音がはっきりと聞こえ、「いち」の後には皿に食べものが残っていてもフォークを置いた。母はふざけるようなことはしなかった。食べものを押しつけたり、わざとらしい演技をしたりすることはなかった。鉄の意志とほっそりしたウェスト。誰かの家に招待されても、八口食べるとホストの女性を褒め称えた。その八口は、家の壁に張り巡らされたロール状の断熱材みたいに母の胃を満たした。母がまだ生きていたらよかったのにと思う。自分の娘たちがどんな女になったかを見てくれたらよかったのに。

そしてある日、三番目の姉がかつて見たことないほど弾んだ足取りで私の家を颯爽と出て行ってからほどなくして、私は食べるのを八口でやめてみた。皿の横にフォークを置くと、思いがけず荒っぽくなって、陶磁器の皿の縁がわずかに欠けた。破片を指のはらに押しつけて拾い、ゴミ箱に運んだ。振り返って見ると、あふれるほど盛られていた皿はパスタと野菜の雑然とした塊にわずかなへこみがついたぐらいで、いまもじゅうぶんに山盛りだった。

座り直してフォークを取り、もう八口食べた。それでもまだ少しへこんだだけだったが、もう必要な量の二倍食べている。でもビネガーとオイルがしたたるサラダの葉っぱも、レモンと粗挽きペッパーが載ったパスタも、すべてがあまりにも美しく、私はまだお腹が空いていた。それでもう八口食べた。コンロに置いてある鍋の残りをすべてたいらげたあと、私は怒りのあまり泣きだした。

太ったのがいつだったかは覚えていない。私は太った子どもじゃなかったし、太ったティーンエイジャーでもなかった。若い頃の自分の写真は恥ずかしくなかったし、かりに恥ずかしかったとしても、それはあってしかるべき恥ずかしさだった。わあ、なんて若いんだろう！　変な格好！　サドルシューズ——こんなの誰が考えた？　トレンカ——冗談でしょう？　リスのバレッタ？　この眼鏡を見て、カメラを意識してるこの顔を見て。ノスタルジーにどっぷり浸かってこの写真を見る未来の自分を意識してるこの表情を見て。太っている自覚があったときでさえ、実際には太ってはいなかった。写真のなかにいる物憂げなたたずまいの十代の少女は、とても美しかった。

でも、それから赤ん坊が生まれた。それから私にはカルがいた——気むずかしくて目つきの鋭い、私が彼女を理解する半分も私を理解してくれないカルが。そして突然すべてがめちゃくちゃになった。カルはまるで、ホテルの部屋をさんざん荒らしまくって帰るヘヴィメタのロッカーみたいだった。私の胃は窓から放り投げられるテレビだった。いまでは彼女も大人の女になり、あらゆる意味で私からはるか遠いところにいたが、彼女の痕跡はいまも私の体にべったりと張り付いていた。それが好ましくみえることは二度とないだろう。

空っぽの鍋を見下ろすのはもううんざりだった。お互いの腕を触りながら、私の肌を綺麗だと褒めそやす教会の女たちもうんざりだった。部屋を通り抜けるとき、映画館の客席で誰かを乗り越えるみたいに腰を横向きにして歩かないといけないのもうんざりだった。試着室の情け容赦ないのっぺりした照明もうんざりだった。鏡を覗き、憎たらしいものを爪でがっちりと摑んで持ち上げてから落とすと全身に痛みが走るのもうんざりだった。姉たちは私を置いてどこかよその土地に行ってしまい、これまでずっとそうしてきたように、あとを追いたくてたまらなくなった。八口食べるのは私の体には合わなかった。だから、自分の体を八口に合うようにするのだ。

U先生は、ケープコッドから車で三十分南にいったところにあるオフィスで週に二回医療相談をしていた。そこに向かうとき、私は遠回りで時間がかかるルートを選んだ。雪が降ったりやんだりの天気が何日もつづいていて、吹き寄せられた眠たげな雪が、どの木の幹やフェンスの柵にも風に飛ばされた洗濯物みたいに引っかかっていた。オフィスへの行き方を知っていたのは、何度か車で前を通りすぎたことがあるからだ——たいていは家を出る姉たちを送っていったあとだった——それでこのときは、運転しながら地元のお洒落なお店で服を買うところを想像していた。マネキンから脱がせたリゾートワンピースに大枚をはたき、私より可哀想なそのマネキンがしていたみたいに、午後の日差しの下で服の裾をつまんでひらひらさせるところを。

オフィスに入って、淡い灰色のカーペットの上に立っていると、受付係がドアを押し開けた。医師は私の予想とは違っていた。私はどうやら、その職業選択にあらわれた深い信念ゆえに当然痩せた女性にちがいないと思っていたようだ。自制心が強すぎるか、見た目をセルフイメージに合致させるべく自分の内側を調整した他人とは思えないタイプの人かと思っていた。でも彼女は感じよくぽっちゃりしていた――私自身パンダみたいに丸くて無害で愛らしいのに、自分にはこんな言い方をしたことはないけれど。彼女はにっこりと歯を見せて笑った。自分自身は来ないような場所に私をはるばる来させて、この人はここでいったいなにをしているんだろう。

彼女は身振りで椅子を指し示し、私は椅子に腰掛けた。

オフィスのなかを二匹のポメラニアンが走り回っていた。犬たちが離れているとき――片方がU先生の足下で丸まり、もう片方が廊下で上品に排便していたりするとき――二匹はそっくりだが害はない。でも近くにいると、あたかも二匹で一匹であるかのように頭を同じタイミングで振ったりして気味が悪かった。先生がドアの外にあるうんちの山に気づいて受付係を呼んだ。ドアが閉まった。

「いらした理由はわかります」と、口を開く前に彼女が言った。「減量手術について調べましたか？」

「はい」と私は言った。「絶対に元に戻らない方法を採りたいんです」

「信念のある女の人は尊敬します」と彼女は言い、引き出しからバインダーの束を抜き出しはじめた。「いくつか手続きを踏まなくてはいけません。精神科医に会いに行ったり、別の医者と面談したり、サポートグループに入ったり――行政上のばかげた手続きで、すごく時間がかかります。でも、それであなたのすべてが変わっていく」と、彼女は指を振りながら、感じのいい、でもとがめるような笑みを浮かべて請け合った。「痛いです。簡単にはいきません。でも済んでしまえば、あなたはこの世で一番幸せな女性になる」

姉たちは手術の何日か前にやって来た。二階に何部屋もある空いたベッドルームに荷物を広げ、サイドテーブルにローションやクロスワードパズルをセットした。一階にいても姉たちの声が聞こえた。それは鳥たちの声のようで、それぞれはっきり聞き取れるのに、同時に輝かしい合唱みたいでもあった。

私は姉たちに最後の食事に出かけると告げた。

「一緒に行くよ」と一番上の姉が言った。

「つきあうよ」と二番目の姉が言った。

「応援するよ」と三番目の姉が言った。

「いい」と私は言った。「ひとりで行く。ひとりになりたいから」

歩いてソルトというお気に入りのレストランに向かった。でもそこは、名前も中身もずっとソルトというわけではなかった。しばらくはリンダズで、それからファミリー・ダイナーになり、ザ・テーブルになった。建物のつくりは変わらなかったが、いつも前より新しく、前よりよくなった。

角のテーブルに座り、死の間際に最後の食事をとる人たちのことを考えた。そして自分の道徳的基準もしくはその無さが不安になったが、そう感じたのはその週すでに三度目だった。そういう人たちとは違う、とナプキンを膝の上に広げながら自分に言い聞かせた。比べられることじゃない。彼らの食事のあとには死があるけれど、私にはそのあとに人生が、それも新しい人生があるのだ。私って最低、とメニューを顔の前に必要以上に高く掲げながら思った。

注文したのは、皿いっぱいにずらりと並ぶ生牡蠣だ。ほとんどの牡蠣は殻からおとなしく離れてつるりと滑り落ちた。水のように、海のように、なんにもなかったようにあっさりと。でもそのなかのひとつが私に挑んできた。殻にべったりと錨を降ろし、肉の蝶つがいで頑なにしがみついていた。その牡蠣は抵抗した。抵抗の権化だった。牡蠣たちは生きている、と私はふと気づいた。牡蠣には筋肉しかない。厳密に言えば、脳も内臓もない。でも生きていることに変わりはない。もしこの世界に正義というものがあるなら、この牡蠣は私の舌をわし摑みにして窒息死させるだろう。

あやうく吐き出しかけたが、なんとか飲み込んだ。

三番目の姉が私のテーブルの向かいに座った。その黒い髪を見て、母のことを思い出した。本物とは思えないほどつやつや光って均質なのだが、じっさい本物なのだった。姉はいままさに悪い知らせを伝えようとしているみたいに優しく微笑んだ。

「なんで来たの?」と私は訊ねた。

「悩んでるでしょう」と姉は言った。姉は赤い爪を見せびらかすように両手をあわせた。その爪は何度も塗り重ねられて水平に盛りあがり、まるでガラスのドームに閉じ込められた薔薇のようだった。その爪は姉の頬骨をとんとんと叩き、これ以上ない軽いタッチで顔を擦った。私は身震いした。それから姉は私のコップを手に取り水をごくごく飲んだ。水が氷の隙間を通り抜けてしまうと、氷はすかすかの格子になり、グラスを高く傾けるとその氷の格子が姉の顔のほうにごそっと滑り落ち、姉は口に着地したかけらを噛み砕いた。

「水で胃のスペースを無駄にしないように」コリ、コリ、コリ。噛みながら姉は言った。「ねえ、なにを食べてるの?」

「生牡蠣」と私は言った。姉には私の前に不安定に積まれた殻の山が見えているはずだった。

姉は頷いた。「おいしい?」と彼女は訊ねた。

「おいしい」

「牡蠣について教えて」

「牡蠣はヘルシーなものだけでできてる。海水と筋肉と骨。心を持たないタンパク質。痛みを感じることもないし、思考もないらしい。カロリーもすごく少ない。だから美食に耽っても体に優しい。ひとついる?」

姉にはいてほしくなかった——帰ってと言いたかった——でも姉の目は熱を帯びたように輝いていた。姉は牡蠣の殻に愛おしそうに爪を這わせた。殻の山が崩れ、自重でふたつの山になった。

「いらない」そして姉は言った。「カルには伝えた? 手術のこと」

私は唇を噛んだ。「ううん」と私は言った。「姉さんは、手術を受けるって自分の娘に話した?」

「話したよ。すごく興奮して、花束を送ってくれた」

「カルは興奮しない」と私は言った。「カルが娘の義理を果たさないのはしょっちゅうだけど、これもそのひとつ」

「カルも手術を受けたほうがいいと思ってる？　それが理由？」

「わからない」と私は言った。「カルに必要なものなんて、わかったためしがない」

「あなたを否定するんじゃないかと思ってる？」

「あの子の考えることもわからない」と私は言った。

姉は頷いた。

「カルは花束をくれたりしないね」と私はその話を締めくくったが、たぶん言うまでもなかっただろう。

私は山盛りの熱いトリュフフライを注文し、口の天井をやけどした。そのときはじめて、自分がどれだけさみしくなるかを思った。私は泣き出し、姉は私の手の上に手を重ねた。私は牡蠣たちに嫉妬した。牡蠣たちは自分のことを考えなくていいのだ。


自宅に戻って、カルに伝えようと電話をかけた。歯を固く食いしばりすぎて、繋がったときゴリっと音がした。受話器のむこうで女性の声がし、見えないその唇に指が一本当てられたようにふいに静かになった。それから犬がクウンと哀れっぽい声を出した。

「手術？」と彼女はおうむ返しに言った。

「そう」と私は言った。

「ジーザス・クライスト」と彼女は言った。

「神を冒瀆しないの」と、信心深いたちではなかったけれど私は言った。

「はあ？　どこが冒瀆なの」彼女は叫んだ。「冒瀆してるのはそっちでしょ。ジーザス・クライストは冒瀆じゃない、立派な名前だよ。でもね、もし神を冒瀆するときがくるとしたら、それは自分の母親が一番大事な臓器のひとつをたいした理由もなく切除するなんて言ってきたときだね――」

カルは話しつづけていたが、その声はしだいに叫び声に変わっていった。私は向かってくる蜂の群れみたいにカルの言葉を振り払った。

「もう二度とまともな人間みたいに食べられないって気づいて――」

「あなた、どうしちゃったの？」とうとう私は訊ねた。

「ママ、わたしにはわからない。ママがどうして自分に満足できないのか。ママは一度だって――」

カルは話しつづけた。私は受話器をじっと見つめた。自分の子どもに敵意を持たれるようになったのはいつだった？　愛らしい優しさが凝り固まった怒りに転落していく過程を、私は覚えていなかった。彼女はたえず憤り、全身で私を非難した。力ずくで私の優位に立ったことも何度もあった。私が犯してしまった罪は山ほどある。どうしてあの子にフェミニズムについて教えなかったのだろう？　どうしてわかろうとしない態度をとりつづけたのだろう？　それにこれ、これ、これは噴飯ものだ。いや、言葉遊びはいけない。言葉には――ほかのあらゆるものと同じように、少なくとも前提としては――食べものが染みこんでいる。カルはすごく怒っていた。カルの気持ちがわからなくてよかった。カルの考えを聞けば、私の心は折れてしまう。

通話が切れた。カルが電話を切ったのだ。受話器を戻すと、姉たちが戸口から私を見つめているのに気づいた。そのうちふたりは同情してみえ、ひとりはしたり顔をしていた。

私は顔を背けた。カルはなぜ理解してくれないのだろう？　あの子の体は完璧ではないけれど、若々しくてしなやかだ。私と同じ落とし穴にははまらないだろう。人生を仕切り直す必要もないだろう。私には自制心がない。でも明日になれば自制なんてものとは手を切って、すべてがまたいい状態になるはずだ。

電話が鳴った。カル、かけ直してきたの？　それは私の姪だった。姪はナイフのセットを販売していて、稼いだお金で学校に入り直してなにかになる――なにになるのかは聞き逃したが、ただナイフについて私に話すだけでお金になるというので、ひとつずつ段階を追った説明を聞いてあげ、中央に特別な穴が開いたチーズ用のナイフを一本買った――「この穴のおかげでチーズが刃にくっつかないんだよ」と彼女は言った。


手術室で、私は世界に開かれていた。といっても切り開かれたわけではなく、まだすべては体のなかに封印されていたものの、私は素っ裸にうっすら模様が入った、体にフィットしない布のガウンを一枚着たきりだった。

「待って」と私は言った。下腹の上に手を置いて軽く握りしめた。どうしてかはわからなかったが震えていた。繋がっている点滴が私をリラックスさせてくれるはずだった。もう少しすれば、私ははるか遠いところに行くだろう。

U先生はマスク越しに私をじっと見た。オフィスで見た優しさは跡形もなく消え、その目は豹変していた。氷みたいに冷ややかだ。

「あひるのピンの絵本を読んだことは?」と私は先生に訊ねた。

「ありません」と彼女は言った。

「あひるのピンは家に戻ってくるのが一番遅くて、そのせいでいつも罰を受けていたんです。お尻をむちで打たれるんですね。ピンはそれがいやで逃げ出します。すると、首に金属の輪っかをつけた魚取りの黒鳥の群れに出会います。鳥たちはご主人さまのために魚を捕まえるんですが、輪っかのせいで呑み込めないんです。魚を持って帰ると、ご褒美に呑み込めるぐらいのちっちゃいかけらがもらえます。鳥たちはおとなしく従っていました。どうしようもないから。いっぽうピンは、輪っかはないけどいつも最後で、いまは迷子になっている。どんな終わり方だったかは覚えてないんですけど、先生が読むといい本じゃないかなって」

U先生はマスクの位置を少しずらした。「あなたの舌を切らせないで」と彼女は言った。

「いつでもどうぞ」と彼女に告げた。

マスクが私の上に滑り落ち、私は月に立っていた。

その後、私は眠りに眠る。こんなにじっと動かないでいるのは久しぶりだ。ベッドに行くには階段があるから、ずっとソファにいる。階段は無理だ。朝の淡くかすんだ光のなかで、ちりやほこりがプランクトンみたいに空中を漂っている。こんな朝早くのリビングルームはこれまで見たことがなかった。新世界だ。

私は一番上の姉が持ってきてくれたブイヨンスープを啜る。窓を背にした姉のシルエットは、風に吹かれて裸になった木の幹みたいに見える。二番目の姉は折にふれてやって来ては、寒いのに部屋じゅうの窓をわずかに開ける――少し空気を入れましょう、とそっと言う。部屋じゅう饐《す》えたひどい臭いがするとは言わなかったが、子どもが吐いたときの母親のように根気よく何度もドアを開け閉めして風を送っている姉の目を見ればわかる。サクラの木みたいに高く堅い姉の頬骨が見え、私は精いっぱい笑顔をつくる。

三番目の姉は夜になると、ソファのそばの椅子に座って私を見守る。眉毛を心配そうにしかめたりゆるめたりしながら、手に持った本の上からちらちらと私を見る。三番目の姉はキッチンで自分の娘――姉のことを手放しで愛しているにちがいない――と話す。すごく小さな声だからほとんど聞こえないけれど、ふと我を忘れてふたりにしか通じない冗談に大声で笑ったりする。姪のナイフはあれから売れたのだろうか。

私は変身を遂げた。でも厳密にはまだだ。変化がはじまり――この痛み、心身を激しく苛《さいな》むこの痛みが、その過程の一部だ――そして終わるのは――いつになるかはわかりそうにない。いつか過去形になるのだろうか、それとも死ぬまでずっとよくなりつづけていくのだろうか？

カルは電話をかけてこない。もしかけてきたら、あの子にまつわるお気に入りの思い出を話そう。真夜中頃、バスルームであの子が脱毛剤を塗っているのを偶然見かけたときのことだ。あの子は少し日に焼けた腕や足や唇の上にクリームを塗っていて、毛が太陽に照らされた雪みたいに溶けていった。電話がきたら、話してみよう。

はじめのうち、変化は目に見えない。あまりにささやかで、想像力がみせるまやかしに思える。でもある日ズボンを履いてウェストのボタンを留めると、ズボンが足の上にすとんと落ちる。私はズボンの内側にあるものに驚く。カル以前の体。私以前の体だ。それは本当の地形を覆い隠していた雪の嘘が晴れるように現れる。姉たちはとうとうそれぞれの家に帰る。みんな私にキスをして、綺麗よと言う。

私はとうとう浜辺を歩けるぐらいに回復する。このところの寒さに、海水には氷がぎっしり詰まっていて、とろりとした乳白色の波がソフトクリームみたいにかき回されている。写真を撮ってカルに送るが、返事がないのはわかっている。

家に帰り、とても小さい鶏のむね肉を白い骰子状に切る。一口ずつ数え、八口目を食べたら残りをごみ箱に捨てる。しばらくそばに立ってごみ箱を見下ろし、鶏肉にまぶした塩胡椒の匂いを吸い込む。コーヒーの粉となにかもっと古くて腐りかけたもののにおいが入り混じっている。救い出したりできないように、ごみ箱のなかに窓拭き洗剤をスプレーする。少し食べ足りない感じがするが、気分はいい。素晴らしいといってもいいぐらいだ。以前なら、食べたさに唸りながら壁をよじ登っていただろう。いまはほんの少し空っぽな感じがするだけで、心から満たされている。

その夜、私は目を覚ます。なにか、なにか小さいものが自分を見下ろしている。目覚めきらないうち、私はそれを娘だと思う。怖い夢でも見たのか、それともいまはもう朝で、私は寝過ごしてしまったのだろうか。でも温かい毛布から出た私の両手は冷えた空気をさぐるばかりで、あたりはとても暗い。それで私は思い出す。娘は二十代後半で、ルームメイトと一緒にポートランドに住んでいることを。そのルームメイトは本当はルームメイトではないが、私にはそれを言ってくれず、なぜ言ってくれないのか私にはわからない。

でもなにかがそこにいる。暗闇を覆い隠す暗闇が、人の輪郭をしたものが。それはベッドに腰掛け、私はその重みを感じる。マットレスのばねがきしみ、かちんと音を立てる。それは私を見ている？　私から目をそらしている？　そもそも、それは見たりする？

だが、そこでそれはいなくなる。体を起こすと、私はひとりだ。

私の新しい食事法が——死ぬまでつづく私の一生の食事法だ——身につくあいだも、そのなにかは家のなかを動きつづける。はじめのうち、私はそれをネズミだと思う。でもネズミにしては大きすぎるし、もっと主体的に動いている。壁のなかのネズミはせかせか走り回って予期せぬ穴に落っこち、家族写真の背後で恐怖にかられてもがいている音が聞こえたりする。でもこのなにかは、家の隠れた場所をなんらかの目的をもって占拠している。壁紙に耳をつければ息をする音が聞こえる。

一週間経って、私はそれに話しかけてみる。

「あなたがなんだかわからないけど、出てきてくれない？　会いたいの」と私は言う。

反応なし。怖いのか興味があるのか、その両方なのか自分でもわからない。

私は姉たちに電話をかける。「気のせいかもしれないけど」と私は説明する。「姉さんにも音が聞こえた？　家になにかいた？」

「ええ」と一番上の姉が言う。「私の喜びが子どもみたいに家じゅうで踊り回ってた。私も一緒になって踊ったの。それで花瓶をふたつ壊しかけた！」

「ええ」と二番目の姉が言う。「私の内なる美が解き放たれて、日だまりで寝そべってた。猫みたいに身繕いしながらね」

「ええ」と三番目の姉が言う。「それまで抱えていた恥ずべきものが、影から影へこそこそ動いてた。しばらくすれば消えてなくなる。気にも留まらなくなって、そのうちいなくなる」

電話を切ったあと、私はグレープフルーツを手で割ろうとしてみる。でもそんなことはとうてい無理だ。皮は実にくっついていて、さらに皮と実のあいだにも分厚い皮があり、それがどうやっても果肉から離れない。結局ナイフでドーム形の外皮を切り落とし、立方体にカットしてから指で裂く。人間の心臓を解体しているみたいだ。その実はつやつやしておいしい。八回呑み込み、九口目が唇に触れたところで手を引っ込め、昔のレシートをくしゃくしゃに丸めるみたいに片手で握りつぶす。残った半分はタッパーにしまう。冷蔵庫の扉を閉める。いまもなお、それの音が聞こえる。私の後ろで。私の上で。気づかないぐらい大きい。見えないぐらい小さい。

二十代の頃住んでいた家には虫がたくさん出た。そのときも、こんなふうに目に見えないものたちが闇のなかを足並み揃えて動いている感じがした。真夜中にキッチンの電気をパッとつけてもなにも見えなかったから、ただじっと待った。そのうち目が慣れて、それが見えた。ゴキブリは白壁の裂け目を越えて二次元上を逃げ去るかわり、戸棚の縁にちょこんと止まり、触角でいつまでも空中を探っていた。三次元の世界で、欲し、恐れていた。そこにいればそのゴキブリは安全だったが、でもどこか、いつにもまして無防備だったと、ベニヤ板についたはらわたを拭き取りながら私は気づいた。

あのときと同じように、この家はなにかべつのもので満ちている。それは休むことなく動きつづける。なにも言わない。でも息をしている。私はそれについて知りたいと思う。でも、どうしてかはわからない。

「調べた」とカルは言う。電波の悪い場所にいるようなパチパチとひび割れた音が混じるから、自宅から掛けてきたのではない。いつも背後にいる、名前を教えてもらったことのないもうひとりの女性の声がしないか耳を澄ませる。

「あら、機嫌が直った？」と私は言う。今回は自分を抑えられている。

カルの声は上擦るが、ふと穏やかになる。セラピストがカルに優しく語りかける声が聞こえてきそうだ。きっとセラピストと一緒に作成したリストの項目を消化しているのだろう。怒りがこみ上げてくる。

「心配してる。だって」とカルは言い、そして黙る。

「だって？」

「いろんな合併症が起きることもあるって――」

「もう済んだのよ、カル。もう何か月も経ってる。考えすぎ」

「ママはわたしの体が嫌いなの？」とカルは言う。その声は苦しみに割れ、いまにも泣き出しそうだ。「ママが自分の体を嫌いなのは知ってる、でもわたしの体は昔のママにそっくりでしょう、だから――」

「やめて」

「ママはこれから幸せになれると思ってるでしょうけど、そんなことじゃ幸せになれないんだよ」と彼女は言う。

「愛してる」と私は言う。

「わたしのすべてを愛してる？」

今度は私が電話を切る番だ。一瞬考えて、電源も切る。カルはかけ直している最中かもしれないが、繋がることはない。心の準備ができたら話そう。

目が覚めたのは、割れた花瓶が元通りになるような音がしたからだ。陶磁器の無数の破片が堅い床にこすれてふたたび元のかたちに組み合わさるような、さらさらという音。寝室にいると、その音は廊下から聞こえる。廊下に出ると、階段から聞こえる。下へ、下へ、玄関へ、ダイニングへ、リビングへ、もっと下へ。そして私は地下室へとつづく階段の手前に立っている。その下から、暗闇から、なにかがもぞもぞと動く。裸電球からぶら下がっているボールチェーンに指を巻き付け、それを引く。

その物体は下にいる。明かりに照らされ、セメントの床にくずおれ、私に背を向けて丸まっている。

それは小さい頃の娘のようにみえる。見た瞬間、そう思う。人間の体のかたち。思春期前の、ぐにゃぐにゃした体。四十キロ半ばで、びっしょりと水に濡れている。

そう、ぽたり、ぽたりと滴っている。

階段を一番下まで降りて近づくと、それは温かい、トーストのような匂いがする。ハロウィンに誰かの家の玄関に置かれた藁の詰まった服――あるいは、真夜中に家を抜け出そうとして枕で作った人型の膨らみに似ている。それをまたぐのは怖い。給湯器に映り込む馴染みのない自分の顔に目を奪われながら回り込む。そのあいだもその音が、あえぎと押し殺したすすり泣きが聞こえる。

私はそれの隣にひざまずく。あるべきものがなにもない体。胃も骨も口もない。ただ柔らかいくぼみがある。私はしゃがみ込んでその肩を、肩と思われるところをさする。

それは振り向いて私を見る。目はないが、それでも私を見る。彼女は私を見る。彼女はひどく恐ろしい。でも、偽りがない。グロテスクだが、リアルだ。

私は頭を振る。「どうしてあなたに会いたかったんだろう」と私は言う。「わかっていなくちゃいけなかった」

彼女の丸めた体にかすかに力が入る。私は彼女の耳とおぼしき場所にむけてささやく。「あなたはいらない」と私は言う。その塊に、震えがさざ波のように広がる。

気づいたときにはもう彼女を蹴っている。彼女は無防備で、私はなにも感じない。ただ足が当たる寸前に彼女が体をこわばらせるような感じがし、だから私は一足蹴るごとにより満たされていく。箒に手を伸ばし、筋肉を痛いほど伸ばして、後ろから前へ、後ろから前へと打ちつけ、やがて箒の柄が彼女のなかでへし折れ、私は膝をついてその柔らかい体を引きちぎって壁に投げつけ、自分が叫び声をあげているのに気づいてようやく叫ぶのをやめる。

反撃してくれればと願っている自分に気づくが、やり返してはこない。そのかわり、彼女は空気が抜けて萎んでいくような音を出す。ぜいぜいという打ちのめされた苦しそうな息が、歯の隙間から漏れている。

立ち上がってその場を離れる。地下室の扉を閉める。彼女をそこに置き去りにし、やがて声は聞こえなくなる。

春が来て、身を縮こまらせた長い冬の終わりを告げる。

誰もが目を覚ましている。薄いカーディガンで過ごせる最初の暖かい日、通りに活気が戻りはじめる。いろんな体が動き回っている。きびきびとはしていないが、みんな笑顔だ。暗闇をずんぐりした人型が通り過ぎるのを見守った季節が過ぎ、隣人たちは、急に誰だかわかるようになる。

「綺麗になったね」とある人が言う。

「痩せた？」とまた別の人が言う。

私は微笑む。マニキュアを塗った新しい爪を見せびらかすように顔をとんとんと叩く。ソルトに行き――いまはペッパーコーンと呼ばれている――牡蠣を三つ食べる。

私は新しい女だ。新しい女は自分の娘と親友になる。新しい女は歯を見せて笑う。新しい女は以前の自分を棄て去るばかりか、それを力ずくで投げ捨てる。

そのあとに夏が来る。夏が来ると波は巨大になる。挑みかかってくるような波だ。勇気ある人なら、まぶしく暑い日差しを通り抜け、掻き混ざり泡立つ水のなかに踏み込み、裂ける波のほうへ、自分を引き裂くかもしれない波のほうへ向かっていくだろう。勇気ある人なら、自分自身よりもはるかに大きい、ほとんど獣のようなこの潮の流れに身をゆだねるだろう。


時々、じっと動かずに座っていると、床板の下で彼女がごぼごぼと音をたてるのが聞こえる。私が店で食べものを買っているあいだ、彼女は私のベッドで眠る。家に帰って勢いよくドアを閉めると、頭上で重たげな足音がする。彼女が近くにいるのがわかる。でもけっして私の前に姿を見せない。ローテーブルに捧げものを置いていく――安全ピン、シャンパンボトルのコルク、苺模様のセロファンに包まれた飴。私の汚れた洗濯ものを引きずりながら歩き、開け放された窓まで靴下やブラジャーの足跡を点々と残していく。どの抽斗《ひきだし》もあたりの空気も、くまなく掻き回される。彼女はスープ缶のラベルをすべて前向きに直し、台所のタイルに跳ねたコーヒーのしみでできた星座を拭き取る。下着に彼女の匂いがついている。そばにいなくても、彼女はそばにいる。

このあと、私は彼女にもう一度だけ会うことになる。

私は七十九歳になったその日に死ぬ。朝早く目が覚めるのは、家の外で隣人が別の隣人に育てた薔薇について大声で話しているからで、今日はカルが自分の娘と一緒に私の家に来る年に一度の日だからで、私は少しお腹が減っているからで、胸のあたりがひどく痛むからだ。心臓がぎゅっと締めつけられ圧迫されても、私には窓の外の様子がわかる――自転車に乗った人がコンクリートの上でガタガタと跳ね、一匹の白い狐が林の茂みを軽やかに駆け抜け、遠くで海が轟いている。姉さんたちが予言したとおりだ、と私は思う。いまでも姉さんたちに会いたいと私は思う。これが私の得た教訓だ、それに価値があるとすればだけど、と私は思う。痛みはこれ以上耐えきれなくなったところで消える。痛みから解放され、久しく感じたことのない晴れやかな気分になる。あたりはひどく静かだ。その静けさはやがて、網戸にぶつかる蜜蜂の柔らかい羽音によって、そして床板がきしむ音によって破られる。

二本の腕が私をベッドから持ち上げる――彼女の腕だ。それはパンの生地や苔のように、母親の腕のように柔らかい。その匂いには覚えがある。悲しみと恥ずかしさがどっと溢れだす。

彼女の目がありそうなところを見る。訊ねようとして口を開くが、答えは出ていることに気づく。私が愛していないときに私を愛し、私に棄てられることによって、彼女は不死になったのだ。彼女は私よりも一億年、いやもっと長く生きるだろう。私の娘よりも、私の娘の娘よりも長く生き、はかりしれない姿かたちと知るよしもない運命を背負った彼女とその一族が地球に満ちるだろう。

彼女は私の頬に触れる。かつて、はるか昔に私がカルにしたように。非難がましさはまるでない。彼女が私を私自身から引き離し、潮の匂いのする朝へと開け放たれたドアにむかって足をひきずって歩いていくとき、私は泣いている。私は彼女に体を預けて丸くなる。その体はかつては私の体だったのに、私は養育者としては失格で、彼女は私のもとから引き離されてしまった。

「ごめんなさい」と私はささやく。

「ごめんなさい」と私は繰り返す。「わからなかったんだ」

THE RESIDENT

レジデント

小澤英実 訳

デヴィルズ・スロートへの受け入れが決まったことを伝える手紙を受け取って二か月後、私は妻にお別れのキスをした。街を離れ、車を北に走らせる。目指すP――山地は、若かりし頃ガールスカウトのキャンプに行ったところだ。

手紙を隣の助手席に置き、その上に手帳を置いて飛ばないようにした。紙は布のような厚みがあり、ぺらぺらした安い紙のようにはためいたりせず、ただ時おり風で痙攣したように震えた。上端には浮き彫りの紋章があり、水中から身を捩る魚を捕らえた瞬間の鷹のシルエットが黄金の葉に囲まれている。その下に「親愛なるM――様」とある。

「親愛なるM――様」 私は運転しながらつぶやいた。

景色が変わった。あっという間に郊外の住宅地やショッピングモールを過ぎ、木立となだらかな丘が現れ、白熱灯の明かりが立ちこめるトンネルを抜けると、道は曲がりくねりながら緩やかに上りはじめた。この山々はすぐ近く、私たちの家からほんの二時間強のところにあったが、近頃はついぞ訪れたことはなかった。

道端の木々がまばらになり、「ようこそY――へ！　来てくれて嬉しいです！」と書かれた看板を通り過ぎた。この州に数多く点在する昔ながらの炭鉱や鉄鋼の町と同じく、この町もすべてが灰色に廃れていた。目抜き通りに並ぶ家々はまさにおんぼろというにふさわしかったが、おんぼろという言葉が思わせるような魅力は欠如していた。町に一か所だけある交差点に信号機がぶら下がっていて、ごみの缶の後ろから一匹の猫が飛びだして駆けていった。ほかに動くものはなにもなかった。

一軒のガソリンスタンドで車を停めた。ガソリンは出発前に調べておいた州の平均価格よりきっかり八十セント高かった。会計を済まそうと小さな店内に入り、飲料水のボトルを手に取った。

「二本で一ドル」とカウンター越しにむっつりと陰気な若者が言った。天井から吊された小型テレビには、見たことのない番組が映っていた。

「はい？」と私は言った。

「もう一本いいよ、タダで」と彼は言った。その顎には吹き出物の一群がアンドロメダ銀河の楕円のかたちに密集していた。吹き出物の天辺には黄色がかった緑の丸い屋根が覆い被さっている。彼がどうやってそれを潰したい誘惑に耐えているのか、見当もつかない。

「一本しかいらない」とカウンターの上でお金を押しながら私は言った。

彼は困惑したようにみえたが、お札を拾った。「山に行くの?」と彼は言った。

「そう」と、聞いてくれたことに安堵しながら私は言った。「デヴィルズ・スロートの滞在施設《レジデンス》に」

彼の指がレジのボタンの上でふらつき、手は痛みを覚えたかのように縮こまった。彼は顎をこすり、それから顔を上げ、読み取りがたい不可解な表情を浮かべて私を見た。にきびのひとつが潰れ、膿が彗星の尾のように肌を流れた跡があった。

山のそのあたりに行ったことがあるかと訊ねようとしたそのとき、頭上のテレビがトリルを奏でた。画面には、木立のなかにナイトガウンを着て裸足で立っている若い女が映っていた。女は腕をゆっくりと水平に持ち上げると宙を探り、それから窓にぶつかってショック状態になった鳥のように重たげにはためかせた。彼女は助けを求めるように口を開けたが、秘密を抱えた死の床の病人のように静かに口を閉じ、それからもう一度開けた。

カメラが木々の背後にいる少女たちの集団に切り替わった。彼女たちは一歩、また一歩とよろめきながら足を踏みだす哀れな若い女を見つめている。ひとりの少女が隣にいる少女の耳元に体を寄せ、「こんなことできる人もそういないよね」と囁いた。挿入された笑い声が音声を引き裂き、少女たちが笑い転げたとき、青年がレジに値段を打ち込んだ。「これ、なに?」と私は動揺しながら小声で訊ねた。

「再放送だよ」と彼は気がなさそうな声で言った。受け取ったお釣りは彼の汗でじっとりと濡れていた。外に出て顔に触れると、血のように温かい涙が流れているのに気づいてひどく驚いた。

じきに車は上り坂に向かい、私はまた山を登っていた。

十代の頃、毎年秋の連休には、きまってほかの団員たちとガールスカウトのキャンプに参加した。十月下旬のことだから、放課後に出発し山に着く頃にはインクのような暗闇に包囲された。何時間も車に乗り続け、人里離れるとうの昔にしゃべり疲れた少女たちは、Z——先生のミニヴァンの後部座席で押し黙るか眠るかしていた。あのことがあってから、私はいつも助手席に座った。同い年の仲間といるより大人たちに混じっているほうが好きだったから、それでよかった。

車内では運転席の計器だけがぽつんと明るく輝いていた。Z——先生はじっと前を見つめ、その後ろの席にはいつも先生の娘——私の敵だったが、すらりと背が高く栗色の髪をした美しい少女だった——が眠っていた。車が路面の隆起に乗り上げるたび、彼女の頭は窓ガラスにコツンとぶつかったが、それでもけっして起きなかった。その隣ではほかの少女たちが少し離れたところを見つめているか、同じく目を休ませていた。車の外ではヘッドライトの光が夜を切り裂き、延々と回転し続けるネガフィルムのような舗道や、落ちた小枝や風に飛ばされた葉や、最後の雨のあとに死んだ雄鹿のどろりとした血だまりや肉を照らしだした。

時おりZ——先生が私のほうを見て鼻から大きく息を吸い込み、なにかありふれたことを小さな声でつぶやいた(「学校はどう?」と聞くのがお気に入りだった)。先生がなるべく低い声を出そうとするのは自分の娘を起こさないため、あるいは私に話しかけているのを娘に知られないためだとわかっていたから、私も同じように低い声でなにかありふれた返事をした(「楽しいです。国語の授業が好きです」)。学校は学ぶにはまずまずでそれ以外はすべて最悪なこと、そしてこの不幸の突出した大部分を、(彼女が生み、抱き、食事を与え、長い年月をかけて愛してきた)彼女自身の小賢しい愛娘が担っていることを、ほかでもない当人に説明できるはずがなかった。それから私たちはふたたび押し黙り、森はどこまでも伸び広がっていった。

道の両側に並んだ木々の白い幹がいやに明るく照らしだされ、真夜中にカメラのフラッシュが焚かれたようにつかの間視界が開けた。木々は一列か二列目までは見えたが、その奥の靄がかった暗闇は私をひどく不安な気持ちにさせた。秋は山に入るのには最悪の季節だと心のなかで思った。自然がもがき苦しみ、空気を求めてあえいでいるときに車で分け入るなど、愚かなことに思えた。

私はエアコンを消した。あの子たちにいまの私を見せられたらいいのに——大人になり、結婚し、さまざまなことを立派に成し遂げた私を。

クラシック専門チャンネルに合わせたラジオから壮麗かつ軽快な曲が流れ、いくつものカーヴを通り過ぎるあいだ急に低くなったり盛り上がったり、不規則な音の動きをした。ふと、古い映画の冒頭シーンが脳裏に浮かんだ。白い文字のクレジットの背後で、一台の車が目的地へと道を縫うように進んでいる。クレジットが消えると車は農場の古めかしい一軒家に近づいて止まり、私は髪を束ねた白いスカーフをほどいて古い友達の名前を呼びながら車を降りる。彼女が手を振りながら現れ、私たちは一緒にスーツケースを家のなかに運び入れながら笑みをかわし、旧交を温めるが、そこで身の毛もよだつ運命の歯車がすでに動いていることを知るよしもない。

「イサーク・アルベニスの」とアナウンサーが平板な声で言った。「『スペイン狂詩曲』でした」しばらくして山頂に入ると音が潰れはじめ、しだいに途切れやがて完全な雑音になった。ラジオを消してウィンドウを下げ、ゴムの縁に肘を載せるととても満ち足りた気分になった。

そのとき、背後にいるその車に気づいた。背の低い、白い獣のような巨大な車が、近すぎる位置をぴたりとついてきている。臍の奥が捻れ、恐怖や覚醒の前触れのように渦が下降していく異様な感覚がした。だがそのとき変化が起き、頭よりも先に体で気づいた。車体に赤と青の光があふれた。

警官はゆうに二分ほど私の背後に座ったままでいたが、それからドアを開け、ざくざくと砂利を踏みしめて近づいてきた。

「こんにちは」と彼は言った。小さいが妙に優しげな目をしていた。唇の端にぷっくりと赤みがかった斑点がある。いまにも花開きそうな疱疹だった。

「こんにちは」と私は答えた。

「どうして車を停めさせてもらったかわかります?」と彼は訊ねた。

「まったくわかりません」と私は言った。

「スピードが出すぎていました」と彼は言った。「制限速度七十キロのところ、九十二キロ出ていました」

「ああ――」と私は言った。

「どちらまで?」と彼は訊ねた。

私たちが話すあいだ、その赤い膨らみが私を捉え、増殖に備えるアメーバのように外側に拡がっていった。警官は結婚指輪をしていた。ということは、急な悲劇に見舞われてでもいないかぎり、この徴を今朝にも見た配偶者がいるということだ。私はその女性のことを思い浮かべた(私の身を考えれば、女性だと決めてかかるとはいかがなものかとあなたは思うかもしれない。だが彼の立ち居振る舞いにはどこか、怒りや暴力や不安に駆られたときにしか男性に触れたことがないと思わせるところがあり、いまも無意識に親指で指輪を触っているその仕草は、愛情、ともすればエロティックな情事の想い出すら彷彿とさせた)。そのひとは私とはまるで違う――感染を恐れない女性なのだ。

私はその女性が彼の口にキスをするところを想像した。彼女はさまざまなクリームが入った籠を漁って小さなチューブを見つけだし、彼の唇に薄く塗りさえしたかもしれない。なにかなだめるようなことを言い(「きっと誰も気づかないわよ」)、彼の肩を揉みながら。もしかするとふたりは、幼い子どもたちが病気を移しあうように、同じ感染症による疱疹をたがいに行ったり来たりさせているのかもしれない。

私が物思いから抜けだすと、彼の車はすでに視界から消えていた。私は彼から渡された紙きれを見た。「ゆっくり走って、どうぞご無事に。M――巡査」と、紙の上端に角ばった拙い字で書かれていた。

車はじきにT字路につき当たった。看板には、デヴィルズ・スロートは左とある。反対の方向に行けば過去へと連れ戻される。あまりにも多くのことが悪いほうに、そして良いほうに進んだ、あの荒れ果てたキャンプ場へと。


最後の直線道路には、このドライブをとおしてもっとも美しい景色が広がっていた。木々は朝の熱気におとなしく服従しながら、従僕のように道にむかって頭を垂れていた。艶やかな葉はみっしりと生い繁り空を遮っていた。蟬たちの絶叫が聞こえたが、私にはそれすら心地よく感じられた。この道を走るうちに快活な気分が甦った――楽園へ！　小説を完成させるのだ！　人様の情けに頼るのではなく、アーティストとして自分の足で立てるときをこれまでずっと思い描いてきた――出版された小説が人の目に留まり（控えめだが好意的な評が世に出る――自分の小説で世のなかを啓蒙できると思い込むほど傲慢ではない）、教えたい場所で教え、ささやかだがまずまずの講義を行い、その見返りにささやかだがまずまずの報酬を手にする。そのすべてが、いまや手を伸ばせば届く距離にあるように思えた。

一匹の生きものが車の下に駆け込んだ。

慌ててハンドルを切った。ブレーキをあまりに強く踏み込んだせいで車が抵抗して叫び声をあげ、ズシンという金属音が全身に響いた。路面が凍るか雨が降るかしていたら、スピンして間近の木に衝突し間違いなく死んでいただろう。だがいま、車は車線の中央で急停止していた。道になにが横たわっているのか、恐る恐るバックミラーを覗き込んだ。

なにもない。

車を降りて車体の下を見た。そこで兎の黒く生気のない目と目が合った。体の下半分がふたつに引き裂かれた紙きれのようにすっぱりとなくなっていた。私は立ち上がり、消えた下半身を探しながら車の周囲を歩いた。もう一度膝をついて車の下部構造の迷宮を覗きさえした。どこにもない。

「ごめんなさい」と、そのうつろな目にむけて私は言った。「こんな目に遭わなくてもよかったのに。私なんかのせいで」

運転席にどさりと深く腰を下ろすと、私に降りかかった災難を示す土のしみがジーンズに対になってついていた。悲しみが吐き気の波のように私を襲った。これがなにか悪いことの前触れではないことを願った。前方には右を指す矢印が描かれた青い看板があった。「デヴィルズ・スロート」とある。ふざけた挨拶はそこにはなかった。

車が敷地の外周を走るにつれ、自分がこの滞在で目にするのは全体のごく一部にすぎないことがわかってきた。何十万坪もある広大な敷地のほとんどは手つかずのままだった。デヴィルズ・スロートはかつてニューヨークに住む百万長者たち御用達の湖畔のリゾート地だったが、所有者たちの融資がかさみ、大恐慌ですべての試みが水の泡と化した。現在の所有者は、作家やアーティストに創作の時間と場所を与えるフェローシップを提供する組織団体だった。受け入れ通知のすぐあとに届いた地図を見ると、そのレジデンスはひとかたまりに林立するスタジオ群と、かつては豪奢なホテルだった本棟からなり、元のリゾート地の南端の一角を占めているのがわかった。スタジオ群は湖の周りを縁取るように取り囲んでおり、かつては居住者のうちもっとも裕福な人々が、蒸すように暑いひと夏のあいだ、そこでのんびりと遊び暮らしたのだった。

道なりにしばらく進み、とうとう木々のトンネルを抜けた。かつてのホテルは、なにかの伝染病のように地面から隆起し森を掻き乱していた。長年の下積み生活や未完の構想の数々にも挫けなかった野心ある建築家が手掛けたような先鋭的なデザインで、以前は壮大な建築だったことがはっきりと窺える。

車が二台――一台はくすんだ青の年代物、もう一台は赤で陽の光を受けてきらめいていた――ホテルの横に停めてあった。赤い車の横に車を寄せたが落ち着かない気持ちになり、もう一度車を回して青い車の隣に停め直した。ふと、トランクと後部座席に置いてある荷物の数が気になった。これから降ろさなければならないが、六往復はかかるだろう。

荷物をすべて残したまま、私は車の外に出た。

ホテルの一階は月並みだが洗練されている。濃い灰色の石と黒いモルタル、細長い窓からは室内の趣味のいい調度品が――赤いベルベットの絨毯、木の窓枠、サイドテーブルに放置された湯気の立つマグカップ――見える。だがこの建物を横いっぱいに引き延ばした巨大なソルトウォーター・タフィーそっくりに見せているのは二階の存在だ。その窓や壁は一階の同胞とは異なり、前後に傾斜しながら奇怪な角度に曲がっている。ある窓からは空よりも地面のほうが多く見え、また別の窓からは地面よりも空が多く見えるといった具合だろう。ある部屋の壁は傾いて周囲の木々に接近しすぎ、枝が窓に当たって撓んでいる。激しい風が吹けばさらに押し入ろうとするだろう。最上階の屋根は傾斜しながら上に上に伸び、やがてホイップクリームの先端のように渦巻きながら一点に収束する。そこに大きなガラスの球が鎮座していた。

表玄関へといたる階段は広々としていた。広すぎて、中央に立つと手すりには手が届かない。階段の右側を手すりに手を滑らせながら上っていくと、掌に棘が刺さった。手を持ち上げ、感情線と頭脳線のあいだに突き刺さった木片をじっと見た。飛び出たささくれを摘まんで引き抜くと、傷の周りの肉がぎゅっと収縮したが血は出なかった。私は玄関ポーチまでの最後の数段を上った。

豪華なエントランスを前に、私は気遅れした。扉の開口部から木が自然の蔓のように巻きついているのが、隠れ家から足と吸盤だけを突きだした蛸のようでいやだった。妻はいつも私の感情や感覚をからかった。私はさまざまなものを瞬間的に惚れ込んだり毛嫌いしたりし、何か月も考えつづけてやっとその理由を言葉にできるようになる。ポーチでゆうに十分は躊躇《ためら》っていると、ドアが開きローファーを履いたハンサムな男性が現れた。彼は私を見てひどく驚いたようだった。

「こんにちは」と彼は言った。見たところ酒好きで、ひょっとすると同性愛者かもしれない。

私はすぐに彼に好意を持った。「ええと——入ります?」彼は脇に寄り、ほとんど扉の後ろに隠れてしまった。

「あの——はい」と私は言い、敷居をまたいだ。私は彼に名前を告げた。

「ああ! それじゃあ——」彼は背後の誰もいない空間を振り返った。「僕たちはてっきり明日だと思っていて。手違いがあったのかな」

隣り合う部屋の戸口でにわかに動きがあり、彼がそれまで私の視線のわずかに届かないところにいた三人組の女性と話していたのだと気づいた。ひとりはほっそりとして青白い浮浪者のような女性で、身につけているだらりとした仕事着は、反復する相似形の絵柄がとぐろを巻き彼女の体に何十もの穴を開けていて、目に入った途端に私を不安な気持ちにさせた。もうひとりはドレッドヘアを頭の上でお団子にし、ゆったりと笑みを浮かべた背の高い女性で、三人目の女性にはどこか見覚えがあったが、会った覚えはまったくなかった。

不安を掻き立てるワンピースの女性が、自分はリディアで「詩人兼作曲家」だと言った。足は裸足で汚れていて、筋金入りのボヘミアンだと周囲に示そうとしているかのようだった。背の高い女性は、写真家のアニールだと言った。見覚えがあるようでない女性の名前は、彼女が口にしたそばから忘れてしまった。注意を払わなかったわけではない。むしろ彼女が名乗り、その名前を私の心が取り込もうとすると、触れようとする指を離れていく水銀のようにそれはするりと逃げ去ったのだ。

扉を開けた男性が「この人は画家だよ」と言い、自分はベンジャミンだと名乗った。彼は彫刻家であるという。

「どうしてスタジオにいないんですか?」と私は訊ねたが、口に出してすぐにぶしつけな質問だったと後悔した。

「昼って退屈だから」とアニールが言った。

「レジデンスも中だるみで退屈なのよ」とリディアが付け足した。「人づきあいがいい人どうしでときどきここの大広間でお昼を食べてるんだ。頭がおかしくなっちゃわないように」とそばの人々を身振りで示しながら彼女は言った。

「ちょうど食事が終わったところ」とベンジャミンが言った。「僕はいまからスタジオに戻る。でも厨房にはエドナがいるから、顔を出せばきっとなにか作ってくれるよ」

「案内する」とアニールが言った。彼女は私の腕に自分の腕を絡め、人々の輪から私を連れだした。

玄関ホールを過ぎたとき、名前を憶えていられなかった女性に対する不安が新たに湧きだした。「あの画家の人――」と、アニールがあの女性にまつわる情報をもたらしてくれることを願いながら私は言った。

「なに?」と彼女は言った。

「あの人――素敵ね」

「ええ、素敵な人よ」とアニールは同意した。彼女は両開きの扉を押した。「エドナ!」

細く引き締まった体つきの女性がシンクに前かがみになっていた。石鹼の泡だつ深みをじっと見つめていたようだった。彼女は身を起こして私を見た。炎のように赤い髪を黒いベロアのリボンでひとつにまとめていた。

「あら！」私を見るなり彼女は言った。「もう着いたの！」

「ええ――来ました」と私は認めた。

「私はエドナ」と彼女は言った。「このレジデンス・プログラムのディレクターです」彼女は黄色いゴム手袋を引き抜いて片手を差しだし、私はその手を握った。絞ったばかりのスポンジのように冷たく湿った手だった。「早かったわね」と彼女はつづけた。「まる一日早い」

「手紙を読み間違えたかもしれません」と小さな声で私は言った。顔が紅潮し、妻の柔らかな笑い声が聞こえた。私の面目は丸つぶれだった。

「大丈夫」と彼女は言った。「どうってことない。部屋まで案内する。ベッドにシーツがないかもしれないけど――」

玄関ホールに戻ると、私が持ってきたすべての荷物の真ん中にベンジャミンが立っていた――大小のスーツケースや大型のバスケット、トランクから出す必要のない車載用の防災リュックまでがそこにあった。

「鍵はかかってなかった？」と私は言った。

「どうしてここで鍵なんてかける？」と彼は朗らかに訊ねた。「さあ行こう」彼はかがみ込んでスーツケースを持ち上げた。私はバスケットを手に取った。エドナはリュックを取ろうと前かがみになったが「それはいいんです」と私が言うと彼女は身を起こした。私たちは階段を上った。

目覚めたときにはすでに日は落ち、最後の光の澱が空から抜き去られようとしていた。起きた瞬間、自分がどこにいるのかわからずに混乱した。パーティーの途中で眠ってしまい、来客用の寝室で外着のまま目を覚ました子どものようだった。私は本能的に手を伸ばして妻に触れようとした。だが手に当たったのは、織りの細かい滑らかなシーツと完璧な膨らみの枕だけだった。

私は起き上がった。暗い色の壁紙には紫陽花がまだら模様に描かれていた。階下の音が聞こえた――かすかなおしゃべりや、銀や磁器の食器がかちんと触れあう音。口のなかはひどい味がし、膀胱はぱんぱんだった。起き上がれれば、トイレに行ける。トイレに行ければ、明りをつけられる。明りをつけられれば、スーツケースからマウスウォッシュを探りあて、口のなかのかび臭い感じを取り除ける。このかび臭さが取れれば、下に降りて皆と夕飯が食べられる。片足を回してベッドから床に落とすと、ベッドの裾から片手がさっと飛びだして私の足首を摑み、私を下に引きずり込んだ。恐怖に震える私の悲鳴は、食堂で楽しげに戯れる人々のざわめきに掻き消された――そんな身の毛のよだつ幻覚が私を襲い、そして消えた。もう片方の足をぐるりと回して床に落とし、立ち上がり、よろめきながら暗い浴室に向かった。

膀胱を空にすると、私は自分の小説――とは言ってもたいしたものではなく、つまりはメモの山とたくさんの紙を挟み込んだノートだ――のことを考えた。ルシールと彼女に立ちはだかるさまざまな困難を思った。それはあまりに多かった。

私は階下に降りた。口のなかにマウスウォッシュの後味が残り、歯の隙間がひりひりした。暗い色の木の長テーブル――材質はチェリー、ひょっとしたらチェスナットかもしれないが、どちらにせよそこには鮮やかな深紅のしみがあった――には七人分の食器が置かれていた。仲間のレジデントたちは部屋の隅に固まり、ワイングラスを片手に談笑していた。

ベンジャミンが私の名を呼び、グラスを掲げた。アニールが顔を上げて笑みを浮かべた。リディアは美しい面立ちの細身の男との会話に没頭していた。男の指はなにか黒いもので汚れている。おそらくはインクだろう。男は照れくさそうに微笑んだだけでなにも言わなかった。飲まないと伝える前にベンジャミンから赤ワインのグラスを渡された。

「いらない」と言う代わりに「ありがとう」と私は言った。まるで隣にいるかのように、私の耳元で妻の温かい囁き声がした。**つきあって**。妻がどんな私も愛してくれていることには確信があったが、くつろいだ気持ちでいるときの私のほうがずっと好きなこともまた確かだった。

「片付いた?」と彼が訊ねた。「それとも休んでた?」

「休んでた」と私は言い、ワインをひと口啜った。スペアミントの味と混ざったワインは不味く、私は急いで呑み込んだ。「運転で疲れたみたいで」

「どこから来るにしたって、ここまでの道は最悪」とアニールが同意した。

厨房のドアが勢いよく開き、エドナが薄切りのハムを載せた大皿を抱えて現れた。テーブルに皿を置くと、それを合図に誰もが会話を切り上げそれぞれの椅子に集まりはじめた。

「落ち着いた?」とエドナが私に訊ねた。

私は頷いた。全員が席に着いた。指に染みがついた男がテーブルの向かい側から手を伸ばし、私の手をぐにゃりと握った。「ディエゴです」

「みんな、仕事の調子はどう?」とリディアが訊ねた。

答えるのを避けるようにすべての頭が下を向いた。私はハムをひと切れとポテトをひと掬い皿によそった。「私は明日の朝ここを出る」とエドナが言った。「それで週末にまた戻ってくる。もちろん食べものは冷蔵庫に入ってる。文明世界からなにか持ってきてほしいものはある?」ないという声がちらほらと上がった。私はポケットに手を入れ、妻に無事に着いたことを知らせて安心させようと、事前に書き、切手を貼り、住所を書いておいた手紙を取りだした。「これを投函してもらえない?」と私は頼んだ。エドナは頷くと、広間に置いてある自分のハンドバッグに手紙を入れに行った。

リディアは口を開けてくちゃくちゃとものを嚙んだ。臼歯の隙間からなにかを摘まみだした——肉の筋だ——それから舌をべろりと歯の列に這わせ、ワインをもうひと口啜った。

ベンジャミンは私のグラスにおかわりを注いだ。そんな憶えはなかったが、どうやらワイングラスを空にしていたようだった。歯茎のなかで歯がベルベットに包まれたように柔らかく感じた。

ワインに促され、誰もがとりとめのない緩い調子で話しはじめた。ディエゴの本職は児童書の挿画家で、いまはグラフィックノヴェルに取り組んでいるらしい。出身はスペインだが、成人してからはほぼ南アフリカとアメリカ暮らしだと彼は言った。彼はそれからリディアと軽いちゃつきはじめ、私はふたりにいい印象が持てなくなった。アニールは私の知らない高名な小説家との気まずい出会いを面白おかしく話した。ベンジャミンは自分の最新作の彫刻が翼に割れたガラスを使ったイカロス像だと説明した。リディアは一日中「ピアノをがんがん叩いて」過ごしたと言った。「迷惑かけてないよね?」と、迷惑をかけていようがいまいがどうでもいいと思わせる調子で彼女は言った。「詩曲」を制作中で、いまは「曲」の部分を作っている段階であるらしい。

壁は防音されているとエドナが請け合った。そこであなたが殺されたって誰も気づかない。リディアは深く満足した表情を浮かべて私にもたれかかった。「スーパー・リッチな人たちがこの場所を手放す前、ここをなんて呼んでたか知ってる?」

「エンジェルズ・マウス」と私は言った。「小さい頃、ガールスカウトに入ってて、毎年ここに来てた。看板にそう書いてあったのをよく覚えてる」

「エンジェルズ・マウス」私の話などなかったように、ほとんど叫ぶように彼女は言った。彼女はテーブルを叩き、騒々しく笑った。その歯は深紫色に変色して腐っているようにみえた。自分が彼女を嫌悪していることに気づいてどきりとした。私はこれまで人を嫌いになったことがなかった。たしかに私を不快にし、まばたきをしてどこか別の場所に行けたらいいのにと思うような人々もいたが、嫌悪という感情は未知のもので、舌を刺すように酸っぱかった。それに、私は酔ってもいた。

「ガールスカウトのキャンプってなにするの？」とベンジャミンが訊ねた。「泳いだり、ハイキングしたり？」

「セックスしたり？」とディエゴがそれとなく言った。リディアがじゃれるように彼の腕を叩いた。

私はもう味がわからなくなったワインを啜った。「工作をして、バッジを稼ぐ。火を熾して料理したり、お話をしたり」それは私がとくに気に入っていた活動だった。「いつも秋に来てたから、寒すぎて泳げなかった」と私は言った。「でも水際を歩いたりはして、桟橋で度胸試しをすることもあった」

「だからこのレジデンスに来たの？」とアニールが訊ねた。「このあたりに詳しいから？」

「いいえ」と私は言った。「ただの偶然」私はグラスを下ろしたが、あやうくテーブルから落とすところだった。

そのとき、リディアが狂ったようなやかましい笑い声をあげた。ディエゴが彼女の長い髪に顔をうずめ、なにか大きな声では言えない感想を彼女の耳に吹き込んだ。リディアは私を見て、それからまた笑った。私は顔を赤らめ、食べることに集中した。

アニールはワインを飲み干し、ディエゴがボトルを取ろうとするとグラスの上に手を置いた。彼女は私のほうに振り返った。「ここにいるあいだ、わたしは〈芸術家たち〉っていうプロジェクトに取り組んでいるんだけど」と彼女は言った。「いつかの午後、私と肖像写真の撮影セッションをしてくれない？　もちろん負担になるなら無理にとは言わない」

たしかに負担に感じたが、私は眠くて体がだるく、私がある種の人々を好きになるときのパターンどおり、もうすでにアニールのことを好きになってもいた――彼女は驚くほど人が良く、そしてこれは否定のしようがないが、際立って美しかった。彼女が期待して私を見つめているのがわかり、自分がわけもなく微笑んでいるのに気づいた。私は感覚がなくなった顔を手のひらでこすった。

「喜んで」と頰の内側を嚙みながら私は言った。口のなかで金属の味がした。


翌朝にはP――山地に冷気が降り、厨房の窓の外は一面の霧に覆われていた。

「コーヒーいる？」と私の背後でアニールが言った。軽く頷くと、彼女は温かくずっしりと重いマグカップを私の手に載せ、私は中身を確かめもせずにそれを啜った。

「スタジオまで一緒に行こう」と彼女は言った。「ぜひ案内させて。霧で隠れていなくたって、道を知らないとあそこまで行くのはむずかしいから。よく眠れた？」

私はもう一度頷いた。頭のなかのこびとが目を覚まし、彼女があれこれ親切にしてくれることへの感謝を言葉にしようとしたが、私は窓越しに広がるその白さから目をそらすことができなかった。それはあまりにもたやすくすべてを消し去っていた。

私たちの背後で表玄関の扉が閉まったとき、心臓がどきりとした。階段の上からは木々の輪郭しか見えないが、湖に行くにはその木々のあいだを通り抜けていかなければならない。アニールが道を探しながら進みはじめた。倒木の幹を難なく飛び越え、濡れて光沢を放つずんぐりしたキノコの畑を曲がった。あるところで、幅の狭い白いベンチを通り過ぎた。デザインや大きさからすると休憩用に置かれたものではないだろう。アニールは振り返らずに身振りでそれを示した。「このベンチは湖とホテルの中間ぐらいにあるから。参考までに」

木立を抜けると建物群がごくうっすらと視界に現れた。そのひとつは私の目の前にぼんやりと浮かびあがっていた。私ははじめてアニールを追い越し、近づいてもっとよく見ようとそちらへ一歩足を踏みだした。

「ちょっと！」アニールが私のバッグの肩紐を摑んで引き戻した。「気をつけて。湖に入るところだった」目の前の空気はミルクのようだった——建物などまるで見えない。

アニールが右を指すと、そこには昇りの階段が影へとつづいていた。「ここがあなた。〈嘆き鳩〉でしょう？」

「そう」と力強く私は言った。「案内してくれてありがとう」

「気をつけて」と彼女は言った。「戻りたくなったら——」彼女は来た道を指さした。光の球が霧のなかでもなお輝きを放っていた。「あれがホテル。夜のあいだと天気が悪い日にあの光がつく。だからかならず帰る道がわかる。執筆がんばってね！」

アニールは霧のなかに消えたが、彼女がいってしまってからも長いあいだ、踏まれた小石の動く音が聞こえた。

私のキャビンはゆったりと広く、湖の縁が見渡せる——霧が晴れれば、ということだが——

仕事部屋があった。小さなデッキまでついていて、日差しが強すぎたり雨が降ったりしていなければ、日中そこで仕事をしたり、くつろいだり、辺りを観察したりできそうだった。長い歳月を経ているにもかかわらず、頑丈で安心できるつくりだ。私はさまざまな継ぎ目や柵を摑み、壊死性の伝染病にかかった木の枝のように腐ったり手に剝がれ落ちたりしないか確かめようと揺すりながら建物の周りを歩いた。どこもしっかりしているようだった。

なかに入ると、私の仕事机の上の棚に同じかたちの木の板が並べられていた。ぱっと見はモーゼの石板に似ていたが、椅子の上に立って調べると、それは私の前に滞在したレジデントのどこまでも長く連なる名前のリスト——明瞭なものも判読できないものもあった——だとわかった。名前や日づけやジョークがダダイストの詩のようにまぜこぜになっている。**ソロモン・セイヤー——小説家。オンディーヌ・ラ・フォルジュ、画家、19——年6月、エラ・スマイス・「サマー・オブ・ラブ！」C——**

私は眉をひそめた。私と同じ名前の誰か——別のレジデント——が何年も前にこのキャビンを使っていた。私は指を自分の名前——彼女の名前——の上に走らせ、それからジーンズにこすりつけた。

レジデントとは奇妙な言葉だ。一見すると、それはたまたまそこにある石のようなものに思える。だが裏返してよく見れば、そこには生活がつまっている。レジデントはどこかで暮らしている。あなたはある町や家の居住者《レジデント》だ。いま、あなたはこの空間のレジデントだ——そう、もちろん厳密には違う。あなたは訪問者《ビジター》だ、でも〈ビジター〉がある夜の終わりにその場を離れ、闇のなかを車で走り去ることを思わせるのにたいして、〈レジデント〉は、電気ケトルをセットして、しばらくそこに滞在することを意味する——だがあなたはまた、あなた自身の頭のなかの住人《レジデント》でもある。あなたは自分の寄りどころになる考えを見つけだし、意識しなければならない。だがひとたびそれを突きとめてしまえば、それを追い払う必要も、そこから立ち去る必要もけっしてない。

机の上に置かれた手紙は、〈嘆き鳩〉のキャビンに私を迎え入れる言葉とともに、一番新しい木板に名前を書き足すよう促していた。私の机からは玄関ポーチの半分が見えたが、手すりとその先のすべては不透明な霧が食らい尽くしていた。

鞄の中身を取りだし、警告するように規則正しく低い音をたてているパソコンの隣にノートを置いた。小説。**私の**小説だ。

私は仕事に取りかかった。小説の大まかな筋は、移動しやすいようにインデックス・カードにまとめることに決めた。壁全体にコルク板が張られていたため、カードを格子状に並べ、ルシールの試練や勝利をたやすく操れるように鋲で留めた。

一匹のむかでが壁を這っていた。私はそれを**ルシールは自分の子ども時代が、その冒頭から結末まで、すべて怖ろしい嘘だったことに気づいた。**というカードで殺した。漆喰に内臓を塗りたくったあとも、脚はまだひくひくと動いていた。私はそのカードを捨て、新しいカードを作った。**ルシールは秋の湖のほとりで自分のセクシュアリティを発見する。**というカードが中央に留められると、そこで物語の流れがふいに止まった。私は並べたカードを目で追った。**バ**

クスターは逃亡し、車に轢かれる。ルシールは「パーティーが苦手」なせいでガールフレンドから別れを告げられる。ルシールは芸術祭にエントリーする。仕事が捗ったことに満足したが、ルシールを極限まで苦しめているとは言いがたいことがやや気になった。芸術祭で一等を逃すだけでは足りないだろう。紅茶を淹れて腰を下ろし、そのまま夕食の時間までカードをじっと睨んでいた。

夜明け間際に目覚めると、臼歯のあたりで石鹸のような味がした。体ががくんとよろめき、ベッドから転げ落ちた。夢の名残を払いのけながらトイレの前でひざまずくと、次に来るものを予告する熱いげっぷが出た。

これまで病気になってもこんなことは一度もなかった。あまりに激しく嘔吐したせいで、便座が蝶番からもぎ取られ深い亀裂が入った。冷えたタイルに頭を載せ、すっきりした気がするまで、少しでもましになるまでそのままの体勢でいた。ふたたび身を起こしたが、それでもまだ、ありえないことにまだ、私の体には吐き出すものがあった。体を冷やそうと這って浴槽のなかに潜り込んだ。シャワーヘッドが冷水を噴きだし苦痛を和らげるまでの数秒間、見上げたそれは宿主に吸いつくやつめうなぎの口のようにくろぐろとし、石灰が輪になってこびりついていた。私はまた嘔吐した。これ以上はもう絶対になにも体内に残っていないと確信する頃、私はベッドに這い戻り、重いベッドカバーを頭の上まで引き上げて私自身のなかに落ち込んでいった。

病はしぶとく居座った。高熱が出て、私を取り囲む空気はアスファルトを覆う熱のようにちらちらと揺らいだ。病院に行くべきだ、体も頭のなかも焼かれていると思ったが、そんな想念はノアの洪水のなかで浮き沈みするちっぽけな小枝だった。私は凍え、毛布に身を埋めた。生きながら丸焼きにされ、身ぐるみ剝がされ、皮膚の上で汗が結晶化した。もっともひどいときには、自分の顔の輪郭を探りながらベッドの反対側まで這っていた。どれほど大声をあげていたか（それに、そもそも声をあげていたかどうか）は知るよしもないが、私は何度も妻の名前を叫んでいたはずだ。なにか濡れたものが窓ガラスを波のように打ちつけていたから、外では雨が降っていたのだろう。高熱に浮かされた私は、それが潮の音で、自分はいま海面の下を沈んでいるところで、これから熱も光も空気も届かない場所に抜けだしていくのだと思った。喉が渇いていたが、震える手のひらで水を啜ろうとしてまた嘔吐した。えずいて筋肉がきりきり痛んだ。私は死ぬのだ、これで終わりだ、そう心のなかで思った。

かすかな朝の気配のなか、誰かが私の名前を呼びながらドアをそっとノックしている音で目が覚めた。アニールだった。

「大丈夫なの？」と、木の扉ごしにアニールが訊ねた。「みんな心配してるよ。二日つづけて夕食に来なかったし」

私は動けなかった。「入って」と私は言った。

ドアが開き、アニールが鋭く息を飲む音が聞こえた。あとになって、その原因がなんだったかを理解した。部屋は暑く、酸っぱいにおいがこもっていた。熱と饐《す》えた汗のにおい、吐き、そして泣いたにおいだ。

「病気だった」と私は言った。

アニールはベッドに近づいて来たが、感染の危険がひそんでいるというのに親切だと私は思った。

「どうする――エドナを呼ぶ？」と彼女は訊ねた。

「水を持ってきてくれたら、すごくありがたい」と私は言った。

アニールは溶けて消滅してしまったような気がしたが、少しするとグラスを持って戻ってきた。ひと口啜ると、私の胃は空腹にごろごろと唸っただけで、この数日ではじめて暴れなかった。グラスを空にしても渇きは癒えなかったが、人間らしさが戻ってきた気がした。

「もう一杯お願い」と私は言い、アニールが二杯目をくれた。

それを飲み干すと生き返った。

「エドナは呼ばなくていい」と私は言った。

「ほんとにいいのね」と彼女は言った。「なにか欲しいものは？」

「私宛ての郵便はなかった？」と私は聞いた。妻の手紙があれば気も安らぐ。

「いいえ、なにも」と彼女は言った。

その午後、私は執筆をはじめた。脚はぐらつき、胸にはきしむようなおかしな感覚があったが、短い時間で一気に書いてみてほぼ問題ないと感じた。例の画家が私のキャビンに立ち寄り、ドアをノックした。急な邪魔が入って驚いたが、彼女はなにごとかを言うと薬の小箱を差しだした。私は手を出さなかった。彼女の言葉を忘れてしまう私の心は、いったいなにを寄せつけまいとしているのか。彼女はふたたびなにか言い、私にむけて箱を振った。私はそれを受け取った。それから彼女は近づいてきて私の顔に触れた。私はひるんだが、その指は冷たく乾いていた。彼女は階段を降りて湖の縁まで行くとそこでしゃがみ、草むらからなにかを拾い上げ、水のなかに放り投げた。

プラスチック包装されたアルミシートから錠剤をひとつ押しだしてよく調べてみた。楕円形で、数字や文字は書かれていない。赤みがかったオレンジ色で、やや紫と青が混じっている。裏返すと緑っぽく、光にあてるとアスピリンのように白くなった。私は空箱をゴミ箱に、錠剤はすべてトイレに投げ捨てた。錠剤は便器のなかをおたまじゃくしのように漂い、水を流すと小さくなりながら視界から消えた。

体がしっかりしてくると、私は湖の散策をはじめた。湖は見た目よりも大きく、一時間歩きつづけても辿れたのは全体のごく一部だった。そんな旅に出て三日目、二時間ほど歩いたところで、一艘のカヌーがある岸辺を見つけた。一部が水に沈んでいるそのカヌーは、波間でゆったりとくつろいでいた。穏やかな水の動きがカヌーをほんのかすかに揺らすのを見て、キャンプ中に頭上を覆う木々が風で揺れ動くさまを思いだした。**さわ、さわ、さわ**。

若い頃にガールスカウトで行ったキャンプもこんな湖のそばにあった。ひょっとするとあのキャンプはこれと同じ湖の反対側にあるのだろうか。ずっと遠くまで歩いていくと、あのひんやりと澄んだ秋の夜、私自身の偏愛が揺らがぬものとなり、それを嘲笑われたあの桟橋に行き当たるのだろうか？　ロマンティックで惨めなあの想い出の場所を探し当てるのだろうか？　それはいまはじめて頭によぎった考えだった——あれはこの山々のどこかにあるべつの湖だとずっと思い込んでいた——だが波のリズムや木々の記憶は、たしかに過去のあの場所に戻ってきたことを告げているようだった。

キャンプ中に病気になったことがあるのを思いだしたのはそのときだった。どうして忘れていたのだろう？　ふとした拍子に、記憶があなたの前に姿を現すことに同意する——それはこの滞在のひそかな喜びだった。リーダーのひとりが私の熱をはかり、数値を見て舌打ちをしたことを思いだした。その落胆した感じを思いだした。その落胆はいま、この岸辺でありありと感じられた。まるでそのシグナルを何十年も探しつづけ、たったいまその電波塔の圏内に入ったかのようだった。

少し先まで歩くと、岸辺の石に混じってなにか赤いものがあることに気づいた。膝をついて拾い上げると、それは小さなガラスのビーズだった。キャンプに来た人のブレスレットからこぼれ落ちたもののようにみえた。おそらくかなり長いあいだ水のなかにあり、私が来たときにちょうどこの岸辺に打ち上げられたのだろう。

私はそれをポケットに入れるとキャビンへ引き返した。

その夜、眠りに就こうとして服を脱いだとき、腿の内側に小さく隆起した腫れものができているのに気づいた。私はそれを押してみた。痛みの衝撃が脚を引き裂くように走ったが、それが過ぎてよく見てみると腫れものは柔らかく、液体かゼリー状のものが詰まっているようだった。押し潰したい衝動で指がぴくりと動いたのを感じたがぐっと堪えた。だが翌日になると、それはひとつ、またひとつと増えた。太腿に密集し、乳房の真下まで噴きだした。私は動揺した。きっとここには私の知らないなにかの虫がいるのだろう──ダニや蚊などではない。毒蜘蛛の一種だろうか？　だが自分の寝方や着ていた服について考えても、どうやって嚙まれたかはわからなかった。痒みはなかったが、それは解き放つ必要に駆られたようにいっぱいに膨らんで満ち、私自身もまたいっぱいに満ちた。

私は浴槽の縁に腰かけ、安全ピンをライターで焼いた。金属がわずかに黒ずむと、軸に息を吹きかけ指のはらで熱さを確かめた。冷めて殺菌できたことに満足すると、最初にできたそのおぞましい腫れものにピンの先を差し込んだ。それはほんのつかのま抵抗し──降伏する寸前に一瞬拳を突きだし──そして吐きだした。膿と血の四肢がするすると針の柄を登り、やがて自らの重みで崩れ落ち、手当てをしていない経血のように脚を伝った。私はトイレットペーパーを次々に引っ張りだし、半ロールが──安い紙だったが、それでも──自分の血に染まった。痛みはあったが心地よく、さっぱりと清められた感じがした。私はひとつひとつに軟膏を丸めて載せ、その上を滑らかな包帯で覆った。

ある日の夕方、約束した肖像写真の撮影セッションを取り立てに、アニールが私のキャビンにやって来た。彼女は大きなカメラのバッグのひもを体の前で十字に交差させ、汗ばみながら意気揚々としていた。彼女の背後に目をやると、遠くに黒い雲が見えた。嵐だろうか？

「仕事は少し休もう」と、私の心を読んだかのように彼女は言った。「早ければ一、二時間で終わる。そう長くはかからない。約束する」私たちは歩いてホテルに戻り、そこから方向転換して六百メートルほど離れた牧草地に向かった。草の背丈はしだいに伸びてやがては腰の上にもなり、私はダニに噛まれないよう、何度もかがんでズボンの裾が靴下のなかにたくし込まれているか確かめた。三度目にかがんだとき、身を起こすとアニールが立ち止まって私を見つめていた。彼女は微笑み、それからまた歩きつづけた。

「ガールスカウトは楽しかった？」と彼女は訊ねた。「どのぐらいいたの？」

「ブラウニーからシニアまで。子どもの頃はほとんどずっと」**ブラウニー**という言葉がなにか甘ったるく腐りかけたもののように口のなかで砕け、私は地面に唾を吐いた。

「ガールスカウトっぽくは見えないけど」と彼女は言った。

「どういう意味？」と私は訊ねた。

「あなたはすごく――現実離れしてみえる。私が思うに、ガールスカウトの人たちって、元気潑剌《はつらつ》でアウトドア系な感じ」

「現実離れして元気潑剌ってこともありうる」ふと立ち止まって足下を見ると、半ズボンの下から絆創膏を巻いた親指が突き出ていた。アニールは足を止めなかったので私は急いで後を追った。急に草地が終わり、大きな楡の木の前に出た。幹の前には白く塗られたロートアイアンの椅子があった。

「ああ、完璧なタイミング」とアニールが言った。「この光」私は写真の専門家ではない――ただ自分なりの見解や構図へのこだわりや語りたいという衝動的な欲求があるだけで、視覚でものごとを表す職業的な訓練をしたことはない――だがアニールが説明を加えるまでもなかった。太陽は空の低い位置にあり、私の肌もなにもかもが蜂蜜色に洗われていた。木の背後では、迫り来る嵐が空を仄暗く染めていた。あの嵐に向かって車を走らせれば、サイドミラーは去りゆく光と到来する闇とを一枚の写真に切り取るだろう。

アニールが私に白いシーツを手渡した。

「これを着てもらえる?」と彼女は訊ねた。「これ一枚で。どんなふうでもいいから、好きなように体に巻きつけて」アニールは後ろを向いてカメラのセッティングをはじめた。「ブラウニーのことを話してよ」と彼女は言った。

「あら」と私は言った。「ブラウニーは小さい子たちのこと。幼稚園ぐらいかな。ブラウニーっていうのは、人々の家に住み着いて、贈りものをもらう代わりに働いてくれるって言われてるちっちゃな妖精の名前なの。いつも遊びたがってお父さんが家を掃除するのを絶対に手伝わない悪い兄妹がいて、その子たちについてのお話からきてる」

私はブラウスのボタンを外し、ブラを外した。「それでお祖母さんが、そのこびとのことは近くに住んでいる年老いた梟に聞いてみなさいって言う。お祖母さんは一応はふたりに対してそう言うんだけど、幼い妹だけが梟を探しに行って――」

私は真夜中近くのテレビに出てくるおしとやかな恋人みたいに胸元にシーツをきつく巻いた。

るの？」

「準備できた」と私は言った。

アニールが振り向いた。彼女は近づいてきて私の髪を弄りはじめた。「その子は梟を見つけるの？」

私は軽く顔をしかめかけたが、アニールがひどくぶっきらぼうに私の唇にブラシで口紅を塗っていた。「ええ」と私は言った。「見つける。すると梟は、ブラウニーを見つけるためのなぞなぞを出す」

「ったく」とアニールがつぶやいた。彼女はメイク用のワックスに指を滑らせ、私の唇の輪郭のあたりを押した。「ごめん、はみ出ちゃった」彼女は塗り直しはじめた。「ブラウニーのなぞなぞって？」

私の真下の地面がふっと消え、次の瞬間、遠くの稲妻がその手を伸ばし、神の指のように私を弾いたことがはっきりわかった。

「覚えてないんだ」と小さな声で私は言った。アニールの目が私の口を離れ、一秒ほど私を見据えてからチューブの口を捻って閉じた。

「すごく綺麗」と彼女は言ったが、褒めているのか、ただ安心させようとしているだけなのか、その声からは判断しかねた。彼女は私を押して椅子に座らせるとカメラに戻った。私の肌は熱で艶めき、一匹の蚊が私の耳元でつんざくような声をあげ、払いのける前に私を噛んだ。そのときになってはじめて私はカメラに目を留めた。私が着替えているあいだに設置したにちがいない。旧式のカメラのようで、アニールがそれにかがみ込み、重い布で頭を覆い、コードの先端にあるボタンを押し込んで写真を撮るらしかった。こんなカメラがいまも存在しているとは思わなかった。

アニールがカメラを見ている私を見た。「大判カメラって言うんだ。ネガの大きさは人の頭ぐらいある」彼女は私の顎を上に傾けた。

「それじゃ」と彼女は言った。「倒れてもらいたいの」

「えっ?」と私は言った。椅子の鉄骨づたいに雷の小さな震えを感じた。そんな注文はもとの依頼にはなかった。

「この椅子から転げ落ちてもらいたいの」と彼女は言った。「どんなふうに着地しても、その状態でいて。目を開けたまま、体を動かさないで」

「えっと――」

「早く済ませれば、そのぶん雨に降られる確率が減る」と、親しげな声できっぱりとアニールは言った。

私は躊躇した。彼女は満面の笑みを浮かべるとカメラのフードの下に消えた。

私は地面を見下ろした。草は夕焼けの光を受けて輝いていたが、そこには土や岩もあった。怪我をしたくはなかった。正直に言えば、汚れるのさえ嫌だった。

アニールがフードの下から顔を出した。「大丈夫?」と彼女は訊ねた。

私は彼女の顔を見て、それからまた地面を見た。私はひっくり返った。

思いがけないことが一度に起きた。まず、地面は私が想像していたほど固くはなく、ローム土のように柔らかくくぼんだ。それまでアニールの体の後ろに隠れていた太陽は、いまでは遮るものなく露わになり、神話のなかの祈りの光のように彼女の足のあいだで照り映えていた。シャッターを押すカチカチという乾いた音、なにかの虫の食む音が聞こえた。そのとき稲妻がはっきりと光り、遠くのホテルまで空にフォークを引くように横切った。あらゆるものが前触れを告げていた。私は地面の上で奇妙な満足感を覚えた。蟬の声を聞き、光が移ろいやがて消えるのを見つめながら何時間でもこうしていられるような気がした。

やがてアニールが私の前に膝をつき、起き上がるのを助けてくれた。「走れ、走れ！」と彼女は言い、この幼い子どもじみた訴えに、私が抱いていたかもしれない怒りや違和感は押し潰されてしまった。彼女は私の服を投げて寄越すとカメラを畳んだ。その瞬間、その日最後の暖かさが排水溝に吸い込まれるように消え、入れかわりに近づきつつある雨の冷気がやってきた。アニールは走りだし、私はその後を追った。服を胸元でぎゅっと抱きかかえ、体に巻いたシーツが背中でひらひらとはためいた。私は空気のように軽やかだった。私は笑った。振り返って空を見たりはしなかったが、見たようにありありと思い描くことができた。雲がバーにいる男たちのように私たちを取り囲んでいた——息苦しくて、私たちは笑い、連れだってどこかに消える。そのときなにかが破けるように雨の音がし、私たちはその直後にポーチに駆け上った。振り返ると、遠くの木々も空も、私たちの車さえも、土砂降りの雨にかき消されて見えなかった。私はずぶ濡れだった。いままではシーツは汚れて半透明に透け、コンドームのように私に絡みついていた。気分が高揚し、この何か月かで、ともすればここ何年かで一番幸せな気持ちになった。

これは友情なのだろうか？　ことのなりゆきとはこんなものだろうか？　そうだと感じた。私は恍惚となって幸福に躓《つまず》き、すべてが正しく間違いなく思えた。息を切らせているアニールは美しかった。彼女は私にむかって微笑んだ。「協力してくれてありがとう」と彼女は言い、ホテルのなかに消えた。


私は小説を書き進めた。インデックス・カードは進行の妨げになると気づき、ただ本腰を入れてキーボードに向かい、トランス状態から覚めるまで執筆した。時々ポーチに座って、ＮＰＲのパーソナリティから架空のインタビューを受けた。

「執筆中は、催眠術にかけられているような気分です」と私はテリー・グロスに話した。

「まさにあの瞬間、これからすべてが変わっていくとわかりました」と私はアイラ・グラスに話した。

「ピクルス漬け、あとエビですね」と私はリン・ロゼット・カスパーに話した。

時々、朝食でほかの人々に出くわした。ある朝、ディエゴが前の日にあった社交の集い――小説のクライマックス近くで起こるルシールの社交の集いを優先して、私が知らないふりをしたものだ――について話を聞かせてくれたのだが、そのなかで彼は不思議な言葉を口にした。**植民者《コロニスト》**。

「コロニスト？」と私は言った。

「俺たちは芸術家の共同体《コロニー》にいる」と彼は言った。「ってことは、俺たちはコロニストだ。そうだろう？　コロンブスみたいにさ」彼はオレンジジュースを飲み干すとテーブルから立ち上がった。

彼は冗談のつもりのようだったが、私はぞっとした。**レジデント**はとても豊かで適切な言葉に思えた。それはみずから進んで肌身離さず持ち歩く傘だ。だが**コロニスト**という言葉はいま、私の隣に居座り歯をむきだしている。私たちはなにを植民地化するのだろう？　おたがいの空間を？　荒野を？　私たち自身の心を？　最後の思いつきは厄介だった。レジデントとは自分自身の頭のなかに住むことを許された者だという考えとさほどの違いはない。だが、レジデントには、脳の入り口にハッチのついたドアがある。ハッチを開けてなかを覗けば自己を省みることができ、ドアを開けてなかに入れば、それまで忘れてしまっていたさまざまな物たちに対面することができる。小さな木のカエルや顔のない人形や、ページをめくると感覚的なイメージが――かさの一部がくさび形に欠けたキノコや、風に舞う色鮮やかな秋の葉っぱ、トウワタとともに踊る夏のそよ風が――どっとあふれだす絵本を持ち上げながら、「これ、覚えてる！」とあなたは言うだろう。それに対して**コロニスト**という言葉には、心のドアを蹴破ってみるとなかで見知らぬ家族が夕食をとっているところに出くわしたような恐ろしさがある。

いまでは仕事をすると、自分自身の内面へと通じる入口のあたりで違和感にとらわれるようになった。じつのところ私は、天然痘まみれの毛布と嘘とを携えた侵略者なのではないか？　入口の先には、どんな未知の秘密や謎があるのだろう。

体はまだ覚束なかった。自分は布の襞に囲まれたこの部屋で死んでしまったのだと考えた。

そして来る日も来る日もキーボードに覆い被さっているこの私は、煩わしい浮き世の些事も顧みず、遺された作品に縛りつけられた幽霊なのだ。

うなされて目が覚めた。私はパジャマのまま、裸足で階段の前に立っていた。お団子にした髪がくずれ、くたりと首にもたれかかっていた。私の目は玄関ホールの壁に嵌め込まれた鏡板を捉えた。ドアを取り囲む窓から月の光が差し込んでいた。ここ何年も夢遊病が出たことはなかったが、いまの私はこのとおりまっすぐに立ち、寝室ではない場所にいた。

またあの声が聞こえた。以前にも聞いたことがある。子どもの頃、飼っていた猫が食パンを一斤丸ごと平らげてしまったときだ。暴食を後悔する声、自分の行きすぎたふるまいに溺れもがく声。堅い木の床に一歩踏みだすと、私の足はなんの音もたてなかった。

玄関ホールに影が落ちていた。窓から斜めに差し込む月光が、壁に並ぶ鏡板を三本の銀色の棒のかたちに切り取っていた。

ホールのつきあたりで階段を降り、音を辿って食堂へ向かった。戸口に立つと、テーブルの上で仰向けになっているディエゴが見えた。その腰の上に跨がっているのはリディアで、シアン色のネグリジェが尻のあたりまで引き上げられている。私のほうに向いたその足の裏は汚れて黒ずんでいた。

リディアが波のようにうねると、その下で暗闇がふたつに分かれ、月の光の帯が現れたり消えたりするのに気づいた。私の意識はかかりの悪いエンジンのように一度、二度と眠たげに寝返りを打ち、それから急激に覚醒した。ディエゴはリディアの腰を摑んでみずからに引き入れ、それから彼女を押し上げた。風が水面にさざ波を立てるような有機的なリズムだった。

ふたりは私に気づいていないようだった。リディアは私に背を向けていたし、ディエゴの目はあたかも開けば快感が漏れ出てしまうかのようにきつく閉じられていた。

月の光は威圧するように輝き、およそありえない細部を照らしだした――ディエゴは洗練されて美しく、リディアの肉体には透き通った織物が霊気のように取り巻いていた。立ち去るべきだとわかっていた――寝室に戻って、この高まってゆく快楽と恐怖の波を打ち消し、それから眠りにつくべきだ、と。だが私は動けなかった。彼らの交わりは突き進んでいくかに思えたが、どちらも達するようには見えず、ただ信じられないほど一貫したテンポで決まった動きを繰り返していた。

しばらくして、私は彼らを残してその場を去った。自室に戻り、私は自分自身に触れた――いったいいつぶりだろう！――頭のなかに雑音があふれていた。私は妻のことを、その乳首の黒いしみや、妻が口を開き、そこから彼女の声がほどけたリボンのようにするするとらせんを描くのを想った。

翌日にはまた霧が出た。目を覚ますと、霧は私になにかを告げようとする気づかわしげな精霊のように、開け放した窓のあたりに留まっていた。私は窓を閉めたが、力を込めすぎて窓枠ががたんと揺れた。昨夜のことで頭がぼうっとしていた。あのふたりにひとこと言うべきだろうか？　もう少し慎んでほしい、などと言ってみる？　あるいは、うっかり見てしまった私個人の問題であって、彼らの問題ではない？　厨房に行くとリディアがコーヒーを淹れていたが、私は目を合わせなかった。

キャビンに行き、仕事に集中しようとつとめた。バルコニーに立ち、目を凝らして湖を見ようとしたがなにも見えなかった。天気の悪さに辟易し、私は床に寝転がった。床の上では部屋ががらりと変化した。そこからは家具の下の隠された空間が見えた――鼠の巣、見知らぬ誰かのインデックス・カード、軸を下にして傾いでいる、骨のように白いひとつのボタン。

これまで幾度となく思い起こしたヴィクトル・シクロフスキーの異化の概念が、また頭によみがえった。なにかにひどく近づいて焦点を合わせ、じっくり時間をかけて観察すると、それはゆがみ、変化し、新たな意味をもちはじめる。はじめてこの現象を体験しはじめた頃、私はあまりに幼く、それがなんなのかわからなかった。本で調べることができないほど幼かったのだ。最初は床に寝そべって、家の冷蔵庫の金属とゴムでできた脚を調べたときだった。埃と毛髪が絡みついて輪を作っているその脚を基点に、周囲のあらゆる物体が変化しはじめた。その脚は、四本あるうちのひとつなどという取るに足らないものから、突如としてもっとも重要な拠点になった。大きな山の麓に毅然と建つ小さな家――山からは渦を巻いて立ちのぼる煙突のか細い煙や煌々《こうこう》と輝く窓が見え、その家からはやがてひとりの英雄が現れる。脚に刻まれた小さな傷のひとつひとつはバルコニーやドアだ。冷蔵庫の下に散らばったものの残骸は朽ち果て荒廃した景色になり、一面に広がるキッチンタイルは救済を待ち侘びる広大な王国と化した。

冷蔵庫の脚を食い入るように見つめて寄り目になり、体を丸め、唇を気づかないほどかすかに動かしている私――母が見つけたのは、そんな私の姿だった。二度目は特筆すべきことはないが、それをきっかけにZ――先生の娘は高校のとき一緒に受けていた国語のクラスを移ることになった。三度目に起きた頃には――その頃にはもう大人だった――自分がなにをしているかを理解するようになり、より意識的にやるようになった。この方法は執筆に役だった――実際、私の才能は深い思索や創造的精神といったものによるのではなく、サイズや時間を操る能力にあると信じている――だがそれは人づきあいに負担を強いた。私がどうして妻と結婚できたのか、いまも不思議でしかたがない。

仕事を終えると夜はとうに更けていた。霧は正午には燃え払われ、いまはあらゆるものがくっきりと澄み切っていた。満月に近づきつつある月が、湖を渡る風に揺れるさざ波をきらめかせていた。木立のなかを歩きだすと、足下の石がざくざくと音をたてた。かぼそい銀色の光にさまざまなものが照り映えていた。猫になった自分を想像してみる。普段は隠されているものが光って見える暗視の力。遠くのホテルが明々と輝いている。私に家のありかを指し示す灯台だ。

だがそのとき、目の前で、流れる影が私の行く手にこぼれ落ちた。闇よりも暗い影。見なかったふりをしようとした。ベンチまで辿り着けば、木立の反対側に出られる。だが木々に視界を遮られてのっぺりと広がるはてしない暗闇は、底知れぬ恐怖だった。私はバッグをぎゅっと脇に引き寄せた。

おまえは馬鹿だ、と私は心のなかで思った。**本を読みすぎ、頭を痛めつけすぎたのだ。おまえは過去の記憶に溺れている。こんな深みにはまり込んでいるのを妻が知ったら、さぞや戸惑うことだろう。**

だが私はベンチから目を離せなかった。その白さは変容を遂げ、いまでは塗られた木ではなく骨のようにみえた。あたかも千年の昔、湖から這い上がった生物が、私が現れるのを見越してこの場で息絶えたかのようだった。私を取り囲む黒い叢《くさむら》は風に掻き乱され、触れるまで棘があるとはわからなかった。それは人差し指にぐさりと沈み、私は歩きながらその傷を吸った。この捧げものの血が、近寄ってくるなにかを食い止めてくれるだろう。片時も休まず吸いつづけると、いつしか影の向こう側に出て、月の光が戻ってきた。私は振り返らなかった。

ある日の夕食の席で、それぞれがいま取り組んでいる仕事を披露しないかとアニールが提案した。私はたじろいだが、ほかの人々はみな興味津々といった様子だった。「この後は？」とリディアが持ちかけた。気乗りしないことが誰かに伝わればと願いながらチキンを皿の端に押しやったが、誰も気づかないようだった。

そんなわけで、私たちは腹ごなしがてらディエゴのスケッチを見た。知識に飢えたゾンビたちが支配するディストピアの世界がいくつかのコマに描かれていた。次に画家のスタジオに招かれたが、彼女は作品についてなにも言わなかった。四方の壁は床から天井まで小さな正方形のキャンバスで覆い尽くされ、その一枚一枚に、不安を煽るような同じ赤い図柄が丁寧に塗られていた。手形に似ていたが、余分な指があり人間の手にしてはどう見ても小さすぎた。実際にまったく同じかたちなのかは怖ろしすぎて調べることができなかった。

ベンジャミンのスタジオに着くと、彼は床を掃いて私たちが立つスペースを空けた。「ガラスまみれだから気をつけて」と彼は言った。私は壁ぎわに留まった。彼の彫刻はどっしりと大きく、粘土や砕いたセラミックや窓ガラスを組み合わせて作られていた。そのほとんどは神話上の人物だったが、股の間《あいだ》にギザギザに尖った一枚のガラスがついた男の美しい裸体像もあった。「そいつのことは〈ウィリアム〉って呼んでる」と、見ている私に気づいたベンジャミンが言った。

アニールのスタジオにはあの写真があった。「これが私の最新シリーズ、〈芸術家たち〉」と彼女は言った。みなそれぞれの写真に近づき、自分の姿にしばし見惚れてから隣の人の写真を見た。リディアはまるで子どもの頃の楽しい夢を思いだしたかのように笑った。「気に入った」と彼女は満足げな声を漏らした。「ポーズなのに、そんな風に見えない」

それぞれの作品は敷地内のさまざまな場所を舞台にしていた。ベンジャミンは湖のそばに横たわり、汚れた細長いリネンの布に手脚のない蚕のように拘束されていた。開かれた両目は空を見つめ、一羽の鳥を鏡のように映しだしている。ディエゴはホテルの階段の一番下で崩れ落ち、その四肢を不格好にあちらこちらへ突きだしていた。彼の暗い虹彩は、大きく拡がった瞳孔に合わせて膨らんでいた。リディアの写真では、切り株の上に立った彼女が吊された綱の輪のなかに首を入れている。前のめりになって両腕を大きく広げ、顔には穏やかな笑顔を浮かべていた。そして、そう、私の写真だ。

アニールが歩いてきて私の横に立った。「どう?」と彼女は言った。

あの午後のことはあまりよく覚えていない——ふたりで息を切らして草原を全力疾走する前にしたことのすべては、水彩画のようにかすんでいた——だがいま、ここで見る私は、完全に、取り返しがつかないほどに、死んでいた。私の体はディエゴと同じように崩れ落ちている。つつましく椅子に座っていたところに突然心臓を撃ち抜かれたかのようだ。体じゅうに巻いたたくさんの包帯の一部が見えている。片方の乳房がシーツからこぼれ落ち——私には覚えがなかった——目にはなにも映っていなかった。いや、それどころか——そこには**無**があった。あるものの不在ではなく、ないものの存在があった。まるで自分自身の死の前触れや、ひさしく忘れていた過去の厭な出来事を目の当たりにしているかのようだった。

ほかの写真と同じく、構図は美しかった。色合いは完璧だった。

アニールになんと言えばいいのかわからなかった。私の信頼を裏切ったのはよくわかっているはずだ、私たちのあの美しい午後が台無しになった、と? 意図しない自分の姿が人目に晒されたと、あなたはあきらかに自覚していないようだが、こんなふうに公開したことに罪の意識を持つべきだ、と? 私はアニールを見ることができなかった。一行の後ろをついてリディアのスタジオに行き、彼女が少しばかり演奏をした。いくつかの楽章からなるその曲は、腹立たしいほど美しかった。ひとりの怯えた少女が領主の屋敷を逃れて森に迷い込み、水が勢いよく押し寄せる川のほとりで死に瀕したところで、一羽の鷹に変身する——そんなイメージを彷彿とさせた。そのあとリディアは「詩」のパートを語ったが、それは宇宙空間を漂っているひとりの若い女性が、生活していた圏域を離れて飛び立つ切っ掛けになった事故が起こる前の惑星や自身の半生について深い思索をめぐらすというものだった。

私の番になり、しかつめらしい調子で小説の短い一節を読んだ。ルシールがピアノ教師の老女の贈り物を拒絶したあと、家に押し入ってそれを回収するという場面だった。

「燃えさかる業火の前に立ち、ルシールは恐ろしい二つの事実を理解した——子どもの頃の自分が途方もなく孤独だったこと、そして自分にもし晩年があるとすれば、その孤独はさらに酷くなることを」

みなが礼儀正しく拍手をして立った。私たちは食堂のテーブルに戻り、そこで数本のワインを開けた。

リディアが私のグラスになみなみとワインを注いだ。「自分は〈屋根裏の狂女〉じゃないかって悩んだことある？」と彼女は訊ねた。

「なんのこと？」と私は言った。

「屋根裏の狂女の話を書いてて不安にならない？」

「どういう意味かわからない」

「わかってるくせに。使い古されたテーマ。頭が完全にイカれてる女が主人公の話を書くってこと。なんていうか退屈だし、時代に逆行してるし、それに、**終わってる**」——ここで彼女は激しく手を振り、テーブルクロスに赤い滴が飛び散った――「そう思わない？　それに、頭のおかしいレズビアンってのもステレオタイプじゃない？　一度も考えたことない？　まあ、私はレズビアンじゃないからわからないけど」

つかのまの沈黙が流れた。誰もがグラスを注意深く調べていた。ディエゴはワインに指を突っ込み、表面に浮いた見えない塵を取り除いていた。

「私の主人公は頭がイカれても狂ってもいない」と言うのがやっとだった。「あの子はただ――臆病なだけ」

「あんな人会ったことない」とリディアは言った。

「あの子は私」と私は説明した。「ある程度は。ちょっと頭のなかに引きこもりがちなだけ」

リディアは肩をすくめた。「じゃあ、自分について書かないことね」

「男はこっそり自伝を書くのが許されて、私は同じことをしちゃいけないの？　私がやったらエゴだっていうの？」

「アーティストたるもの」とディエゴが割って入り、話を逸らした。「エゴをもつのは大いに結構。すべてをそこに賭けるべきだよ」

アニールは首を振った。「ただ真面目に仕事をすればいい。エゴは問題を起こすだけ」

「でもエゴがなけりゃ、書きものなんてただの日記の駄文だ。芸術なんてただの落書きだよ。エゴの求めによって、きみのしていることは金をもらうにあたいする重要な仕事になる」彼は身振りでホテルをぐるりと示した。「エゴの求めに応じるから、きみの言うことには世界にむけて出版されたり発表されたりする価値が出るんだ」

画家が顔をしかめてなにか言ったが、例によって私には聞こえなかった。誰もがワインをたっぷりと口に含んだ。

その夜、リディアが私の部屋の前を通り過ぎる音が聞こえた。ドアの隙間から床板を擦る彼女の足が見えた。彼女は廊下でネグリジェを脱ぎ捨てた。ディエゴの部屋へと向きを変えたその裸体は、鞘から抜かれた刃のようだった。

自分の体のなかで、なにか異様なものが動く感じがした。子どもの頃に祖父の家を訪れたとき、草むらからガータースネークが現れてぎょっとしたことがあった。ヘビは身を護ろうとして整然と積まれた薪の山のなかに落ちていったが、その動きはあまりに素早く、暗闇にずるりと飲み込まれる前にその筋肉質の軀がさっと硬直した。いまの感覚もそれと似て、どこかに垂直に落下して体の自由が利かなくなっているかのようだった。私はベッドに這い戻り、そこで夢を見た。

夢のなかで、私は妻と向き合って座っていた。妻は裸で、薄く透き通った布を巻いていた。手にはクリップボードを持ち、リストの項目をチェックするように鉛筆を動かしていた。

「どこにいるの?」と彼女は聞いた。

「デヴィルズ・スロート」と私は言った。

「なにをしてる?」

「籠を持って、森のなかを歩いてる」

「籠にはなにが入ってる？」

下を向くと、そこには四つの美しい珠があった。

「卵がふたつ」と私は数えた。「いちじくがふたつ」

「それはたしか？」

もう一度俯《うつむ》くことはしなかった。答えが変わるのが怖かった。「ええ」

「森のなかにはなにがある？」

「知らない」

「森のなかにはなにがある？」

「わからない」

「森のなかにはなにがある？」

「なんだろう」

「森のなかにはなにがある？」

「覚えていない」

「森のなかにはなにがある？」

答える前に目が覚めた。


おぞましい腫れものが再発した。前よりも増えている。腹や脇の下まで広がった。大きく育ち、なかはいくつかの節にわかれていた。突いて切開すると、冒険家が躍起になって荒らし回っていく神殿のようにひと部屋ごとに崩れ落ちていった。私にはその内部の音が聞こえた。ポップ・ロックのようにパチパチと鳴り響いていた。私にはその音が聞こえたのだ。何年も前に、科学の授業で習ったことを思いだした。年老いた星々が崩壊を起こす前、その生涯を終える最後の日々に大きく膨張し、そのあと極超新星として爆発する。**極超新星**《ハイパーノヴァ》。私が感じたのはそれだ。私の太陽系が死に絶えていくかのようだった。私は長いあいだ浴槽の湯に身を沈めていた。

この日、私は自分の心を押し開け、ガールスカウトの頃のいくつかのひとこまを思いだした。炙ったマシュマロを焚き火場の土に落としてしまい、それでもなんとか食べたことを思いだした。炭化した砂糖と砂利が半々ぐらいに混ざりあい、噛むとゴリゴリと音がした。私の知る面白い事実のリストを仲間たちに教えたことを思いだした。白い犬の大半は耳が聞こえない。夢遊病の人は絶対に起こしてはいけない、でも眠ったまま優しくベッドまで導いてあげるのはいい。カシューナッツはツタウルシの親戚。カウンセラーがプラスチックのタッパーの底に隠しておいたグラハムクラッカーを私が全部食べてしまったことを思いだした。誰が取ったか聞かれても黙っていた。病気になったときのことは、細かいところまではっきりと思いだした。鳥のさえずりや遠くにいる仲間たちの叫び声を聞きながら、日がな一日自分のベッドで眠っていた。私を抜きにして色々な行事が終わっていく——皆がたくさんの出来事や楽しみをわかちあっているなか、自分だけがこんな状況に置かれて取り残されているという思いは、はかりしれないほどの苦しみを私にもたらした。もう大丈夫だと強く確信して立ち上がるとひどくめまいがし、もといた堅い布の上に卒倒した。自分が誰かの芝居に登場する端役で、どんなに抵抗しても、そのときその場にいることが筋書きで決まっているかのようだった。悲しかった原因は、きっとそこにあったのだろう。

ここデヴィルズ・スロートでは、なにもかもが間違っているように感じられた。すぐに劇的になる自分にも嫌気がさし、感じたこととは逆の想像をしようとした。そのときの私にとって一大事のこの痛みは、ちっとも大ごとではない。ごく小さい些細な事柄に、こびとのように翻弄されている。虫たちの悲喜こもごものお芝居だ。踊る原子たち。地球を通り抜けるニュートリノだ。

気を紛らわせようと、湖の探索をつづけることにした。キャビンを出て、以前カヌーを見つけた場所を目指して勢いよく歩を進めたが、そこにはもうカヌーはなかった。だが水面は揺れて脈打ち、その先の岸は大きく湾曲していた。小石や砂を調べたり、森の輪郭を遮る枝があればそれを折ったりしつつ、さらに三十分ほど岸づたいに歩くと、やがて小さな桟橋に出た――そこにもボートはなかったが、腿の裏にざらざらした木目が当たる感触すらあった――木々のあいだにぽっかりと空いた隙間があり、一本の木の幹に細長い赤いリボンが結ばれていた。通り道だ。

私はその道を下りはじめた。これが道だという確信があった。実際、先に曲がり角があることをそこに着く前から思いだしたが、歩いている方向はいまとは逆だった気がした。湖でボートに乗ったことがあっただろうか？　ただ桟橋に座っていただけだった？　そして私の隣には

――隣にいたのは誰だった？

獣の叫び声がして立ち止まった。苦しがる声、恐怖、あるいは交尾の声だろうか。ひどく恐ろしかった。鼬《いたち》だろうか？　熊だろうか？

だが、そのときだった。小さな女の子がひとり――せいぜい五歳か六歳くらいだろう――木の横に立っていた。森の土を踏みしめる私の足音を聞いて泣き止んだかのように、濡れた両目を大きく見開いていた。ショートパンツに膝丈ソックスにスニーカー、蛍光グリーンのスウェットにはもこもこしたフォントで「YES I CAN / BE A TOP COOKIE SELLER（一番のクッキー売りに／私はなる）」と書いてあった。

「こんにちは」と私は言った。「大丈夫？」

彼女は首を横に振った。

「迷子になった？」

彼女は頷いた。

私は彼女に近づき、手のひらを見せた。「よかったら、手を繋がない？　一緒にキャンプまで行こう。ガールスカウトの子でしょう？」

彼女はもう一度頷き、柔らかい小さな手を私の手のなかに置いた。こんなにすんなりと載せてくれるとは意外だった。私たちは歩きだした。アニールに話したブラウニーの物語を思いだし、私が答えられなかった質問の答えを知る人に運良く出会えたと感じた。

「ひとつ聞いてもいい？」と私は言った。

彼女は私と目を合わせずに重々しく頷いた——気の合う仲間にようやく出会えた気がした。

「ブラウニーの歌があるよね。知ってる?」

彼女がびくりと身を震わせたのが、温かく湿った手を通して伝わってきた。

「ごめんなさい」と私は言った。「答えなくてもいいよ」

私たちは少し先に進んだ。この道は若い人たちがキャンプをするには草木が茂りすぎている。

「からだをひねって、くるりとまわして——」と少女が歌いはじめた。甲高く力強い、針金のような声だった。彼女は口ごもった。私は急かさなかった。私たちは歩きつづけ、ツタウルシの群生する一角を避けるときだけリズムが崩れた。油を塗ったようにしっとりした葉に日の光が差し、きらきらと輝いた。

「からだをひねって、くるりと回して、わたしにこびとを見せてね」少女は最後のパートを歌った。「水のなかを　のぞいてみたら——」そこで歌が止まったとき、私は思いだした。

「わたし自身が　みえました」と私は囁いた。

ぞっとした。不気味極まりない——この歌が記憶から消されていたのも不思議ではなかった。子どもを奴隷のようにこき使われていた伝説のブラウニー探しに送りだし、そして歌を与えた——かりにその子が池に落ちて溺れたり、夜に迷子になったりしないとしよう——それがただ、彼女自身が奴隷化された伝説のブラウニーだと告げるためだった?　しかも兄ではなく、その少女が?　このお話に出てくる大人や言葉をしゃべる動物はみな加害者だ——主人公に適切なケアを与えないか、危険だらけの迷い道に進んで送りだしたかのどちらかだ。

「わかった」と私は彼女に言った。

道が広がり、やがてキャンプ場の外れに辿り着いた。離れたところに、黒ずんだ焚き火台の周りを囲むように軍隊風の大きな高床式テントが立ち並んでいた。そのそばには青い防水シートの掛かった真新しい薪が積んである。私たちの左手には低く細長い建物があり、その前のピクニックテーブルに十代の少女たちが群がっていた。さまざまな音が煙のように立ちのぼっていた。おしゃべりや、食器セットがかちゃかちゃと触れあう音や、鍋にお玉がこつんと当たる音。きしむベンチ、どっとあふれる笑い声。私たちが木々を抜けて姿を見せると、そのなかのひとり——すらりとして浅黒く、熊のイラストがついただぶだぶのTシャツを着た少女が跳び上がった。

「エミリー！」と彼女は言った。「どうして——？」

「森で迷子になっていたの」と私は言った。私が誰でどこから来たのか聞かれるのを待ったが、彼女は訊ねなかった。彼女は頭をかすかに傾け、どこか大人びた、ひねくれているが穏当な表情を浮かべた。おそらく大人たちはどこにいるのかと私が聞くのを待っていたのだろう。だが、視界に大人の姿がないというのに、私は訊ねなかった。その質問はさして必要ではなかった。文明の世界が滅んでも、この少女たちは食器セットや焚き火や救急箱やお話とともに永遠に暮らしつづけるだろうし、いずれにせよ大人がどこにいるかなどどうでもいいことだった。

「連れてきてくれてありがとう」と彼女は言い、エミリーの手を取った。

「あなたたち、みんなすごく幸せそう」と私は言った。「すごく満ちたりてる」

少女は物憂げに微笑み、その目が口にしなかった冗談にきらりと光った。

「話せてうれしかった」とエミリーに言うと、彼女はまばたきし、それから事情を理解しだした年長の少女たちが彼女を迎える声がするピクニックのベンチへと駆けだした。「さよなら」と目の前にいる十代の少女に言い、私は森へと引き返した。

森の反対側に出ると、日の光は変化していた。靴を脱いで湖の縁まで歩き、なかに入った。水がぴちゃぴちゃと打ちつけながら私の足を包んだ。

「からだをひねって、くるりと回して」砂利の上でゆっくりと回転しながら、私は低い声でつぶやいた。柔らかな弧を描く踵が砂利に埋もれた。「わたしにこびとを見せてね。水のなかをのぞいてみたら――」

体を倒して自分の顔を探したが、見えたのは空だけだった。


八月最初の日、スタジオのドアを開けると、ポーチの階段に兎の下半身が横たわっていた。私の背後では、書きかけの文章の真ん中でカーソルが点滅していた。「ルシールはあの扉の先にあるものを知らなかった。だがなんであれ、それが明るみに出すのは――」

私はその憐れな動物の前に膝をついた。風が毛皮を波立たせた。後ろ足はまるで眠っているように弛緩していた。あらわになった内臓はキャラメルのようにきらめき、銅のようなにおいがした。

「ごめんなさい」と私は小さな声でつぶやいた。「こんな目に遭わなくてもよかったのに」

気を落ち着けると、私はそれをふきんのなかに拾い上げた。それを持ってホテルの食堂に行くと、リディアとディエゴとベンジャミンがマグカップを手にして笑っていた。私は包みをテーブルの上に置いた。「それなに?」とリディアが布の端を持ち上げながら、ふざけて息を吹きかけた。彼女はぎょっとして息を飲み、椅子から跳び上がると、こみ上げる吐き気に胸を激しく上下させた。

「どうした――」とディエゴが言いかけ、体を傾けて少し近づいた。「まじかよ」

「この人イカれてる!」とリディアが泣きながら喚き散らした。

「スタジオの前で見つけたの」と私は言った。

「臭かなにかだろ」とベンジャミンが言った。「このへんで山ほど見た」

リディアが唾を吐いた。「もういいや。もううんざり。あんた、頭おかしいよ、**頭がおかしい**。ぶつぶつ言いながらうろついて、いっつも人のことじろじろ眺め回してさ。あんたどうしちゃったの? 恥ずかしくないの?」

私はリディアにむかって一歩踏みだした。「私には自分の頭のなかにいる権利がある。**私には権利がある**」と私は言った。「私には無愛想でいる権利がある。陰気にうろつき回る権利がある。あんたは自分の心の声を聞いたことがある? これはおかしい、あれはおかしいって、あんたにとっちゃなんだっておかしい。でもそれって誰の判断? そんなに言いたきゃ言いなさいよ、私には**イカれる**権利がある。恥じることなんかなんにもない。これまでいろんな思いをしてきたけど、恥だなんて感じたことはいっさいない」大声を出すあまりつま先立ちになっていた。覚えているかぎり、こんな風に叫んだことはこれまでの人生でただの一度もなかった。

「私にはあんたに感じ良くする義務があるって思ってるかもしれないけど、こんな行きがかり上たまたま居合わせた私たちには縁もゆかりもない。これまで誰に対しても、たいした義理なんて感じたことはない。あんたって女は暴力的にくだらないね」

リディアは泣きだした。私はベンジャミンに肩を摑まれ、有無を言わさずロビーに連れていかれた。「きみ、大丈夫?」と彼が聞いた。答えようとしたが、頭は数百キロの重さがあった。私は彼の体にむかって頭を倒し、シャツに頭皮を押しつけた。

「すごく気分が悪い」と私は言った。

「スタジオで少し仕事したほうがいいんじゃないかな。それか、少し寝るとか」

鼻の栓が取れてしまった感じがした。私は鼻水を手で拭った。

「ひどい顔してるよ」と彼は言った。それを聞いた私が打ちひしがれてみえたのだろう、ベンジャミンは言い直した。

「ひどく困ってみえる。困ってる?」

「そうかもしれない」と私は言った。

「奥さんから最後に連絡があったのはいつ?」

私は目を閉じた。何通もの手紙が忘却の彼方に送られていった。返事は一度もこなかった。

「あなたが一番優しい」と私はベンジャミンに言った。

その夜、スタジオのデッキに腰掛けて、兎のことを考えた。森のなかで風に吹かれてちりぢりになったふわふわの毛皮、その胴体にぱっくりと開いた昏い入り口を思った。私はワイングラスを揺らし、なかの水を渦巻かせた。

もう何年も前——Z——先生のすらりとした娘の唇にキスをし、私のなかのなにかが朝顔のように花開いたと感じたその夜——私は暗闇で目を覚ました。

私の感じた恍惚を、彼女がいっさい分かちあっていなかったことをどうして知ることができただろう。彼女はただ奇妙に思い、それから怖くなっただけだったと、どうして知ることができただろう?

祖母の家の来客用の寝室や、改築された地下室の部屋で、うとうととまどろむクラスメイトに囲まれて目覚めるのとさほどの違いはなかった。だが、しばしの混乱のあと、学校が休みだった、友だちとのお泊まり会だったという気だるい気づきが訪れるそうした瞬間と違い、このときの迷子になったような感覚は消えることがなかった。私はキャビンのなかで、周りにいる少女たちの乾いた囁き声を聞きながら、喜びに酔いしれ、暖かなナイロンの繭に包まれて眠りについていたはずだった。だが目を覚ましたとき、私は直立し、凍えながら、不眠症患者が恋い焦がれるような暗闇に——その鈍くくすんだ、痛烈な忘却に——取り囲まれていた。

彼女たちが見ていたのを、どうして知ることができただろう?

私の周りには音の不在ではなく、不在の音があった。それは私の鼓膜に押しつけられたなまめかしい沈黙だった。やがてどくどくと脈打つ風が木々の幹を苛《さいな》み、葉が呻き、囁くように揺らめいた。体ががたがたと震えた。顔を上げたかった――月、あるいは星々、自分の居場所を教えてくれるなにかを見つけたかった――だが私は、恐怖で体をこわばらせていた。

　彼女たちが眠りながら歩く私の体を導いてキャビンから森のなかに連れだしたことを、暗闇のなか、軌道を外れた衛星のようにゆっくりと周回しながら漂っている私の姿を見守りながら、ほんの数メートル先にしゃがみ込んでいたことを、どうして知ることができただろう？

　私の体は冷えすぎて、端から消滅しかけているような気がした。私の海岸線が蒸発していくようだった。それは哺乳類としての私の体に血液を送り込み全身を温めてくれた喜びとは真逆の感覚だった。いま、私はただの皮膚だった、そしてただの筋肉になり、やがてただの骨になった。背骨が頭蓋骨に引きずり込まれるように感じた。椎骨のひとつひとつが最初の山にむかってゆっくりと上昇していくジェットコースターの車両のようにかちりかちりと音を立てた。私はただふわふわと浮かぶ脳であり、泡のようにはかなく漂うただの意識だった。そして私は無になった。

　そのときはじめて、私は理解した。そのときはじめて、結晶と化した自分の過去と未来のありようを知り、私の頭上にあるもの（数えきれないほどの星々、計りしれない宇宙）と私の足下にあるもの（何キロにもわたる無情な土と石）を思い描いた。私は理解した、知識とは人を矮小にし、目の前のものを見えなくし、ひたすら消耗させるもので、それを手に入れることは喜ばしくもひどく苦しくもあることを。私は冷淡な宇宙の裂け目に囚われたとても小さな生物だった。だがいま、私は知った。

かすかに大きくなっていく笑い声と走っていく足音がした。彼女たちに呼びかけたかった――「ねえみんな、見たよ、そこにいるってわかってる。この笑えるいたずらも、最後には私を強くしてくれる。だからみんなには感謝しなくちゃ、ねえ――みんな?」――だがなんとか口から絞り出せたのは、うめき声のような息だけだった。

下草の茂みをかき分けてなにかが現れ、私のほうにむかってきた。少女でも動物でもなく、その中間のなにかだった。私は自分を取り戻すと、大声で叫びはじめた。

私は叫びに叫び、リーダーたちはその場に辿り着くと――懐中電灯の光が気の狂った蛍のように暗闇のなかで跳ね回っていた――ほかの少女たちを怖がらせまいと、ひとりが私の口の裂け目を手でふさごうとした。私は荒くれ者のように激しく手を振り回し、足を蹴り上げて彼女と戦った。それからぐったりと力が抜けた。彼女たちは私をキャビンに運んだ。感覚をなくした手足は触れられてもほとんどなにも感じなかったが、彼女たちが手を貸してくれたことがありがたかった。

翌朝、リーダーたちから森の奥深くを眠ったまま歩いていたことを告げられた。休むように言われ、ふたたび目覚めると高熱に襲われた。昨夜の激しい覚醒が、私の体に免疫反応を引き起こした。さながら中世の戦場にいる軍隊のように、この新しい情報に対決する抗体が召集されたのだ。

私は横たわり、森の奥へ奥へと私が足を引きずりながら歩くあいだに彼女たちがどんな会話を交わしたかを想像した。私は眠り、夢を見た。部屋いっぱいに密集する梟たちが床の上に吐きだしたものを開け広げると、それは兎の頭蓋骨だった。目が覚めると両腕に長いひっかき傷が何本もついていた。木の枝だろうか？　自分の爪だろうか？　誰に聞いても無駄だろう。

あるとき目を覚ますと、ドアの前に人影が見えた。柔らかな秋の光が背後からその人を照らしていた。「ごめんなさい」と彼女は言った。「こんな目に遭わなくてもよかったのに。こんな目に――」彼女の後ろでかすかに誰かの声がし、ドアがばたんと閉まった。あとになって大人たちが隣室で私の状態について協議し、私はまだキャンプに参加する準備が整っていない――少なくともその年は――という意見で一致した。

翌朝早く、Z――先生の車で山を下り、両親の待つ家に戻った。私は自分の寝室の床に寝袋を敷いて寝ると言い張り、そうやって何日も途切れ途切れに眠りつづけた。そして熱が下がったとき、震える体を引きずって鏡台に向かい、鏡のなかを覗いた。そしてはじめて、私はこれまで自分が探してきたひとの姿を見た。

夕食のテーブルに着くと、リディアがいないことに気づいた。席の用意もなかった。

「リディアは？」と私は訊ねた。

アニールが顔をしかめた。「出てった」と彼女は言った。

「出てった？」

アニールがよそよそしくならないようにつとめているのが私にはわかった。「疲れていやになったんだと思う。それで朝早くに出ていった。ブルックリンに帰ったよ」

「取り乱してね」とディエゴが言った。「リディアは取り乱してた。兎のことで」

画家が牛肉を切り分けていたが、その肉は食べていいとは思えないぐらい生焼けだった。「まあ、ともあれ」と彼女は言った。しわがれていたがよく通る声だった。「こんなことできる人もそういないよね」

私のワイングラスが倒れていたが、倒れたときのことは覚えていなかった。当然ながら、私からワインのしみが血のように拡がった。

「いまなんて?」と私は画家に言った。

彼女はフォークから視線を上げた。その先にある角切りの赤い肉からは、血が皿の上にぽたぽたと滴り落ちていた。「こんなことできる人もそういないって言ったの」それは発話の本来の目的どおりに私の頭に残ったはじめての彼女の言葉だった。彼女は唇のあいだに肉を押し込んで咀嚼しはじめた。その押し潰し、引き裂く力は、私の喉を嚙みちぎっているかのようにはっきりと聞き取れた。肩甲骨の裏側で、ぞっとする寒気がさざ波のように広がった。新たな熱病に体が支配されたかのようだった。

「それって――どういうつもりで言ってる?」と私は訊ねた。「感傷に浸って? 虚勢を張って? それとも――」

彼女はフォークを皿の上に置き、肉を飲み込んだ。「いいえ。わたし、あなたに責められることでもした?」

「いいえ、私はただ――」一同はみな眉をしかめ、心配そうに取り繕った表情を浮かべていた。

私は立ち上がるとテーブルから後ずさった。椅子をテーブルのそばに押し戻すと、きいっという鋭い音に誰もがたじろいだ。

「怖がらないで」と私は彼らに言った。「私はちがう。もうちがう」

急いで部屋を出て、玄関を抜け、階段を降り、芝生の上に倒れ込み、慌てて立ち上がった。私の後ろでベンジャミンが階段を駆け下りはじめていた。

「待って」と彼は叫んだ。「戻って。いいから僕に――」

私はきびすを返し、森へと走った。

意識と理性の領域では、なにかがさしたる理由なく理解できたり（自然の法則のように）、ある理由から理解できたりする（周到に練られた策略のように）のは理にかなってみえるが、さしたる理由なく理解できないことは不条理に思える。もしもあなたが自分自身の心を植民地化し、そのなかに乗り込んだとき、家具が天井に取り付けられていたとしたら？　なかに足を踏み入れて家具に触ってみると、それらがすべてただのボール紙の切り抜きで、指で押しただけでぜんぶ崩れ落ちたとしたら？　なかに入ると家具がひとつもなかったとしたら？　なかに入るとあなたがそこにいて、膝に載せた籠のなかのいちじくと卵をもてあそびながら小声でハミングしていたとしたら？　なかに入るとそこはがらんとなにもなく、そのときハッチのドアがばたんと閉じて鍵がかかったとしたら？

どちらがより悪いだろう――自分自身の心の外に閉めだされるのと、心のなかに閉じ込められるのとでは？

どちらがより悪いだろう——比喩をひとつ書くのと、自分そのものが比喩になるのとでは？　ひとつどころかいくつもの比喩になるのは？

最後にキャビンまでの道を歩いた。机の上の棚に置かれた木板に、とうとう名前を書き足した。「C——　M——」と乱暴な字で書き殴った。**居住する植民者《レジデント・コロニスト》&植民地化する居住者《コロナイジング・レジデント》&自身の屋根裏に住む狂女。**

私は小説用のメモとノートパソコンを湖に投げ捨てた。派手な水しぶきが収まったあと、少女たちの笑い声がした。あるいは、それはただの鳥の声だったのかもしれない。

夜明け前の暗闇に包まれて、私はデヴィルズ・スロートを去った。車はかつて生気と魅力にあふれて私をいざなった道を猛スピードで進み、私は山を下りながら、はじまりに巻き戻されるように感じていた——この夏のはじまりというだけでなく、私の人生のはじまりに。

木々が飛ぶように過ぎていく。それは中年の女の人が運転する車の窓から眺めたのと同じ木々だった。いまでは私がその中年の女だった、だが乱暴にスピードを出しすぎ、木々があまりに速く遠のいていくせいで、気持ちが悪くなった。後部座席で眠る聡明な娘はいなかった。悪夢のような自分自身の意識に苦しむ変わり者のティーンエイジャーの少女は隣にいなかった。（だがそうした苦しみが、人を優しく、そして傷つきやすくするのではないだろうか？　頭の組織をマリネして柔らかくし、自分の内面という泥沼にはまりこませるのではないだろうか？）

家に帰りたかった。妻の待つ家に、ほかのアーティストたち——少なくとも、自分から世界を捨てて修道院に引きこもるようなアーティストたち――から遠く離れた、文明社会にある私たちの家に。滅びゆく職業。滅んだホテル。私は愚かだった。

Y――を通り過ぎると、道端に橙色に縁取られた看板があった。制限速度七十キロ。その下には、黒いパネルのデジタルスクリーンが運転手を待ち受けていて、警告したり（点滅によって）、褒めたりしていた（点滅しないことによって）。そこに近づくと、私は自分の車が――いまでは百キロに差しかかっていた――登録されるのを待った。だがパネルは真っ暗なままだった。瞬時にそこを通り過ぎながら、誰かから喉に薄い膜を押し当てられて息ができないような、異様な感覚を覚えた。それはあまりに急に起きたため、車があやうく道を逸れそうになった。喉に指を押し当てると、皮膚の下で脈がどくどくと動いていた。速い、だがちゃんとある。私はたしかに生きている。

私たちの小さな家を出て、妻の顔を最後に見てから、いったいどれほどの時が経っただろう？　もしも取り返しのつかない行為を犯して、気づけば妻のもとを離れて長い歳月が過ぎていたリップ・ヴァン・ウィンクルのように道を踏み外し、彼女の生涯を追い越してしまっていたとしたら？　私がブレーキを一度、二度と踏むと、背後の暗い道が赤く染まった。ライトは流れるように車道を歩く鹿の一群を浮かびあがらせた。鹿たちの足が路面をこつこつと打つたび、その目がぎらぎらと輝いた。

二時間ほどして、縁石の横に車を停めた。通りをぼんやり歩いていた人々や、芝生に出ていた人々が私を見つめた。この人たちが以前から私の隣人だったかは思いだせなかった。彼らの家の表玄関やフェンスを最後に目にしてから、気の遠くなるような時間が経過したように感じた。車を降りて私たちの家に近づいていくと、青いワンピースを着た女性が土の上にひざまずいていた。その顔は日よけ帽に隠れていた。妻は夜明けのひんやりと澄んだ空気は爽やかで体に良いからと昔から朝に土いじりをしていた。彼女はたしかにあんなワンピースを着て、あんな日よけ帽を被っていた。あれが妻だろうか？　肩が湾曲しているのは、寄る年波のせい、あるいはたんに私のような人間と結婚したことによる疲労のせいだろうか？

私は舗道に歩み寄り、妻の名前を呼んだ。女性はびくりと体をこわばらせ、頭を上げると日よけ帽もそれに合わせて傾いた。私は帽子の下から彼女の顔の輪郭が現れるのを待った――私がいまも必要とされていることを、私がいまもここにいることを確かめるために。

これを読んでいるあなた方がいまなにを考えているのか、私にはわかる。あなた方はこう考えている、この女は**自分たちの**レジデントになる気質を備えているだろうか？　ここでは完全にしくじったのに？　と。彼女がほかのアーティストと一緒に寝食をともにし制作をおこなうには、あまりに不安定で病的で、頭がおかしいのはたしかだ。あるいはもう少し厳しい目を向けるなら、私のことを陳腐《クリシェ》だと、ゴシック小説から抜けだしてきたかのような、ばかげた思春期のトラウマを根に持つびくびくした弱いやつだと思うだろう。

だが読者のみなさん、私はあなたに訊ねる――あなたはこれまで陪審員として評議を重ねてきて、真に自分自身と出会ったことのある人間に遭遇したことがあるだろうか？　いくらかはいても、そう多くはないだろう。私は生涯でたくさんの人々と知りあったが、新しい枝を健やかに育てるためにみずからを潔く刈り取ることができた人にはめったに出会ったことがない。

私は心から正直に言える――森のなかにいたあの一夜は、私にとってかけがえのない贈りものだった、と。多くの人々は、闇のなかの自分自身に向き合うことのないまま生き、そして死ぬ。私は祈っている、あなたにいつか、水際でくるりと回ってかがみ込む日が訪れることを。

そしてそんな自分を幸運な人間だと思えることを。

パーティーが苦手

DIFFICULT AT PARTIES

小澤身和子 訳

その後は、私の頭の中のような静けさはどこにもない。

ポールは旧式のボルボで私を病院から自宅に連れて帰る。ヒーターが壊れていて一月なので、助手席の足元にはフリースの毛布が押し込まれている。私の体には痛みが凝縮されていて、痛みを熱のように発している。ポールは私のシートベルトを締める。その手が震えている。毛布を引っぱり上げて、私のひざの上に広げる。前にもそうしてくれたことがある。ベッドで毛布をかけてもらう子どもみたいねと私が冗談を言う間に、毛布を私の太ももの周りにぴったりと巻きつけてくれた。でも今は、慎重に気づかいながらやっている。

やめて、と私は言って、自分でやる。

今日は火曜日だ。火曜日だと思う。車の中で結露が凍っている。外の雪は汚くて、濃い黄色の線が深く刻まれている。壊れたドアのハンドルが風でガタガタ鳴る。道の反対側では、ティーンの女の子が友達に三つのよくわからない言葉を叫んでいる。火曜日が火曜日の声で私に話しかける。心を開いて、とその声は言う。心を開いて。

ポールはイグニションに手を伸ばす。鍵穴のまわりのプラスチックに引っかき傷があるので、彼が急いで迎えに来るときに、鍵が何度も何度も穴を外してしまったところを想像する。

エンジンはまるで目覚めたくないみたいに、かかるまで少しもがく。

帰宅した初めての夜、彼は寝室のドアのところで、広い肩をまるめて立って、どこで寝てほしいかと尋ねる。

一緒に、と私は馬鹿げた質問に答えるかのように言う。そして、鍵をかけてと伝えてからベッドに入る。

鍵はかかってるよ。

もう一度かけて。

彼がいなくなると、確認するためにドアノブを引っ張る音が聞こえる。寝室に戻ってくると、彼はベッドカバーをめくって、私の隣に体を沈ませる。

火曜日の夢を見る。最初から最後まで火曜日の夢を見る。

朝の光の細い筋がベッドを横切るようにして伸びる頃、ポールは部屋の隅にあるリクライニングチェアで寝ている。何をしてるの？　と私はキルトを押しのけながら尋ねる。なんでそこにいるの?

彼が顔を上げると、目の周りにくすんだ濃いあざができている。

叫んでたよ。叫んでいたから、抱きしめようとしたんだ。そうしたら顔を肘で殴られた。

私はこの時初めて、本当に泣く。


覚悟はできてる、と黒と青の自分の影に向かって言う。金曜日。

バスタブに湯を張る。染みの付いた水道から熱すぎるお湯が勢いよく流れ出す。パジャマを体から引き剝がすと、タイル張りの床の上に剝がれた皮膚のように落ちる。ひょっとするとと思いながら下を見ると、自分の肋骨や、濡れた風船のような肺が落ちている。

バスタブから湯気が上がる。小さい自分を思い出す。ホテルの熱いバスタブの中に座って、胴体にしっかりと腕を巻きつけて、渦巻くお湯の中で転げ回ったことを。私は人参さん！ 私は母かもしれない女性に向かって甲高い声で言う。もっと塩を入れて！ もっと豆を入れて！ その女性はラウンジチェアから柄を握るかのようにしてねじった腕を私の方へと伸ばす。穴の開いたお玉を持ったシェフそのものだ。

バブルバス用の入浴剤をたっぷりと入れる。

滑らせるように片足をお湯に入れる。一瞬、はっきりとした熱が、まるで泥の中を銅線が通るように体を貫く。はっと息を吞むがやめない。二本目の足は痛みが少ない。両手をバスタブの縁に置いて、体を沈める。お湯が痛いけれど、それでいい。バブルバスの化学物質がひりひりするけれど、その方がいい。

両足のつま先を蛇口に沿って滑らせ、独り言をささやき、両手で胸を持ち上げて、どのくらい高くまで行けるかやってみる。水滴が付いたステンレスの丸みに映った自分の影を見て、頭を傾ける。バスタブの向こう側に、足の爪から剝がれた赤いマニキュアの欠片が見える。体が浮くような、体がないような感じがする。お湯を入れすぎて、バスタブのへりまで届きそうになる。蛇口を止める。バスルームが嫌な感じに反響する。

玄関のドアが開く音がする。廊下のテーブルに鍵が置かれるカチャカチャという音を聞くまで、緊張する。ポールがバスルームに入ってくる。

やあ、と彼は言う。

うん、と私は言う。会議があったんだね。

え？

会議があったんでしょう？　きちんとしたシャツを着てるから。

彼は下を向いて自分の姿を見てから、そうだね、とまるで今までそのシャツがそこにあることを確信していなかったかのようにゆっくりと言う。実は、いくつかアパートを見に行ってきたんだ。

引っ越したくない、と私は言う。

別の場所を見つけたほうがいいよ。彼はその文を作るのに丸一日かかったかのようにきっぱりと言う。

何もするべきじゃないと思う、と私は言う。引っ越したくない。

ここにいるのは良くないと思うんだ。新しいアパートを探すのを手伝うからさ。

私は髪の中に手を入れて、濡れた紙を剝がすように髪を頭から引き離す。誰にとって良くないの？

私たちは見つめ合う。私のもう一方の腕は胸を覆っている。その腕を下ろす。

お風呂の栓を抜いてくれる？

彼はバスタブ脇のタイルの上にできた冷たい水たまりにひざまずく。袖のボタンを外して、きっちりとまくり上げる。それから私の足を越えるようにして、まだ泡だらけのお湯の中に手を伸ばして、底に下ろす。泡が上腕あたりでまくりあげられた布につく。ビーズチェーンを探りあて、指にからめて引き抜く時、その指が独特のリズムのドクドクという音をたてるのを感じる。

ポンッと小さな音がする。水面で泡がものうげに割れる。彼が身を引くと、その手が私の肌をかすめる。びくっとすると、彼もびくっとする。

彼が立ち上がると、私の顔が彼のすねの高さにくる。スーツのズボンの膝に、濡れた染みが丸くできている。

こんなに自分の家を空けていいの？　と私は言う。毎晩うちにいてくれなくてもいいんだよ。

彼は眉をひそめる。そして、大したことじゃないからと言う。何かしたいんだよ。そして廊下へ出て行ってしまう。

私はお湯が全部なくなるまで、最後のミルク色の渦巻きが銀色の口に消えてしまうまで、じっと座ったままでいる。自分の奥深いところが奇妙に震え始めるのを感じる。背骨はそこまで怖がらないはず。下がっていく泡は肌に不思議な白い筋を残す。まるで波打ち際にできた砂の跡みたいに。だるくなる。

数週間が過ぎる。病院で調書を取った警官から電話があって、確認してもらいたい人がいるので、警察署に来てもらうことになるかもしれないと言う。彼女の声は優しいが、大きすぎる。その後、もう来てもらう必要はなくなったという早口の短いメッセージが留守番電話に残される。違う人で、その人ではなかったと。

もしかするとその男はもうこの州にはいないのかもね、とポールが言う。

私は私自身を避ける。ポールも避けている。どっちがより恐れているのかはわからない。

何かするべきだよ、とある朝私は言う。これについて。そして自分の前を指す。

彼は食べかけの卵から顔を上げる。そして、そうだねと言う。

私たちは解決策をたくさん書くには小さすぎる、ショッキングピンクのポストイットに案を書き出す。

私はカップル用アダルト動画を宣伝する会社にＤＶＤを注文する。届いたＤＶＤは地味な茶色の箱に入っていて、アパートのセメントの階段の隅に整然と置かれている。箱を拾い上げると、思ったよりも軽い。箱を腕の下に押し込んで、しばらくの間ドアノブをいじる。新しい安全錠がついている。

その箱をキッチンテーブルの上に置く。ポールから電話がある。今向かってるからね、と彼は言う。彼の声は電話で話している時ですら、すぐ隣にいるように聞こえる。あれ、受け取った?

うん、ここにあるよ。

彼が街のこちら側にやって来るまで、少なくても十五分はかかるだろう。箱を開ける。カバーに載っている絡まり合った手足の数が、顔の数と一致していないように見える。二回数えて、肘と足がそれぞれ一本ずつ多いことを確認する。ケースを開ける。ディスクは新品の匂いがして、プラスチックのつまみから簡単に剥がれない。光沢のある面は油膜のように光っていて、まるで誰かが手を伸ばしてこすったかのように、私の顔を変なふうに映す。ＤＶＤプレイヤーのトレイに載せる。

メニューはない。映像は自動的に再生される。テレビの前のカーペットにひざまずき、頬杖をついて見る。カメラは固定されている。映像に映っている女性は少し私に似ている——少なくとも同じ口をしている。彼女は恥ずかしそうに左側の男性と話している。その男は体格が良いが、ずっとそうだったわけではなさそうだ。つけたばかりの筋肉に小さすぎるシャツがはちきれそうになっている。二人は会話をしているが、その会話のどこをとっても理解することができない。男が女の足に触れる。彼女は自分のズボンのジッパーを下ろす。その下には何も身につけていない。

お約束のフェラチオが終わり、私の口に似ている口が必死に頑張るのが終わり、おざなりのクンニが終わると、二人はまた話し始める。

このあいだ彼に言ったの、彼に、やばい、みんなに見られちゃう……

もうダメ、もうダメ、もうダメ……

私は座り直す。二人の口は動いていない。いや、動いてはいるけれど、予想通りの言葉が口から出てくる。ベイビー。ファック。いい、いい、いい。オーマイゴッド。その下では何か別のものが動いている。氷の下を流れる川。ボイスオーバー《吹き替え》、それかボイスアンダーと言った方がよいかもしれない。

もしまた彼に言われたら、もし彼がだめだって言ったら、私はただ……あと二年、たった二年、頑張ったらもしかすると一年かも……

その声は、いや、声ではなく静かで弱々しく、大きくなったり小さくなったりするその音は、混ざり合い、絡み合い、まったく別々の音が鳴り響いている。その声がどこからくるのかはわからない。オーディオコメンタリーかな？　私は画面から目を離さずにリモコンに手を伸ばして、一時停止ボタンを押す。

二人は凍ったみたいに動きを止める。女は男を見つめている。男は枠外の何かを見ている。女の手は、強く腹部を押さえている。お腹の膨らみは手のひらの下で見えない。

一時停止を解除する。

だから赤ちゃんができたの。初めてじゃないの、こんな……

それにたった一年なら、ついて行けるかも……

私はまた一時停止する。女は今度は仰向けで静止する。相手の男は、彼女の脚の間に何でもないように立っている。何か訊こうとしているかのようだ。男の腹の左側にはペニスがうねっている。彼女の手はまだお腹に押し当てられている。

私は長い間、画面を見つめる。

ポールがノックしたので、びくっとする。

彼を中に入れて、ハグをする。彼は息をきらしていて、シャツは汗でぐっしょりと濡れている。彼の胸に顔を押しつけると、しょっぱい。彼はキスをする。画面の方にちらりと目をやるのを感じる。

気分が悪いの、と私は言う。

彼はスープが欲しい気分の悪さ？　それともスプライト？　と訊く。私はスープと答える。

彼はキッチンに行き、私はソファの上で横になる。

ジェーンとジルが引っ越し祝いのパーティーに招待してくれたよ、と彼はキッチンから大きな声で言う。食器棚の扉が隣の棚に当たる音や、かきわけられた缶が滑る乾いた音や、缶の中身が振られる音や、コンロに鍋が置かれる音や、混ぜるのにふさわしくないスプーンが立てる金属音が聞こえる。

引っ越したの？　と私は訊く。

田舎の大きな家にね、と彼は言う。

行きたくない、と私は言う。テレビの淡青の光が私の顔に影を落とす。三人の男が絡まり合って、それぞれの口を頬張らせている。彼がスープを持ってくる。チキンスープは器から溢れんばかりで、下にはナプキンが敷かれている。熱いから気をつけてね、と彼は言う。火傷しそうなくらい熱いスープを急いですすった私は、口に入れた分を器に吐き出してしまう。

君は家にばかりいすぎなんじゃないかって心配なんだよ、と彼は言う。ほとんどが女性だよ。

え？

パーティーのこと。来るのはほとんどが女性。僕が知ってる人たち。いい人たちだよ。

私は答えない。麻痺した舌に指で触れる。

ターコイズ色のワンピースの下に黒のストッキングを履いて、プレゼント用に小さなアロエの鉢を持っていく。私の車で二人が住む小さな街の灰明かりを勢いよく抜けて、田舎道に出る。ポールは片手でハンドルを握り、もう一方を私の脚に置く。まんまるの月が、四方八方に何マイルにも広がるキラキラと眩しい雪や、納屋の傾いた屋根や、私の腕くらい太いつららが下がっている狭いサイロや、干し草置き場の入り口付近で身を寄せ合って動かない長方形の牛の群れを照らしている。私は鉢を守るように抱きしめる。車が急に左折すると、土が少しワンピースの上に溢《こぼ》れる。それを指ではじいて鉢に戻し、肉厚な葉から土の小片を払い落とす。再び前を見ると、車は灯りが煌々《こうこう》とついた大きな建物に近づいていくところだ。

ここが新しい家？　と私は尋ねる。頭は窓に押し付けられている。

そうだよ、と彼は言う。買ったばかりなんだって、まあよく知らないけど、多分一か月くらい前？　僕は一度も来たことがないけど、すごくいい家だって聞いたよ。

二十世紀の古い農家を改装した家の前に車が何台も駐まり、その横に車を駐める。

家庭的な感じだね、と車から降りて、手袋を付けていない手をこすりながらポールが言う。窓には透けたカーテンがかかっていて、中で明るいはちみつ色が揺れている。家は燃えているように見える。


家主がドアを開ける。二人は美しくて、歯が輝いている。この光景は前にも見たことがある。二人に会うのは初めてだ。

私はジェーン、と黒髪の方が言う。私はジル、と赤毛の方が言う。ギャグみたいだけど、本当なんだよ！　と言って二人は笑う。ポールも笑う。会えてすごく嬉しい、とジェーンは私に言う。私は小さなアロエの鉢を差し出す。彼女はまた微笑んで、受け取る。えくぼがすごくくっきりできるので、その中に指を入れたい衝動にかられる。ポールは喜んでいるようだ。彼はかがんで、足で顔を掻いているつぶれたような顔をした大きなオスの白猫の耳を掻く。

コートは寝室に置いてね、とジルが言う。ポールが私のコートに手を伸ばす。するりと脱いで渡すと、彼は階段を上がって見えなくなる。

廊下では坊主頭の青白い顔をした男が、旧式のビデオカメラを肩に担いでいる。それはとてつもなく大きくて、タールの色をしている。彼はそれを私の方に振り向ける。じっとこっちを見る目。

名前は？　とその男は言う。

私はビデオカメラの視界に入らないようにしようとするが、そこまで体を縮めて壁に寄せられない。

なんでそれがここにあるの？　と恐怖にかられているのが声に出ないように気をつけながら尋ねる。

名前は？　と彼はもう一度言って、カメラを私の方に向ける。

もうなんなのよ、ゲイブったら、放っといてあげなさい、とジルが言い、その男を押しやる。

彼女は私の腕を取って、引っ張っていく。ごめんね。どのパーティにもいるレトロ好きのアホだよ。私たちの友達なんだ。

反対側からジェーンがやってきて、一笑する。ポール、どこにいるの？　と彼女は言う。

彼は再び姿を現す。こっちだよ、と言うその声はうわついている。

彼女たちが家の中を案内してくれると言うので、私たちはリビングから真鍮とスチールが輝く広くて開放的なキッチンまで見て回る。二人は交互に新品の電化製品をひとつ一つ指でとんとんと叩く。食洗機。冷蔵庫。ガスストーブ。独立式のオーブン。二つ目のオーブン。後方には、装飾されたブロンズのハンドルが付いたドアがある。手を伸ばすと、ジェーンが私の肩を摑む。待って、気をつけて。

その部屋はまだ改装中なの、とジルが言う。床がないんだよ。中には行けるんだけど、入ったら地下室まで真っ逆さま。彼女がマニキュアを塗った手でドアを開けると、確かに、床板のない床があくびをしているみたいに口を開いている。

そんなことになったら最悪だよね、とジェーンは言う。

ビデオカメラが私を付け回す。私はしばらくポールのそばに立って、ぎこちなくワンピースのしわを伸ばす。彼が私を気づかっているように見えたので、離れる。軌道から放たれた衛星だ。彼から離れると、目的を失ったような不思議な気持ちになる。私はあの人たちのことを知らないし、あの人たちも私のことを知らない。オードブルが載っているテーブルの近くに立って、カクテルソースに浸かっている肉厚のエビを一匹食べて、固いしっぽを手の中に押し込む。もうひとつ、そして三つ目を入れると、手の中がしっぽでいっぱいになる。味わいもせずに赤ワインを飲み下す。さらについで、飲み干す。クラッカーを濃い緑色をした何かに漬けてぐるぐると円を描くように回す。見上げる。部屋の角で、ビデオカメラの目が私をじっと見ている。私はテーブルの方に向き直る。

猫がのそのそと寄ってきて、じゃれながら私の手の中のピタパンを前足で引っ掻く。パンを引っ込めると、彼は一撃を加えてきて、私の指の肉片をこそぎ取る。私は罵り、傷口を吸う。口の中は、フムスと銅の味がする。ごめんね、とまるで私の血というキューが出るのを舞台裏で待っていたかのようにジルが現れて言う。時々知らない人にこういうことをするんだよね。この子には不安を取り除く薬みたいなものが本当に必要なの。このいたずら猫！　ジェーンがジルの腕に軽く触れて、こぼしたものを片付けるのを手伝ってと言い、二人ともいなくなる。

初めて会う感じの良い人たちは私の仕事や人生について尋ねる。みんなは私の前を遮るようにしてワイングラスに手を伸ばし、私の腕に触れる。その度に、私は離れる。あからさまに後ろに下がるのではなく、半歩右にずれる。するとみんなも私の動きに合わせて動くので、私たちは話しながら小さな円を描く。

最後に読んだ本は……、と私はゆっくりと繰り返す。

でも思い出せない。指で触れた光沢のある表紙は思い出せるのに、タイトルや作者、中に書かれた言葉はひとつも思い出せない。口を火傷しているのでおかしな喋り方をしていると思う。感覚が麻痺した舌は、口の中でずんぐりと使い物にならないままだ。何でも訊いてよ、と言いたい。隠していることなんて何もない。

仕事は何をしてるの？

ドアが押し開けられるように、質問が飛んでくる。私は説明し始めるものの、口から言葉が出るとすぐにポールを探しているのに気づく。彼は部屋の遠くの角にいて、首の周りにパールのネックレスが縄のように巻きついているショートヘアの女性と話している。彼女は彼の腕になれなれしく触れ、彼は手でそれを払いのける。彼の筋肉ははち切れそうだ。私は仕事について尋ねてきた女性の方へと向き直る。曲線の美しい体で、大半の人よりも背が高く、私が今まで見たなかで一番派手な赤い口紅をつけている。彼女はちらっとポールを見る。そしてマティーニをもう一杯飲み干す。オリーブがグラスの中で眼球のようにクルクルと回る。あなたたち二人はどんな感じなの？　と彼女は尋ねる。一輪のアイリスが私の方にだらりと垂れる。パールのネックレスの女性がポールの腕をまた触る。彼はわずかにやれやれと首を振る。彼女は誰？　なんで彼女は……

一言断ってからその場を離れ、ぼんやりと暗い廊下へと歩いていく。階段の手すりの一番下についている鉄の球体に手のひらを押し付け、はずみをつけて階段に飛び乗る。

コートを置く部屋があるな、と思う。コートでいっぱいの寝室。別の使われ方をされた――階段が遠のいたので、慌てて摑む。そして暗闇の中でドアを探す。さらに一段暗い一画。コートを置く部屋はひんやりしている。木のはめ板に手を押し当てる。ここにあるコートは質問したりしない。

暗闇の中で、二つの人影がベッドの上でもがいている。恐怖で鼓動が高まる。唇の端に鉄の針がひっかかった魚だ。目が暗さに慣れると、それが単に山積みになった光沢のあるダウンジャケットの上でもだえている家主の二人だとわかる。黒毛の方だから、ジェーン？　もしかするとジル？　が仰向けになっていて、ワンピースが腰までたくし上げられている。妻は彼女の上にいて、脚の間に膝をついている。ジェーンあるいはジルは、自分の手首を嚙んで声を上げないようにしている。ジャケットがガサガサと音を立てて滑り落ちる。ジェーンがジルにキスを、もしくはジルがジェーンにキスをすると、一人が前かがみになって、もう一人のストッキングを丸めながら引き下げる。下着の跡。彼女の顔が彼女の中へと消えていく。

体の中に快いうずきを感じる。ジルもしくはジェーンは身を捩り、ひと摑みのダウンジャケットを何度も両手で引っ張り、静かな音を立て、一音節が両方向へと伸びていく。長い赤のマフラーが床に滑り落ちる。

二人から私が見えてもおかしくないと思う。ここに千年立っていたとしても、ジャケットや音や口の合間にいる彼女たちが私を見ることはないだろう。

ドアを閉める。

私は酔っ払う。グラスに四杯のシャンパンと、強いジントニックを一杯飲んだ。ライムの端からジンを吸い取ると、指の引っかき傷がヒリヒリする。ゲイブはついにその尋常ではない重さに服従してビデオカメラを椅子の上に下ろす。ビデオカメラはそこで静かに置かれたままだが、その中のどこかに、取り戻すことのできない貴重な瞬間ごとの私がいる。まだきちんと見られていない顔が、その機械の内部にある渦巻状に巻かれたものの奥にある。

私はビデオカメラに近づいて、手に取る。指はグリップにしっかりと巻き付いている。私が操作する番だ。自分の体にレンズを向けないように気をつけながら、玄関に向かって平然と歩いていくと、あのつぶれたような顔の白いオス猫が踊り場から私を見ている。ピンクの舌がはみ出して上唇で悠長にしていて、青い目はとがめるように細められている。私はつまずく。わざわざコートを取りに行くのはやめて、玄関を出る。

外に出ると、ブーツがキラキラ光る氷と歩きにくい雪の間でバリバリと大きな音を立てる。車道に入る歩道の終わり近くで誰かが半分入ったコーヒーカップを空にしたようで、汚い濃い茶色の染みが白くなった芝生全体に飛び散っている。雪の上の細い足跡から、鹿もこの光景を見たとわかる。鳥肌が立つ。鍵を持っていないことに気づいたが、とりあえずトランクの取っ手に手を伸ばしてみる。

鍵はかかっていない。トランクが開いたので、カメラをどしりとその闇の中に入れる。

家の中へ戻り、ワインを飲む。それからショットグラスで緑色をした飲み物も。世界が滑り始める。

威厳ある人ならば気を失うところだが、その代わりに私はまた車までよろよろと歩いて行き、冷えた助手席に座って背もたれを倒し、天窓越しに繊細な光の点で満ちた空を見つめる。

ポールが運転席に乗り込んでくる。

大丈夫？　と彼は尋ねる。

私はうなずくとドアを押し開けて、カクテルシュリンプとほうれん草ディップを砂利が敷かれた車道に吐き出す。ピンク色の塊と髪の毛のような黒くて長い房が石と雪の間で固まる。水たまりがかすかに光り、月を反射している。

車が発進する。背もたれを倒して空を見る。

楽しかった？　と彼は尋ねる。

私はクックックッと笑い、声をあげて笑う。全然、と言って大笑いする。そして鼻を鳴らす。そんなわけないでしょ。ありえない……

顔に冷たいものを感じて摘み取る。ほうれん草だ。窓を下げると、氷のように冷たい外気が顔に当たる。外にそれを捨てる。

タバコだったら、火の粉をあげてたよ、と私は言う。タバコならよかったのに。あのなかの一本があるといいんだけど。

寒さが肌を刺す。

窓を上げてくれる？　ポールは強風に負けないように大声で言う。私は窓を上げて、重たい頭をガラスに傾ける。

家から出たほうがお互いにとって良いと思ったんだよ、と彼は言う。ジェーンとジルは君のことをとても気に入ったみたいだね。

私の何を気に入ったの？　頭を離すと、皮脂でできた円が空をぼやかす。ヘッドライトの下で黒い点が光るのが見え、その次に道路の片側にうずくまった塊を見る。ＳＵＶのタイヤに跳ねとばされた鹿だ。

ポールの眉間の皺が深まる音が聞こえそうだ。どういう意味だよ？　君の何を気に入ったかって？　それってどんな質問だよ？

知らない。

二人は単に君が好きなんだろ、それだけのことだよ。

私はまた笑って、窓のクランクに手を伸ばす。あのパールのネックレスの人は誰だったの？と尋ねる。

誰でもないよ、と彼は私たちのどちらも騙すことのない声で答える。

私の家に着くと、彼は私をベッドまで連れて行く。彼が隣で横になると、私は手を伸ばして、そのお腹を触る。何をしているの？　とは訊かれない。

酔っ払ってるね、と彼は言う。したいわけじゃないだろ？

私が何をしたいか、何であなたにわかるわけ？　そして一インチ近づく。彼は私の手を取って、持ち上げる。そしてその手を高い所でしばらく持ったままでいる。離したくないようにも、元に戻したくないようにも見える。結局彼はその手を私のお腹の上に置き、こちらに背を向けて体を丸める。

私は私自身に手を伸ばす。自分自身の仕組みすら理解していない。

大抵の朝、ポールに見た夢について訊かれる。

覚えてない、と私は言う。なんで？

君は動くんだよ、すごく。彼はうまく自制できない様子で、慎重にそう言う。

見てみたい。私はベッドの横にある本棚の一番上の棚にカメラを設置して、寝ている間の自分を撮影することにする。先日のＤＶＤは明らかに壊れていたので、ゴミ箱に捨てて、はてなマークの形に丸まったじゃがいもの皮の奥まで、ゴミ袋に押し込む。それから別のＤＶＤを注文する。それは玄関のセメントの階段にやって来る。

今回のは、短編映画のようにたくさんの細かいパートに分かれている。ひとつ目のタイトルは「妻を犯す」。再生する。ビデオカメラを抱えているので男性の顔は見えない。女性はブロンドで、前回の人よりも年配で、まつげにびっしりとマスカラをつけている。

なんて言うか、なんて言うか、なんて言うか……

男の声は聞こえない。ＤＶＤのケースをもう一度見る。「妻を犯す」このタイトルが理解できない。男の声は聞こえない。聞こえるのは、絶望が混じった女の声だけだ。

なんて言うか、なんて言うか、なんて言うか……

もうこれ以上聞きたくない。ミュートボタンを押す。

なんて言うか、なんて言うか、なんて言うか……

ＤＶＤプレイヤーの電源を切る。画面はニュース番組に切り替わる。ブロンドの女性が厳粛な顔をして視聴者を見つめている。助言する悪魔みたいに彼女の左の肩越しに表示された、ピクセルでできた爆弾のイラストが、爆発して粉々になる。ミュートを解除する。

「トルコで爆発事件です」と彼女は言っている。「ご覧になっている皆様、これから流れる映像は……」

テレビを消す。そしてコードごと電源プラグを力いっぱい引き抜く。

ポールがやってくる。具合はどう？

少し良くなった、と私は言う。疲れてるの。彼にもたれかかる。洗濯洗剤の匂いがする。彼の方に体重をかけると、彼が欲しくなる。がっしりした体型が木を思い起こさせる。根が深くまで生えている木。

ＤＶＤプレーヤーが壊れてるんだよね、と私は言って、質問される前に阻止する。

見てみようか？　と彼は尋ねる。

うん、と私は言う。そして再びテレビのプラグを入れる。ＤＶＤが再生されて、複数の体が現れ始めると、また聞こえる。あの声、あの悲しくて絶望的な音、何度も何度もマントラのように繰り返される同じ言葉。でも彼女は微笑んでいる。よがり声をあげて、口にする言葉と、カーペットの模様との間を心が飛び回っている。ポールは上の空で私の手をなでながら、真摯な態度で見ている。次のパートが始まる。違うシナリオで、マッサージについての話だ。

聞こえない？　私の自由な方の手の爪がジーンズに食い込むのを感じる。

彼は頭を傾けて、もう一度ちゃんと聞く。

何が？　その声はいらだっている。

声だよ。

ミュートだとかそういうことじゃないよね。

違う、その下の声のこと。

彼が素早く身を引いたので、私はバランスを崩す。彼の右手は体の横で宙に浮いたまま、まるで敵の体から取り出した心臓を摑むかのように、開いたり閉じたりしている。何なんだよ？と彼はキレる。私が答えないでいると、両手を壁に叩きつける。勘弁してくれよ。

私は画面の方に向き直る。男はオーラルセックスをしている女を見下ろしている。その可愛いベイビーブルーの瞳を見せてくれよ、と男は言い、女の琥珀色の目がちらっと上を向く。それから死者のための聖歌みたいに、それぞれ違う名前が二人の頭の中を通り過ぎていく。テレビを消す。

お願いだから怒らないで、と私は言い、彼の前に立つ。両手は体の横で重くぶら下がったまだ。彼は両腕で私を包み込んで、私の頭の上に顎を載せる。私たちはゆっくりと前後に動き、必死で暖かくしようとしている暖房の音に合わせて踊る。

君にアパートを見つけたんだ、と私の髪の中に顔を埋《うず》めながら彼が言う。川の向こう側にある建物の三階だよ。

ここを出ていきたくない、と彼の胸に向かって言う。

彼は筋肉をこわばらせ、腕で私を引き離す。

まだ見てもいないじゃない。そう言って彼は腕を組む。君は反応するところがずれてるんだよ。

お願いだからやめて、と私は言う。私の方に伸ばしてきた彼の手をはねのける。あなたには普通にいい人でいてほしいの。ただ普通にいい人でいてくれない?

彼は私を直視する。まるで私にはもう答えがわかっているとでも言うように。

翌朝、私はビデオカメラからテープを抜いて、巻き戻し、ビデオデッキに入れる。それから、静止した状態でテープを早送りする。大した長さはない。映像の中の私は激しく揺れる。彼女は天井からパーティーのリボン飾りをむしり取るみたいに空気を摑む。壁や、オーク材のヘッドボードや、ナイトスタンドに手足を打ち付けても、痛みにたじろぐことなく再び立ち向かう。何度も、何度も。細長いランプが床に落ちて壊れる。ポールが起き上がって、助けようとする。

彼女の腕を摑んで、私の腕を摑んで、彼女の体の両側で固定しようとする。それから悪いことをしたという顔をして、腕を離す。彼女は倒れる。毛布と格闘する。床に滑り落ちて、ベッドの下に体の半分だけ転がり、引っ張られたシーツでそのところどころが隠れている。ポールは彼女をベッドの上に戻そうとする。すると彼女は強烈な一撃を彼の頭にくわえる。彼はマットレスの上に彼女を引っ張り上げて、近づいて耳元で何かをささやくが、その声は小さすぎてビデオカメラにはとらえきれない。彼女がいや、いや、いや、いや、いや、いや、と一定の間をとりながら言うのが聞こえる。彼は彼女をマットレスの上に、それから彼の腕の中に降ろす。強く抱きしめる様子は、威嚇的にも慰めているようにも見える。これが少し続いた後で、彼女が、私が、起き上がる。私がポールの胸を叩いたり、床にまた滑り落ちたりしても、彼は私を引き寄せる。一晩中ずっと。

見終わると、最初までテープを巻き戻して、再びビデオカメラの中に戻す。

私はDVDを郵便で注文するのをやめる。インターネットのポルノなら、声がいかさまだったり、変なコメンタリートラックがついていることもない。四つのサイトの無料お試し版を見てみることにする。

まだ彼らの声が聞こえる。細い手首の男はサムという人物についてずっと悩んでいる。

二人の女がお互いの体の無限の柔らかさに驚く。誰も言わなかった、誰も言わなかった、と日焼けした女は思う。それは彼女の頭の中、私の頭の中で反響する。私は画面にあまりにも体を近づけすぎて、もはや映像を見ることすら出来ない。ただ色の付いた染みが動いている。べージュ、茶、日焼けした女の髪の毛の黒、そして衝撃的な赤。体を引いてみても、それが何の赤なのかわからない。

女が彼女のプッシーのことばかり言い続ける男を心の中でたしなめる。嫌な男《カント》、と彼女は思う。そしてその言葉は重く、一切れの熟していない果物のように空中に留まる。お前のプッシーは最高だよ、と男が言う。嫌な男《カント》、彼女はその言葉を何度も何度も繰り返す。まるで瞑想だ。あるパートは無音で、言葉がなくて色だけのパートもある。

肉づきの良い腰周りに黒いハーネスを付けた女が、彼女を崇拝する痩せた男を犯しながら祈りを捧げる。突き上げては止まる。終わりに、彼女は彼の背中にキスをする。まるで食後の感謝の祈りだ。

二人の女にペニスをいじられている男は、家に帰りたいと思っている。

この人たちは自分が考えていることがわかるのだろうか、と次から次へと動画をクリックして、ぱちんこ玉を打ち出すみたいに動画を流し続けながら思う。この人たちには聞こえるの？　わかってるの？　私はわかっていたの？

思い出せない。


午前二時、私は男が荷物を届けるのを見ている。重力に逆らうように持ち上がった胸をした女がドアを開ける。お決まりだが、住所が間違っている。前にもこの動画を見たことがある気がする。彼は空のダンボールをテーブルの上に置く。彼女はシャツを脱ぐ。私は耳をすませる。

彼女の心は真っ暗だ。怖いという思いで満ちている。恐怖がものすごいスピードで駆け巡り、極度に興奮して怯えている。恐怖が胸の上に重くのしかかって、彼女を押し潰す。彼女はドアが開けられることを考えている。知らない人が入ってくることを考えている。私はドアが開けられることを考えている。彼がドアノブを握る音が聞こえる。彼がドアノブを握る音は聞こえないが、ドアノブが回る音は聞こえる。ドアノブが回る音は聞こえないが、足音は聞こえる。足音は聞こえない、聞こえない。あるのは闇だけ。光を完全に拭い去る暗闇だけ。

そのデリバリーの男は、そのデリバリーの男ではない男は、彼女の胸について考える。彼は自分の体の心配をする。彼は本当に彼女を満足させたいと思う。

彼女は微笑む。歯に口紅が付いている。彼女は彼が好きだ。その下で、叫び声がする。騒音をたてるトンネルみたいに。電波はない。その音は私の頭の中いっぱいに広がり、頭蓋骨を圧迫する。叩いたり押したりして、頭蓋骨を押し開ける。私は赤ん坊で、頭は固くない。この地殻は、もうこれ以上持たないはずだ。

私はノート型パソコンを摑んで、部屋の反対側の壁に力いっぱい叩きつける。粉々になると思ったが、そうはならずに壁に当たってから、ひどい音をたてて床に落ちる。

私は叫び声をあげる。その声はあまりにも大きくて、割れてしまう。

ポールが地下室から走って来る。私には近寄れない。

触らないで、と私はわめく。触らないで、触らないで。

彼はドアの近くから動かない。私は音を立てて床に座る。熱い涙が流れて、顔の上で冷たくなる。お願いだから下に戻ってよ、と私は言う。ポールの姿が見えなくなり、彼が地下室のドアを開ける音が聞こえる。私はひるむ。心が落ち着くまで、立ち上がらない。やっと立って壁まで歩いていき、パソコンを元の向きにひっくり返す。画面の真ん中に大きなひびが入っている。地割れみたいだ。

寝室では、ポールが向かい側に座っていて、ジーンズを無造作に指で叩いている。覚えてる？　と彼は言う。前はどんな感じだったか。

私は自分の脚を見下ろしてから、顔を上げて殺風景な壁に目をやり、彼に視線を戻す。話すのがつらいとも感じない。言葉のひらめきは、胸の中のあまりにも深いところで死んでいて、息を吐いても言葉を並べる空間はない。

君は欲しがってたんだよ、と彼は言う。欲しくて、欲しくてしかたなかったんだ。終わりのないこの動画みたいだった。空にならない井戸みたいだった。

覚えていると言えたらどんなに良いだろう、でも覚えていない。上下に動く手足や、あらゆる口と口とが重なり合うところを想像することはできるのに、思い出せない。渇望していたことも思い出せない。

私は熱さを感じながら長い時間寝る。冬なのに窓は開いている。ポールは壁を向いたまま寝ていて、ぴくりともしない。

声がしない、少なくても今は。でもまだその声を感じる。トウワタのように頭上を飛んでいく。私はサムエルだ、と思う。それだけのこと。私はサムエル。神は夜、彼に呼びかけた。声は私に呼びかける。はい、主よ、とサムエルは答えた。私には声に答える術がない。私には聞こえている、と声に伝える術がない。

ドアが開いて閉じる音が聞こえるが、私は振り向かない。画面を見つめている。今は乱交パーティーだ。五つ目のパート。何十もの数え切れない声が重なり合って、混じり合って、空気を密にして、充満する。声は心配し、渇望し、笑い、バカなことを言う。汗が光る。変な場所に置かれた撮影用ライトが影を落とし、いくつかの体はわずかな間、輪切りされたようになって、ぬるぬるした肌と暗闇の谷になる。再び全体が。そして部分部分が。

彼が私の隣に座る。そのせいで体が深くクッションに沈み込んだので、彼の方に倒れる。私は画面から目を離さない。

ねえ、と彼が言う。大丈夫?

うん。私はギュッと指を丸める。指関節が一列に並ぶ。これが教会で、これは尖塔。

彼は座ったまま映像を見続ける。私を見る。そして私の肩甲骨の上に軽く手を置いて、ブラのストラップに指をひっかけると、ゴムの下の肌のまるみを指でなぞる。優しく、何度も、何度も。

男にクンニされている最中の女が、頭の上の方、さらにずっと上へと腕を伸ばす。彼女は大勢いるなかの誰か、彼女を満たして、すべてを揃えて完全な状態にしてくれる人のことを考える。そして照明について少し考えてから彼に思考を戻す。足がしびれている。

ポールは私の肌にすれすれのところで話す。何してるの？　と彼は尋ねる。

見てるの、と私は言う。

え？

見てるのよ。こうするのがいいんじゃないの？　だから見てる。

動かない感じから、彼が考えているのがわかる。彼は手を伸ばして私の手の上に重ねる。教会を覆う。

ねえ、と彼は言う。ねえって。

男の一人は病気だ。自分がもうすぐ死ぬと思っている。死にたいと思っている。

くっついたり、離れたりする体、ねじれる筋肉、複数の手。

その女の頭の中では、帯状の光が張り詰め、緩み、また張る。彼女は笑う。本当にいきそうになっている。ポールと私が、まっ暗な中、私のベッドで初めてキスをした時、彼は発狂寸前で、精力に溢れてぶんぶんうなっていて、網戸が風で大きな音を立てていた。後になって、あまりにも久しぶりで、本当に久しぶりだったので、脱皮しそうなくらいだったと言っていた。皮膚。まだ彼らが考えていることが聞こえる、頭の中で反響して、記憶の裂け目に入り込んでくる。それを防ぐことができない。このダムはもうもたない。

彼が立ち上がって、ソファーから私を引っ張るまで、自分が泣いていることに気づかない。画面では、笑っている女の胴体に真珠色の精液の弧が十字模様を描いている。私の体は簡単に持ち上がる。彼は私を抱きしめて顔に触れる。そのせいで彼の指が濡れる。

しーっと彼は言う。しーっ。ごめんね。見なくていいんだよ、見なくて。

彼は私の髪の中に指を通して、腰のくびれを支える。しーっ。あのなかの誰も欲しくない。欲しいのは君だけだよ。

私は体を固くする。

君だけだよ、と彼はもう一度言う。そして私を強く抱きしめる。良い人だ。彼は繰り返す。君だけだよ。

本当はここにいたくないんでしょ、と私は言う。

床がとどろく。大きなトラックが正面の窓を暗くする。彼は答えない。

そこに静かに座って、熱のように罪悪感を発している。家は暗い。私は彼の口にキスをする。

ごめん、と彼は言う。ごめ……

今度は私がしーっと言う番だ。彼は言葉につまって無言になる。彼にキスをする。もっと激しく。彼の手を取って私の太ももの上に置く。彼が傷ついているのを止めたいと思う。彼にまたキスをする。そして二本の指を勃起したペニスに沿わせる。

行こう、と私は言う。


いつも彼よりも早く目覚める。ポールはうつぶせで寝る。私は体を起こして伸びをする。毛布のほころびをなぞる。カーテンを通して太陽の光が差し込む。こんなに明るくては寝られない。起き上がる。彼はぴくりともしない。

部屋を横切って、置いた場所からビデオカメラを手に取る。そしてリビングまで持っていく。テープを巻き戻すと、ヒューヒューと音を立てながら旋回する。

カセットをビデオデッキに入れる。それからピアニストが最初のキーを選ぶみたいにして指をボタンに載せる。押すと、画面は雪が降ったように真っ白になってから真っ黒になる。そして私の部屋の静止したジオラマになる。整えられていない、しわが寄った陶磁器の青い絵柄のシーツ。早送りする。早送りして、何でもない数分間を流す。時間がこんなに簡単に無駄になることには驚かない。

二人の人間がよろめきながら現れると、私の指が上がり、早送りのスピードがゆっくりになる。見知らぬ二人がお互いの洋服と体を手で弄り合う。背が高くて青白くて細い男の体が、傾く。ポケットにたくさんの鍵や小銭が入っているズボンが音を立てて床に落ちる。彼女の体、私の体、私の体にはまだ、消えかけている痣が黄色っぽく変色した縞模様になっている。体から溢れ出る体。幾重にも重なりすぎた層から解放される体。手に持ったシャツはゴワゴワしている。床の上に放すと、撃たれた鳥みたいに落下する。私たちは今にもマットレスに身を委ねようとしている。

両手に視線を下ろす。乾いていて、震えてはいない。画面に目を戻して、聞き始める。

謝辞

デビュー作が世に出るとき、人はおよそ実現不可能な課題につきあたる。つまり、この作品にちょくせつの影響を与えた人たちだけでなく、自分が作家になるためにこれまで手を貸してくれたすべての人たちに感謝することになるのだ。机に向かって考えてみると、そのリストは気が遠くなるほど長くなりかねない。

わたしの作家としてのキャリアをとおして、とてもたくさんの人たちがわたしに賭けてくれた——わたしが自分に賭けていないときですら、だ。だから、ここでは彼らの驚くべき寛大さと信頼にしっかり向き合い、この途方もない課題に立ち向かってみる。

この本——そしてこの人生——は、あなたたちなしにはありえなかった。わたしが字が読めるようになるずっと前から、物語を読み聞かせてくれた私の両親、レイナルドとマーサ。わたしの物語をすべて聞いてくれたきょうだいのマリオとステファニー、そして語りかたを教えてくれたおじいちゃん。

いつも変わらない愛情をこめてそこにいてくれたローリーとリック・マチャド。

さまざまな本を与え、火がついたばかりの想像力に燃料をくべてくれた女性たち、エレノア・ジェイコブズ、スー・トンプソン、ステファニー・「オママ」・ホフマン、カレン・マーラー、ウィニフレッド・ヨーンキン。

授業中、ヘミングウェイに毒づくわたしを許し、自分の本棚から蔵書を手渡して文学の可能性を教えてくれたマリリン・スタインボー。

サウンドトラックを作ってくれたアダム・マラントニオ。

わたしのことを真摯に受け止めてくれたミンディ・マコンリー。

十五年にわたり友情と才気を与えつづけてくれたマーナネル・サーマン。

一緒に成長し、わたしがいまのわたし自身になるのを助けてくれたアマンダ・マイラ、エイミー・ワイシャンペル、アン・パシュク、サム・アグィーレ、ジョン・ライプ、ケイティ・モルスキー、ケリ・ダンラップ、サム・ヒックス、ニール・ファスコ、レベッカ・モーン。

わたしの話を聞いて、答えに辿り着くのを助けてくれたジム・ジェイムズとジョッシュ。

時間と知恵という贈り物をくれたハーヴェイ・グロッシンガー。

わたしが正しい選択をするように背中を押してくれたアラン・ガーガナス。

ジョン・ウィットとローラ・ハンプトン、なにをしてもだめなとき、ふたりの愛と友情だけがわたしをつなぎとめてくれた。

アイオワ・ライターズ・ワークショップと、その運営にあたっているすばらしい人々――コニー兄弟、デブ・ウェスト、ジャン・ゼニセク、そしてもちろん、ラン・サマンサ・チャン。

わたしをよりスマートでより優れた作家にしてくれたアイオワのクラスメイトたち――エイミー・パーカー、ベン・モーク、ベネット・シンズ、ダニエル・カストロ、E・J・フィッシャー、エヴァン・ジェイムズ、マーク・マイヤー、レベッカ・ルーカイザー、トニー・トゥラシマト、ザック・ゴール。

わたしのたくさんの小説の先生たち――アレクサンダー・チー、カサンドラ・クレア、デリア・シャーマン、ハーヴェイ・グロッシンガー、ホリー・ブラック、ジェフリー・フォード、ケヴィン・ブロックマイヤー、ラン・サマンサ・チャン、ミシェル・ハンバン、ランドン・ノーブル、テッド・チャン、ウェルズ・タワー――みんなしかるべきときに厳しく、しかるべきときに勇気づけ、いつも優しかった。

二〇一二年のクラリオン・サイエンス・フィクション&ファンタジー・ライターズ・ワークショップ参加者のみなさん――クリス・カマラッド、ダン・マクミン、デボラ・ベイリー、E・G・コッシュ、エリザ・ブレア、エリック・エッサー、ジョナサン・フォーティン、ララ・ドネリー、リサ・ボレカジヤ、ルーク・R・ペブラー、ピエール・リーベンバーグ、ルビー・カティグバック、セイディ・ブルース、サム・J・ミラー、サラ・マック（みんな、これからもずっとわたしのぶきっちょロボットです）。
二〇一四年と一五年のシカモア・ヒルに参加された思慮深く霊感にあふれた作家のみなさん――アンディ・ダンカン、アニール・メノン、クリス・ブラウン、クリストファー・ロウ、デール・ベイリー、ギャヴィン・グラント、ジェン・ヴォラン、カレン・ジョイ・ファウラー、キイニ・イブラ・サラーム、L・ティメル・デュシャン、ケリー・リンク、マット・クレッセル、モーリーン・マクヒュー、ミーガン・マッキャロン、マイケル・ブルームライン、モリー・グロス、ネイサン・バリングラッド、レイチェル・スワースキー、リチャード・バットナー、サラ・ピンスカー、テッド・チャン。

時間と金銭的なサポートという贈り物を与えてくれた、ベスズ・キャビン、CINTAS財団、クラリオン財団、コペルニクス・ソサエティー・オブ・アメリカ、エリザベス・ジョージ基金、ヘッジブルック、ミレー・コロニー・オブ・ジ・アーツ、パトレオンの出資者のみなさん、プラーヤ、スペキュレイティブ・リタラチャー基金、スプルーストン・イン、スーザン・C・ペトリー奨学金、アイオワ大学、ウォレス財団、ホワイティング財団、ヤドー。

わたしを揺り動かしてくれたユカ・イガラシ。

そもそもの始まりからわたしを信じ、辛抱づよく、たゆまぬ擁護者でいてくれたケント・ウルフ。

キャロライン・ニッツ、フィオナ・マックレー、ケイティ・ダブリンスキー、マリサ・アトキンソン、スティーヴ・ウッドワード、ヤナ・マクワ、ケイシー・オニール、カレン・グー、そして全グレイウルフ・チームの献身とハードワークに。

わたしを導き、信頼し、この本を思っていた以上にいいものにしてくれたイーサン・ノソフスキー。

すべての女性のアーティストたち。あなたたちの勇気の前には言葉がありません。

そしてわたしの最初の、そして最良の読者であり、お気に入りの作家である妻ヴァル・ホーレット。

ここにあることはなにひとつ、彼女なしにはとうていなしえなかった。

訳者あとがき

本書の一篇、「レジデント」の語り手は、出版された自分の小説が人の目に留まり、控えめだが好意的な評が世に出て、アーティストとして自分の足で立てることを夢に見る。だがそう書いたカルメン・マリア・マチャド自身のデビュー作である本書は、これまで数々の新進作家を送り出し成功を収めてきた非営利出版社グレイウルフ・プレスから二〇一七年に刊行されるや、全米図書賞をはじめ十の賞の最終候補となり、シャーリイ・ジャクスン賞やその年最良のデビュー作に贈られる全米批評家協会賞ジョン・レナード賞など九つの賞を受賞し、翌年にはニューヨーク・タイムズ紙の「二十一世紀の小説の書き方と読み方を変える、女性作家の十五作」のひとつに選ばれ——と、控えめとはほど遠い反響を呼んだ。

作家として最高のスタートを切ったマチャドだが、作品を読めばそれがけっして過大評価ではないことがわかるだろう。精緻な文章は知的でユーモアにあふれ、ほとんど魔術的に美しい。卓越したセンスで選び抜かれた言葉たちは宝石のように輝きながら鮮やかにイメージを立ち上げる。言語に対する深い愛情や研ぎ澄まされた感覚は、さまざまな言葉遊びや造語や破格、辞書にはない彼女独自の言葉遣いに表れていて、訳者としてはその意外性と日本語にする難しさに何度も唸らされた。そうした特徴は、原題の*Her Body and Other Parties*に端的に表れている。Partiesは巻末の短篇「パーティーが苦手」（"Difficult at Parties"）のパーティー（この言葉にも、「当事者」や「セックス」といったさまざまな意味が含まれる）にちなんでいるが、短篇集の慣例的なタイトルである「表題作とその他の短編（and Other Stories）」をもじってもいる。邦題に最終的に「断片」という言葉を採用したのは、響きが近いことやさまざまな「体」を思わせることのほかに、マチャド作品の大きな特質がその断片的な語りにあると思えるからだ。

それは過去のセックスをひとつひとつ綴るなかで終末論的な世界が立ち現れる「リスト」や「とりわけ凶悪」にみられるような断章形式にも、物語における断片的な欠落にもいえる。「母たち」のマーラは本当に存在するのか、「レジデント」の語り手はどうして画家の言葉を忘れてしまうのか、「パーティーが苦手」の語り手にはなにが起きたのか。そうした謎は、断片的な語りや記憶の隙間から産み落とされる。その特徴は冗長な接続詞や修飾を削ぎ落とし、カンマでつなげる文体のレベルにも表れている。非連続な断片性はゴシック小説を定義づける特徴のひとつだが、それこそが整合性のとれた一貫した語りでは掬い取ることのできない「名づけえぬもの」——たとえば女性の身体や精神にまつわるなにかを——浮かび上がらせるのだ。

マチャドの物語は、アンジェラ・カーターやシャーリイ・ジャクスンやジョイス・キャロル・オーツといった先行する女性作家の系譜を受け継ぎつつ（マチャド自身、影響を受けた作家にカーターやジャクスンのほか、ケリー・リンクや小川洋子の名前を挙げている)、大胆かつ奔放な想像力と緻密なストーリーテリングの力で、サイエンス・フィクションやゴシックホラー、シュルレアリズムといったさまざまなジャンルを自在に横断していく。先行する偉大な女性作家たちがしてきたように、本作にもさまざまにダークな童話やおとぎ話がちりばめられている。「夫の縫い目」は、「緑のリボン」("The Green Ribbon")という有名な子どもむけの怪談話が下敷きになっている。ジェニーは幼い頃からいつも首に緑色のリボンを巻いている。アルフレッドはリボンのことをジェニーにしつこく訊ねるが、彼女はその理由をけっして教えない。やがて二人は結婚し、一緒に歳を取る。そしてジェニーは死の間際になって「ようやく教えてあげられる。リボンをほどいて。どうしてこれまで話せなかったかわかるから」と言って、アルフレッドにリボンをほどかせる。するとジェニーの青白い首がことりと床に落ちる。ジェニーは死人だったのだ。インターネットを検索すると、子どもの頃に挿絵付きのこの話を読んでショックを受けたという人がそこらじゅうに見つかる。この話の起源は古くフランス革命まで遡るらしく、夫が怒って妻の寝ている隙にリボンを切ってしまうなどいくつかのバージョンがあるものの、上述のジェニーは夫に長年重要な事実を隠し通したあげく自殺を手伝わせ、はかりしれない精神的ショックを与える酷い女である。マチャドはそれを彼女の視点から書き換える。原題の"The Husband Stitch"とは、出産時の会陰裂傷を縫合する外科的処置の際、今後の夫の快楽ために産後の膣をきつくするというのが元意だ。「レジデント」に登場するブラウニーの物語も作中で厳しく批判されているが、子どもたちに刷り込まれる教訓的なおとぎ話や寓話に潜む性差別を、マチャドは鋭く糾弾する。

社会や文化にはびこる根強い性差別に対する怒りは、マチャドが小説を書く根底にある理由であり原動力である。本書の刊行は、ハリウッドの大物プロデューサー、ハーヴェイ・ワインスタインのセクシュアル・ハラスメントの告発とちょうど時期を同じくする。この事件がやがて #MeToo 運動へと発展していくなか、米国の文学界では、ピュリッツァー賞作家であり同賞の選考委員長にも就任したジュノ・ディアスのセクシュアル・ハラスメントが告発された。ディアスにキスを強要されたという作家ジンジ・クレモンズの証言に、マチャドは Twitter 上でいちはやく反応し、彼女自身のディアスとの対話を踏まえて、ディアスと文学サークル全体の男性中心主義と女性嫌悪を痛烈に批判したことで注目を集めた。「夫の縫い目」はディアスとの対話がもたらした激しい怒りから生まれたとマチャドは言う。

マチャドのファンを公言する作家のカレン・ラッセルは、マチャドの物語が「暴力が、いかに大衆文化から女性たちのプライヴェートな心と体に巣食っていくか」をあきらかにすることを称え、「小説だけに語ることのできる真実が求められている MeToo 時代のいま、マチャドの物語が読めることはすばらしい」と語っている。ラッセルが言うとおり、本書全体を貫くのは女の身体をめぐるポリティクスだ。体が消えた女たちが洋服のなかに入り込んでいく「本物の女には体がある」"Real Women Have Bodies"は、「本物の女にはくびれがある」"Real Women Have Curves"という映画のタイトルをもじったもので、「八口食べる」とともに、美や痩せた体に対する女たちの幻想やオブセッションをユーモラスかつ切実に描き出す。

いっぽうで、先行する女性作家たちとは一線を画し、彼女を誰とも違うユニークな存在にしているのは、セクシュアリティやエロスへの向き合い方だ。一読してわかるように、マチャドの書く物語には、異性愛と同性愛とがひとしく自然な愛のかたちとして同居している。マチャド自身、レズビアンであることを公言しており（両親にはバイセクシュアルだとカミングアウトしている）、クィアであることが彼女の作家としてのアイデンティティの核にある。二〇一七年夏には本書でも謝辞が捧げられている妻ヴァルと結婚式を挙げ、ペタルをふんだんにあしらったピンクのドレスを着たマチャドとレースの白いドレスを着たヴァルがキスを交わす美しい写真や、娘や花嫁ヴァルの手を取るマチャドの父の写真がInstagram上にアップされている。二〇一九年十一月に出版された二作目の『夢の家で——ある回顧録』（*In the Dream House—A Memoir*）では、「母たち」のバッドを思わせるパートナーからの虐待と別れ、そしてヴァルに出逢うまでのマチャド自身の体験が語られる。とはいってもそこにはマチャドらしいツイストがあり、五部からなる断章形式の語りには映画やテレビドラマなどに表れるセクシズムへの考察が入り混じり、一人称にIとYouを使いわけたり読者に選択肢を選ばせるマルチエンディング形式の章があったりとさまざまな意匠が凝らされている。文学作品とも批評ともノンフィクションともいえるまた新たなジャンルを開拓しながら、レズビアンのカップル間の虐待という、これまでほとんど描かれてこなかったプロブレマティックな主題に新たな光を当てている。

作品の補足情報を加えておく。本書のなかでもひときわ異彩を放つ「とりわけ凶悪」は、一九九九年より米国NBCで放映され、日本にもファンが多いテレビドラマシリーズ『LAW&ORDER: 性犯罪特捜班』の第十二シーズンまでの二百七十二話のエピソードをそっくりリメイクしたもので、発表時ことに話題を呼んだ作品だ（原題の"Especially Heinous"は、米国の刑事司法制度で性犯罪は「とりわけ凶悪」とみなされているというドラマ冒頭のナレーションにちなむ）。とはいえこの作品を読むのにドラマの知識がなくても問題ないことはマチャド自身が請け合っている。本作が誕生するきっかけは、二〇〇九年にマチャドが豚インフルエンザに罹って動けなくなったとき、ネットフリックスがこのドラマを延々と自動再生しつづけ、数日のあいだ朦朧とした頭で見つづけた経験だというが、数年後にこの作品に取り組んでみて、性暴力についていかに語るかという自分の考えをひとつの作品にまとめることができたと思うとマチャドは語る。

「レジデント」では、アーティスト・イン・レジデンス（ある土地や施設に滞在しながら作品の制作やリサーチを行うアーティストを招聘するプログラム）で山深い豪奢なホテルを訪れた小説家の語り手の体験が語られる。作中の省察にもあるように、resident という言葉には「居住する」という意味（特定の場所に長期間滞在したり労働したりすることも含む）のほかに、性質や考えが宿る、存在する、内在するといった意味もある。この作品じたいレジデンス・プログラムの期間中に執筆されたもので、語り手のイニシャルが「C——M——」であるように、マチャド自身の経験に着想を得た作品である。シャーリイ・ジャクスンの小説『丘の屋敷』（*The Haunting of Hill House*）やスタンリー・キューブリックの映画『シャイニング』を思わせるモダン・ゴシックの色調を漂わせながら、「頭のおかしいレズビアン」というステレオタイプや、正気と狂気、事実とフィクションの境界を掘り下げていく本作はまた、マチャドによるひとつの文学論としても読みうる。

実際マチャドが作家になれたのも、レジデンス・プログラムの恩恵によるところが大きい。彼女が作家になるまでの道のりはなかなかワイルドだ。一九八六年フィラデルフィアに生まれ、キューバからの移民である祖父の影響で子どもの頃から物語や読書に親しみ、十歳頃にはもう物語を書いて出版社に送っていたという。高校時代にはガルシア＝マルケスの『百年の孤独』に影響を受けるような読書好きの少女だったが、小説家の道は父親の反対にあい、ワシントンDCにあるアメリカン大学ではジャーナリズムを専攻し、途中で写真学科に転入する。卒業後はケアワーカーやアダルトショップの店員などさまざまなアルバイトで生計を立て（そのときの経験が「本物の女には体がある」のもとになっているだろう）、執筆時間を確保するため勤務中に電子メールを書いているふりをしながら小説を書いていたという。この状況から脱け出したい一心で三十近い助成金に応募し、名だたる作家を輩出してきたアイオワ・ライターズ・ワークショップに参加し修士号を取得する。

その後も創作を教える仕事とアルバイトでわずかな収入を得たものの生計は成り立たず、小説家の夢を諦めかけた頃にペンシルベニア大学からレジデンス・プログラムの声がかかり現在にいたる。デビュー作はアメリカでは短篇集は売りづらい傾向にあるうえ、そのクィアな作風から三十近い出版社に断られたが、その後は冒頭に書いたとおり。マチャドの日常は数々の取材やプロモーションで埋め尽くされ、ふたたび執筆時間が取れない悲鳴をあげることとなった。

現在までに発表されているマチャドの作品は、前述の二作のほか、二〇一九年八月に刊行された *March Sisters: On Life, Death, and Little Women*（女性作家四人が『若草物語』の四姉妹をひとりずつ担当して綴ったエッセイ集で、マチャドは三女ベスを担当。ほかの作家は、ケイト・ボリック、ジェニー・ザン、ジェーン・スマイリー）と、同年十二月にスタートしたDCコミックスのシリーズ *The Low, Low Woods*（荒廃していく炭鉱の町に起こる異変が十代の二人の少女に降りかかるホラーで、原作を担当）がある。

本書をエトセトラブックスの松尾亜紀子さんから紹介され、一読して恋に落ちた。私の単訳で刊行の予定が諸事情あり、結果的に小澤身和子さん、岸本佐知子さん、松田青子さんという最高の共訳者を得ることができた。マチャドは小説を書く時間が取れる職を得られたことや、本書がこれほど高い評価を得たことについて、ラッキーだったと慎ましく語っているが、その邦訳が当代きってのすばらしい女性翻訳家たちとともに、フェミニストプレスであるエトセトラブックスから送り出せることになったのは、間違いなく幸運なことだと思っている。なお、もし皆さんが本書を読んで、一作ごとに文体やトーンが異なると感じたとすれば、それは訳者の違いという以上に、マチャドの語りの多様さによるかもしれない。マチャドによれば、どの作品に対しても収録作中ベストだという声とワーストだという声の両方が寄せられているとのことだが、「レジデント」のようなゴシック文学調のトーンから「本物の女には体がある」のような現代的でカジュアルなトーンまで、一作ごとに表情ががらりと変わる文体も、マチャドの引き出しの多さを表している。

「女性や非白人やクィアな人々にとって、書くことはそれじたい政治的なアクティヴィズムだ」とマチャドは言う。そして、政治的であることと芸術的であることは両立する、とも。マチャドの作品は、それをなにより見事に体現しながら「男だけの世界」の景色を書き換えていく。マチャドによれば「ゲイの若い子が読んで『自分たちのことが書いてある』と言ってくれたり、母が娘へ、娘が母へ、自分の本を買ってくれたりするのが、胸が張り裂けるほど嬉しい」とのことだ。クィアであること、ストレンジであることの魅力がぎっしり詰まったこの本が、たくさんのパーティーに届くことを祈りつつ。

二〇二〇年一月

訳者を代表して　小澤英実

カルメン・マリア・マチャド
Carmen Maria Machado

1986年フィラデルフィア生まれ。キューバからの移民である祖父の影響で幼少期から物語を書きはじめ、大学ではジャーナリズムを専攻、その後、写真学科に転入する。アルバイトを転々としながら小説を執筆していたが、アイオワ・ライターズ・ワークショップへの参加が叶い修士号を取得。デビュー作である本書『彼女の体とその他の断片』は、そのクィアな作風から30社ほどの出版社に断られたが、2017年に非営利出版社グレイウルフ・プレスから刊行されると、全米図書賞、ローカス賞をはじめ10の賞の最終候補となり、全米批評家協会賞、シャーリイ・ジャクスン賞、ラムダ賞（レズビアン文学部門）など9つの賞を受賞した。短篇「夫の縫い目」は、ネビュラ賞、ジェイムズ・ティプトリー・ジュニア賞の最終候補となった。2018年には、ニューヨーク・タイムズ紙の「21世紀の小説と読み方を変える、女性作家の15作」に本書が選出された。また同年、ピュリッツァー賞作家ジュノ・ディアスのセクシュアル・ハラスメントを告発し、米国文学界の男性中心主義と女性嫌悪を痛烈に批判した。2019年には、フィクションや批評的手法で描いたメモワール *In the Dream House* を刊行し、話題となる。また、『若草物語』の四姉妹について女性作家4人が綴るエッセイアンソロジー *March Sisters: On Life, Death, and Little Women* で、三女ベスを担当（他に参加作家は、ジェニー・ザンなど）。同じく2019年にスタートした、少女ふたりが主人公のDCコミックスシリーズのホラー *The Low, Low Woods* では原作をつとめる。現在はペンシルベニア大学で教えながら、妻とフィラデルフィアに住んでいる。

小澤英実　おざわ・えいみ

アメリカ文学、文芸評論、翻訳家。東京学芸大学准教授。訳書に、エドワード・P・ジョーンズ『地図になかった世界』（白水社）、トム・ルッツ『働かない――「怠けもの」と呼ばれた人たち』（青土社／共訳）、ロクサーヌ・ゲイ『むずかしい女たち』（河出書房新社／共訳）など。

小澤身和子　おざわ・みわこ

翻訳家。「クーリエ・ジャポン」の編集者を務めた後、日英バイリンガル誌の編集や、取材コーディネーター及び通訳として海外メディアの日本取材に携わる。訳書に、リン・ディン『アメリカ死にかけ物語』（河出書房新社）。

岸本佐知子　きしもと・さちこ

翻訳家。訳書にルシア・ベルリン『掃除婦のための手引き書』（講談社）、リディア・デイヴィス『話の終わり』（作品社）、ミランダ・ジュライ『最初の悪い男』（新潮社）など多数。編訳書に『コドモノセカイ』（河出書房新社）、『変愛小説集』、『楽しい夜』（ともに講談社）など。著書『ねにもつタイプ』で第23回講談社エッセイ賞を受賞、他に『ひみつのしつもん』（どちらも筑摩書房）など。

松田青子　まつだ・あおこ

作家、翻訳家。著書に、小説『スタッキング可能』『英子の森』（河出書房新社）、『おばちゃんたちのいるところ』（中央公論新社）など。2019年、『ワイルドフラワーの見えない一年』収録の短篇「女が死ぬ」がシャーリイ・ジャクスン賞候補となる。訳書に、カレン・ラッセル『狼少女たちの聖ルーシー寮』『レモン畑の吸血鬼』、アメリア・グレイ『AM/PM』（いずれも河出書房新社）など。

彼女の体とその他の断片

2020年3月10日　初版発行
2023年4月20日　3刷発行

著　者　カルメン・マリア・マチャド
訳　者　小澤英実、小澤身和子、岸本佐知子、松田青子

発行者　松尾亜紀子
発行所　株式会社エトセトラブックス
151-0053　東京都渋谷区代々木1-38-8-47
TEL：03-6300-0884　FAX：03-6300-0885
http://etcbooks.co.jp/

装幀・装画　鈴木千佳子
DTP　株式会社キャップス
校　正　株式会社円水社
印刷・製本　モリモト印刷株式会社

Printed in Japan
ISBN 978-4-909910-04-2

エトセトラブックスの海外文学

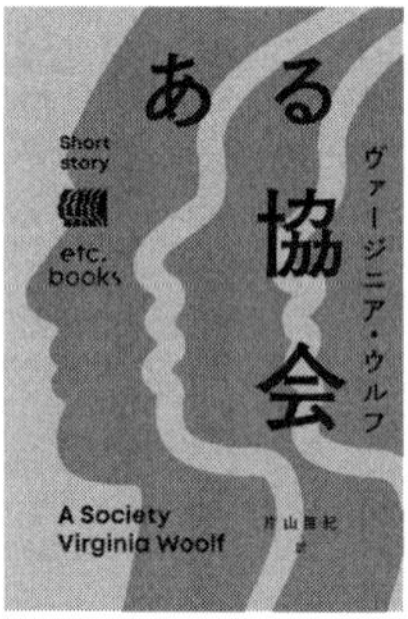

『ある協会』

ヴァージニア・ウルフ／片山亜紀 訳

ISBN 978-4-909910-03-5
四六判並製・48ページ

ヴァージニア・ウルフがデビューしたての頃に発表した、知られざるフェミニズム短篇を初邦訳。「女性は男性よりも劣っている」とされた時代、若い女性たちが「協会」を結成して、文学界、法曹界などの男性社会に潜り込み、5年後に報告し合うことになり……。訳者による充実の注と解説付。

＊この短篇読み切りシリーズは、全国書店および弊社オンラインショップで発売中です。